ラルーナ文庫

はぐれ稲荷に、大神惣領殿のお嫁入り

鳥舟あや

三交社

CONTENTS

Illustration

香坂あきほ

はぐれ稲荷に、
大神惣領殿のお嫁入り

本作品はフィクションです。
実際の人物・団体・事件などにはいっさい関係ありません。

【1】

信太山《しのだやま》と信太川を越えた向こうに、平原と岩山がある。

荒れた平原はまかみの原、草木も生えぬ岩山をまかみ岩と称し、大神《おおかみ》一族が、そこをねぐらとしていた。

彼ら大神は、長いこと、信太狐《しのだぎつね》の一族と争っていた。

しかも、山ひとつ越えた場所に立派な村を構える信太一族とは違い、大神一族にはそれがない。岩山と枯れ野ばかりの領地で、食料も乏しく、一族の数もめっきり少なくなり、日頃の振る舞いも悪いせいか神格も下がる一方で、ずるずると弱体の一途を辿《たど》っている。

そうして、飢えた大神たちは、信太の領地を狙《ねら》い、畑を荒らし、狐を襲った。

大神一族の惣領《そうりょう》は、その名をシノオという。

かつては、信太村の黒御槌《くろみづち》とも対等に渡り合うだけの神位と神力の持ち主であったが、彼もまたご多分に漏れず神位が下がり、神力も弱り、終《しま》いには、黒御槌の首を奪い損ねた失態により、仲間内から大神惣領の座を追い落とされた。

群れのてっぺんから地に落ちた者の末路など、推して知るべしだ。

陽の差さぬ岩山の奥に閉じこめられ、飢えの腹いせに殴る蹴《け》るをされ、水も食料も与えられず、圧倒的に数の少ない一族を増やす為《ため》、メス穴として有効的に使われる。

オスの頂点として君臨していたシノオは、昨日まで酒を酌み交わしていた仲間の手で、女としての役目を強いられ、思い出すだけで吐き気をもよおすほどの扱いを受けた。

なのに、あれだけの数の種を受けても、結局、この身はまともな数を孕《はら》むことはなく、そして、それを、嗤《わら》われた。

「……ふざけるな……っ」

痩《や》せ衰えた四つ脚で、みすぼらしい狼《おおかみ》が地を這《は》うのは、それから幾年も経った頃だ。

爪《つめ》の割れた前脚で、ざり、がり……、土くれを踏み荒らす。

これが、信太の黒御槌に楯突《たてつ》いた大神惣領の末路だ。これが、自分の縄張りを追い出された大神惣領の末路だ。御槌に打ち勝つことも叶《かな》わず、信太の領地を手に入れるどころか一族からも排斥された狼の、その、憐《あわ》れな末路だ。

だが、ようやっと、あの地獄から抜け出せた。ようやっと、あの屈辱から抜け出せた。

またぐらから血を流し、重い胎《はら》を抱え、仲間内からも尻尾《しっぽ》を巻いて逃げるのがやっとの無様な逃げ恥。これが、崇《あが》め奉られることもなく、腹を満たす糧もなく、棲《す》む場所もなく、神位も神格も堕《お》ちた大神の成れの果て。

もう、己の力で己を癒《いや》すこともできず、森羅万象からの神気を借りるだけの神格もない。

当然のこと、手負いの大神を助ける奇特な神なども存在しない。

大神は、誰《だれ》かを襲うことはあっても、誰かを助けたことなどない。

そうして助け合うことを拒み、孤高を選んで今日まで生きてきたのだ。

だが、そのシノオにも、どうしても譲れぬものがあった。それを守る為にこそ、アレが独り立ちできるまでは……と、それだけを切に願い、同胞に裏切られ、穢《けが》され、蹂躙《じゅうりん》の限りを尽くされてでも、あの場所に繋《つな》がれ続けた。

「………そこ、誰かいる……？」

男の近づく気配に、シノオはひとつ息を呑《の》み、身構える。身構えたつもりだが、シノオはもう指先ひとつ動かすことができず、狼の耳をひくんと震わせただけだ。

ここはまだ大神の領地。それを知っているよその神仏なら、大神に襲われることを恐れて足を踏み入れない。ましてや、足場の険しいこんな岩場にヒトが訪れるはずもない。

ここからもっとも近いのは、信太村だ。

では、信太狐か。ならば喰《く》ってしまうか。だが、いまの自分には、オス狐と争うだけの体力はない。ましてや、あの黒御槌やはぐれ稲荷《いなり》のようなオスが出てきたなら、逃げようもない。では、手負いの獣のフリをして、近寄ってきたところを喰うか。

よし、勝てる見込みがあるなら、喰ってしまおう。

シノオは敵の強弱を見極めるべく、じっと息を潜めた。

「えらく大神臭いけど、……さて、臭《にお》いの元凶はどこだ？　……あぁ、いたいた」

男は、すん、と鼻を鳴らすなり、迷うことなくシノオの隠れる茂みを掻《か》き分けた。

きらきらとまばゆい太陽の色をした、長く艶《つや》やかな金の髪。

群青色の夜に、密《ひそ》やかに微笑《ほほえ》む月のような、円弧を描いた銀の瞳《ひとみ》。

恐ろしいほどに容貌《ようぼう》の整った男が、シノオの目と鼻の先に現れる。

だが、ひどく狐くさい。それも、力の強いオス狐のにおいだ。いまのシノオでは敵《かな》わない。このオスとやり合うのは得策ではない。シノオは本能でそう判じた。

「獣……神獣……どこかの神さんの神使か、山狗《やまいぬ》さん……？」

岩陰に伏せたシノオを見るなり、男は、すぐさまシノオが人外だと見当をつけた。

長いこと水浴びをしていないその毛並みは、汚れて茶色い束になって固まり、使い古したモップにも見えたし、すっかり草臥《くたび》れた毛皮にはいくらか白いものも混じっていて、年寄りの狗に見えたが、男を見据える眼光の勢いだけは衰えていない。

「……！」

ぎゃう。シノオは力なく吠《ほ》えた。牙《きば》を剝《む》いて威嚇《いかく》し、腰を低く腹這いになる。

「んー……戦おうとする気概は立派だけどさ、そっち危ないよ？　その先、崖《がけ》だし……そんなところにいたら死んじゃうよ。……こっちおいで？　君、怪我《けが》してるだろ？」

「……っ！」

手を伸ばす男に四つ脚で勇み足をする。その途端、後ろ脚がもつれた。

「ほら、言わんこっちゃない」

男は、横薙《よこな》ぎに倒れるシノオの体を、腕の一本で抱き留めた。

なよっとした見た目にそぐわぬ、逞《たくま》しい腕だ。

「……放せ」

「やだ。……あぁ、でも、喋《しゃべ》れるくらいの神格はあるんだな、………うん？」

男は小首を傾《かし》げ、シノオの両脇《りょうわき》の下に手を入れると、犬みたいに持ち上げた。

後ろ脚がだらんと中空に垂れると、警戒したシノオの尻尾が、尻《しり》側から股《また》の間にくるりと入る。

男は、その、ちっとも守りきれていない無防備な胎に鼻先を埋《うず》め、においを嗅《か》いだ。

「君、腹のなかがぐちゃぐちゃだ。これ、あんまりイイもんじゃないね。……なぁ、いやなこと訊《き》くけどさ、もしかして大神に乱暴された？　君の胎から大神の臭いがする」

「ぅ、る……さ、っ、ぃ……！」

力の限り、腹の底からめいっぱい怒鳴った。なのに、ひどく力ない声だった。

「でも、このままにしとくと良くないって自分でも分かってるよな？　それで、逃げてきたんじゃないの？」

「……る、さ……ぃ！」

身を捩《よじ》り、男の腕から逃げると、距離をとった。

そうして逃げるシノオのまたぐらから、ぼたぼた、ぼたぼた、黒い血が滴った。

経血と見間違うほどのそれはメスのにおいも強く、茶色の毛皮を濡《ぬ》らし、後ろ脚を伝い、欠けた爪先《つまさき》に滲《にじ》んで、乾いた岩肌に染みこむ。

「こっちおいで。手当てしてあげるから。……すぐそこに信太の村があるんだ」

「誰がっ……！　あんな村に……っ！」

はっ、はっ、と荒い息で、がなる。

吸っても吸っても酸素は足りず、がたがたと震えるほど寒い。自分の下肢から血液が失われていけばいくほど、目の前が暗くなり、自分がまっすぐ立っているかどうかさえ分からなくなる。意識を手放すことこそこらえているが、その場に踏み留《とど》まるのが精一杯で、眼前の男を睨《にら》み据えることすら満足にできない。

「根性あるなぁ」

「死ねっ！」

「君は、自分が手負いだってことを自覚したほうがいいよ」

「……舐《な》めるなっ！」

なけなしの力で牙を剝き、威嚇する。

「じゃあ、君も限界まで頑張れ」

男は、そうしてその場に座りこむと、シノオが力尽きて倒れるまでずっと傍《そば》にいた。

ひどく冷たい雨が降り始めて、山の気温が急激に下がり、小雪がちらつくようになっても、男は、ただ、そこにいた。

そうして、シノオの足もとがぐらぐらと揺れて、男が手を伸ばしても牙を剝くことさえしなくなり、どたりと横倒しに倒れた頃合いを見て、「よいしょ」と荷物を運ぶようにシノオを抱き上げた。

「………なんでこんなの見つけちゃったかなぁ」

男は、空恐ろしいほどに整った容貌を苦笑いに変え、腕に抱えた狼を睥睨《へいげい》する。

狼の顔半分に広がる大火傷《おおやけど》。焼きすぎた肉のような、生焼けのような、まだらな白皙《はくせき》。血や泥汚れで固まった毛皮を掻き分けると、その下には本来の毛皮の色が隠れている。そして、いまは伏せられた瞼《まぶた》の下にも、毛皮と同じ、水に溶かした血色の瞳があった。

「………どうしたの？　寝てなよ。……君、死んじゃいそうだから」

血色の瞳が、ほんのすこし見開かれる。

ぼんやりと虚《うつ》ろで、焦点を結ぶことなく、男を見ているようで、見ていない。

「……、っ、……ね」

「うん？　なに？　喋んないほうがいいよ」

「死ね……」

手負いの狼は、その口吻《こうふん》で男の喉元《のどもと》に喰らいつかんと首筋あたりをはぐりと噛み咥《くわ》え、牙を立てんとする勢いもそのまま、また、男の腕のなかで気を失った。

「……すっごい執念」

これはなかなかに手強《てごわ》い。これはなかなかに手が焼ける。

あぁ、本当に、とんだ拾い物をしてしまった。

これはさてどうしたものか。

この薄汚れた獣は、長年、信太稲荷《しのだいなり》といがみ合う大神だ。

これを助けることは即《すなわ》ち、この男が長年親しくしてきた信太狐を裏切ることになる。男と旧知の間柄でもある、あの夫婦を裏切ることになる。頭ではそれを理解していても、まるで鏡に映した己を見ているようで、男は、この狼を見捨てることができなかった。

「……傷つけたくはないなぁ……」

根無し草の男にも良くしてくれるあの夫婦を傷つけたくない。

けれども、これも見捨てられぬ。

あぁ、本当に、損な役回り。

因果なものだ。

はぐれ稲荷は、いざという時、なんにも未練がないのだ。

＊

くるんと丸まる。後ろ脚がひどく冷たく、首筋や背中にも悪寒がつきまとう。背後から隙間《すきま》風がひゅうと吹きこむと、ぶるりと身震いせずにはいられない。もっと小さく丸まって、首を縮めて自分の毛皮に埋もれる。それでもまだ怖気《おぞけ》が走るから、暖かい場所を探し求めてもぞりと蠢《うごめ》くと、なにかがシノオの体にふわりと添うてきた。

その物体はかなり大きいようで、シノオの首のあたりから胴体、背中を通って尻まで、ぴっとり、くっついてくる。

窮屈だ。窮屈だけれども、温かい。触れた箇所ぜんぶが、お日様の下で寝そべっているみたいにぽかぽかとする。それに触れていると、落ち着く。ヒトの姿に化けて、火を熾《おこ》す気力もないシノオは、狼のまま、その窮屈と温かさを味わった。

一度、深く息を吸い、吐く。すると、やわらかな匂《にお》いが鼻腔《びこう》でほのかに香る。

重い瞼をすこしばかり持ち上げれば、きらきらとまばゆい金の海が目の前いっぱいに広がった。「これはなんだ?」と頬《ほお》を寄せれば、するりとした絹糸のすべらかさがある。

もぞもぞ、すりすり。奥へ奥へ鼻先を埋めると、たんぽぽの綿毛に似たふぁふぁが隠れていて、それをふかふかすると鼻先が気持ち良かった。

これをいっぱい寝床に敷き詰めたい。ふかふかのこれが弾む寝床で、ころころしながら昼寝をしたい。そんな欲望でおつむをいっぱいにして、ふかふかを堪能《たんのう》する。

くぁぁ。口吻を開いて欠伸《あくび》をすると、口のなかにその綿毛が入ってきた。舌先でそれを追い出すと、なにかが触れる。綿毛の奥まで舌を伸ばし、綿毛ごと口に含んで味を見て、甘噛みして、ちゅう、と吸い、喉の奥がきゅうとなるその美味《おい》しい味に舌鼓を打つ。

あぁ、これは、狐の肉だ。

シノオは、狐の懐に抱かれている。

それも、大きな大きな狐だ。ぐるんと首を曲げた頭がシノオの首にあって、枕《まくら》がわりになっている。立派な前脚は胴体に乗せられて、シノオの冷たい胎を温めている。つやつやの毛皮に埋もれた二本の後ろ脚はシノオの尻を挟みこみ、ぎゅっと閉じていた。

寝ているうちに揉《も》みくちゃにしてしまったようで、狐とシノオの尻尾や脚の毛がこんがらがって、起きて逃げようにも身動きがとれない。

シノオは、金色の海に埋もれたまま、視野の広い狼の眼で狐を見やる。

美人顔の狐だ。眠っていても三角耳はきれいな形を保っていて、閉じた瞼の上からでも分かるほど、眼球は真円に近い美しい円弧を描いている。突き出た口吻はしゅっと長く、鼻先も高い。顎《あご》の骨は発達していて力強いけれど、その口端には下品さがない。

これは狐だ。敵だ。それが分かっているなら、がぶりと喉元に噛みついて逃げるべきなのに、重怠《おもだる》い体は言うことを聞かない。

あぁ、それにしてもきれいな狐だ。

……実に、うまそうな狐だ。

この見事な毛皮を剝《は》いだなら、立派な防寒着になるだろう。鋼のように固い筋肉を持っているが、よく締まっているから味も絶品に決まっている。この狐は図体《ずうたい》も立派だし、肉づきも良いから、飢えた群れの腹を満たしても余るほどだ。

この毛皮を寝床にして巣穴を作り、岩山に籠《こも》り、凍《い》てつく冬を越せたなら、さぞや心地が良いはずだ。きっと、冬ごもりをしているのに春の夢を見られるに違いない。

あぁ、きもちいい。こんなに心地良いのは、どれほどぶりだろう。

ずっと真っ暗の冷たい岩山の奥にいたから忘れていた。この、沈むような心地良さ。

時折、寝惚《ねぼ》けた狐が毛繕いをしてくる。長い舌が、ぺろり、ぺろりと顔を舐めてくる。ざらついているのに、それが程好い加減で気持ちがいい。治りかけの傷の痒《かゆ》いところを、さりさりと掻かれると、たまらない。寒さ以外で、ふるりと身悶《みもだ》えてしまう。

くぁあぁあ。寝汚い狐が欠伸をすると、シノオにもそれが移る。

たった一度の欠伸でどろりと体が重くなり、その重みに負けて、ぽかぽかの毛皮に沈む。

すっかり沈みきると、毛皮の下にある筋肉がシノオを受け止めて、弾む。

それが楽しくて、シノオは狐の懐で背中を弾ませて、ぽんと跳ねてみた。

一度跳ねると、楽しかった。だがしかし自分は大神惣領、誇り高き大神惣領、皆の手本で、常に冷静沈着で、皆が遊んでいる時も自分は縄張りを警戒するのが役目。皆が見ていない時でも、その心根を忘れるな……と自分に言い聞かせてきたのに、ぽふん。

一度でも跳ねてしまうと、まぁもう一度くらいなら……と二度目、よし、あともう一回だけ……で三度目、いやいや待て待て自分は大神惣領だと思いながら四度目、それならばいっそキリよく五度目で終わろうと決めて六度目、七度目くらいから、「……まぁ、誰も見てないからいいか……」と数えなくなって、ぽふん。

腹で遊ばれるとくすぐったいのか、まだまだ寝ていたい狐は「じっとしてなさい」と前脚でシノオの体を引き寄せ、腰から頭までをぐっと丸めてシノオの体を包みこむ。

すると、尻尾が、よりいっそう絡む。

絡んでしまうと逃げられないなぁ……ならば、がぶりとこの狐の喉笛を嚙み切って、温かい血をごくごくと飲んでしまおうか。あぁ、でも、そうすると寝床にする為の立派な毛皮が血まみれになってしまうから、一滴も零《こぼ》さぬように飲まないと……そうだ、この狐の血をすっかり飲んで、飲みながら寝て……。

「……っ！」

びょ！　耳と尻尾を逆立てて、シノオは顔を上げた。

飲んで寝たらだめだろっ！　逃げろ！

二本の前脚で上半身を起こし、きょろっと左右に視線を巡らせる。

危なかった、ついつい二度寝してしまうところだった……狐め、油断ならぬ。

……が、その狐が隣にいなかった。狐に化かされたか、夢か幻でも見せられたかと周囲を窺《うかが》うが、姿はない。代わりに、シノオの鼻の奥にだけ、あのオスのにおいが残っていた。

だが、ここに狐がいないのは幸いだ。戻ってくる前に逃げよう。

シノオは、口端から黒煙を吐き、黒焔《こくえん》へと変え、じりじりと己を燻《いぶ》す。

禍々《まがまが》しい神気と鼻の曲がるような臭気。それらは風が吹こうともシノオの体を取り巻き続け、四つ脚の狼からヒトの姿へすっかり変わってから、ゆらゆらと薄れていく。

これで、どこからどう見ても、二十歳《はたち》やそこらのヒトの青年だ。

ヒトの服を真似《まね》るのは苦手だが、タンクトップにパーカー、ズボンとスニーカー、ここ最近はこの格好さえしていれば間違いないはずだ。

狐がいるということは、ここは狐の領地だ。狼のままうろつくよりはマシだろう。

大神はあまりヒトの姿をとらない。大神の本性である狼の姿形のまま暮らすことに誇りを持っているからだ。それもあって、大神は、信太狐のように常日頃からヒトの真似事はしない。そのせいか、どうにもヒトらしく振る舞うのは苦手だった。

シノオは、ぐるりと眼球を動かして部屋の様子を探る。次の瞬間、ヒトに化けたせいで視野が狭いことを思い出し、首ごと巡らせて部屋全体を見回した。

シノオがいるのは、一間《ひとま》きりの簡素な室内だ。畳敷きで、真ん中に布団が敷いてあって、シノオはそこに寝かされていた。布団を敷くと、あとはもうそんなに余裕がなくて、部屋の隅で身支度を整えるのがやっとくらいだ。

畳部屋の段差をひとつ下りると土間と厠《かわや》がある。お勝手口を出れば井戸があって、裏には天然温泉でも湧《わ》いているのか、湿気と湯のにおいが漂っていた。

ヒトならばこれを書院造りや草庵《そうあん》と呼ぶのかもしれないが、シノオにはヒトの暮らしを真似た小屋にしか見えない。

土間へ下りると右手に玄関があったので、外へ出た。

庵は、山間《やまあい》の開けた場所に建てられていた。

まるで、隠れ家だ。目と鼻の先には竹藪《たけやぶ》が鬱蒼《うっそう》と生い茂っていて、獣道すら見当たらない森へと続いている。ここ一帯だけが開けていて、陽だまりになっていた。

静かで、生き物の気配がないけれども、悪い場所ではない。

ただ、長いこと暗闇《くらやみ》の奥深くに縛られていたせいか、シノオは、久方ぶりに浴びた太陽の眩《まぶ》しさに立ち眩《くら》み、その場に蹲《うずくま》った。

ここへきてようやく、あちこちの不具合を覚えた。火傷痕《やけどあと》のひどい顔の右半分が疼《うず》き、ぎりぎりと捩れるように腹が痛む。唇を噛んで耐えるが、息継ぎもままならない有様だ。

あぁクソ……こんな無様な姿に成り下がるくらいなら、いっそ……。

「あ、動いてる」

竹藪の向こうから、肩に籐籠《とうかご》を担いだ男が現れた。

男は、具合の悪そうなシノオを素通りして、溢《あふ》れんばかりの食料が入った籠をお勝手に置いてゆっくり戻ってくると、シノオをひょいと肩に担いで家へ連れ戻した。

ばたっ、と足を跳ねてなけなしの抵抗を見せれば、「君、声を出すのも億劫《おっくう》なんだから、おとなしくしてな」と、顔に見合った美しい声で笑った。

「ヒトに化ける力もないくらい弱ってたのに、よく動けたもんだな。体力おばけだ」

「は、なせ……っ」

「はい、おかえり～」

男は、シノオを寝ていた場所まで戻すと、「君、よく寝てたなぁ」と頬を撫《な》でた。

「ね……」

「二度寝。ごそごそしてるから起きたのかな～と思ったら、寝惚けて俺の肉を噛むし、腹で跳ねて遊ぶし、遊び疲れて寝たかと思ったら毛皮をよだれまみれにするし、俺の前脚を咥えて吸いながら寝ちゃうしさ……君は赤ちゃんかなにかか？」

こんがらがってる尻尾を解くの大変だったんだよ、と男は笑い、台所に立つ。シノオが大神だと分かっていて背を向けるのだから、よほど自分の力量に自信があるらしい。

「貴様、はぐれ稲荷のネイエか」

「あら、俺はそんなに有名だったのか。大神惣領のシノオ殿にお見知りおきいただけるとは光栄だな」

「うちの縄張りを我が物顔で横切っていくのは貴様くらいのものだ」

シノオがネイエを知っていたように、ネイエもシノオを知っていたらしい。

髪が金色で、瞳が銀色。えらく美しい顔立ちをした立派な毛並みの狐で、信太村に出入りしているよそ者となれば、はぐれ稲荷のネイエしかいない。

「俺、何度か君たちに襲われたことあるよ。まかみの原とまかみ岩を越えたほうが信太村までの近道だからたまに使うんだけどさ……、いやぁ、あれには参った参った」

「貴様は幾度となく俺たちを化かしてくれたな」

このはぐれ稲荷は、大神と真っ向から対峙《たいじ》するのではなく、のらりくらりと躱《かわ》すのだ。食えない男だ。

だが、この狐の肉は食える。このオスを仕留めて群れへ持ち帰れば、自分が惣領へ返り咲くことは叶わずとも、飢えた仲間たちの腹を満たしてやることはできる。

シノオはヒトの姿のまま四つ足で畳を這い、ネイエの背後にそろりと忍び寄った。

がぱりと大口を開けて、いざ襲いかかろうとしたところで、「さぁ、ご飯をたべよう」とネイエが振り返って、シノオの口は空を噛んだ。

この男、背中に目でもあるのか、はたまた勘がいいのか、隙がない。

「君、最近、風呂《ふろ》に入ってないだろ?」

「……?」

「血腥《ちなまぐさ》くて、泥臭い。ひどいにおいがする。よそのオスのにおいがべったりついてるし、君自身もかなりメスくさい。……だから、近づいてきたらすぐ分かるよ」

ネイエは、自分の腕に二つも三つも皿を乗せて、畳へ上がった。

万年床を蹴りよけて、直接、畳の上に皿を置き、そこへ箸《はし》を渡す。その足で土間へとって返すと、一升瓶とぐい呑みをひとつ持ってきて、それもまた畳にそのまま置いた。

「貴様、見た目に反して雑だな」

「そう? もしかして、卓子とかお膳《ぜん》を設《しつら》えろって言うなら勘弁な、面倒臭い」

シノオの前に胡坐《あぐら》をかいて座り、早速、一升瓶の封を切る。

じっと身構えているシノオに「君も食べな」と箸を握らせ、手酌で酒を呷《あお》ると、干したぐい呑みにまたなみなみと注いで、それをシノオに差し出した。

「なぜ、俺を助けた?」

左手に箸を、右手にぐい呑みを持たされたシノオは、ネイエを訝《いぶか》しげに見やる。

「うちは俺一人だし、ここに客を呼ぶこともないから食器は一人分なんだよね」

「……だから?」

「お箸もそれも使い回すから、なんか適当につまんだらこっちに貸して」

シノオが握っている箸やぐい呑みは、ネイエの普段使いだ。

シノオは、その箸とぐい呑みを使うことなく、そのままネイエに突っ返した。

ネイエは「焦らなくていいのに」と、大きなお揚げを指先でつまみ、ぺろりと平らげる。

じゅるりと滴る甘醤油《あまじょうゆ》の出汁《だし》を啜《すす》り、狐目を細めて舌鼓を打つ。

「そうそう、君を助けた理由はさ、面白かったから。……あれだけ信太に迷惑かけた大神惣領殿が死に体で転がってるの見たらさ、なんかもう笑えちゃって」

「笑いものにする為に助けたのか」

「いやぁ、可哀想《かわいそう》だなって。……君があんまりにも哀れで」

ネイエは、はぐれ稲荷だ。はぐれ稲荷には、所属すべき枠組みや、居場所や、家族がない。そんな自分と同じ孤独な境遇に陥ったシノオを見て見ぬフリできなかっただけだ。

……が、それを言ってもシノオは理解しないだろうし、ネイエも分かってもらおうとは思わない。

ネイエは孤独を愛しているし、自分自身の孤独を可哀想だとは思っていない。

ただ、シノオの孤独は誰も助けを差し伸べない孤独だと判断したから、自分が手を差し伸べてやるべきだと判断して、そうしただけだ。

「……そういうのはお嫌い？　群れを追われた大神惣領殿」

「狐ごときに哀れまれるとは、俺も落ちたものだ」

ネイエという男は、たおやかで美しい見た目とは裏腹に、物言いがきつい。

品の良い口元に薄ら笑いを浮かべてそう言われると、シノオは本当に自分が哀れまれている気持ちになる。だが、ネイエは、傷ついたシノオを助けるという嘘《うそ》偽りない情も持ち合わせている。それが見え隠れするから、シノオは戸惑う。この男の真意が見えてこない。

「……ま、どんな理由をつけても君は納得しないでしょ？　君たち大神はいつの頃からか、助け合いの精神で生きていくことをやめたしね」

昔は、血色の大神一族といえば立派な神様だったのに、最近じゃ、物の怪《け》や妖《あやかし》よりタチの悪い凶神《まがつかみ》だ。

大神としての誇りとやらを守る為に、ヒトと交わることを拒み、ヒトと関《かか》わることをやめて、ヒトからの信仰を得られなくなった神様。そして、「ヒトとの関わりを深めた神とは相容《あいい》れぬ」と、様々な神とさえ縁を絶った神様。どちらとも距離を置いた末に、どちらからも忘れ去られ、いまは一部の山神として存在を認められるのが関の山。

俸祿《ほうろく》は減り、祀《まつ》られる場所も少なく、定住先もなく、食料も得られず、遠縁にあたる狐や狗との共存すら拒み、矜持《きょうじ》や血筋を優先して他者と交わることを忌避し、当《あ》て処《ど》なく放浪し、孤独に生きることを選んだその末路。

滅びる間際の、獣。

それが、大神一族。

「俺は狐だけど、君も知っての通り、信太狐じゃなくてはぐれ稲荷。はぐれ稲荷は一匹者で、はぐれ者。大神一族とは争ってない。それに、仲間も後ろ盾もないのに君を殺して大神一族を敵に回すほど俺も馬鹿じゃないよ。……まぁ、この状況から察するに、君を殺しても仲間が仇討《かたき》ちに来るとは思えないけど」

ネイエは酒を呷りながら、ちらりとシノオを見やる。

筋肉の落ちた細い首筋と、痩せて肋骨《あばらぼね》の浮いた棒きれのような四つ脚。

本人も無意識のうちに後ろ脚を引きずるのは、何度も折られて、潰《つぶ》された結果だ。

横顔の涼しげな青年の姿で、つんとした印象の男前。きつく吊《つ》り上がった眦《まなじり》と、引き結んだ薄い唇。水に溶いた血のような眼球は、左に比べて右側がすこし歪《ゆが》んでいた。

ひと昔前、シノオは、信太狐の御槌と一戦交えた際、その右半身に雷撃を受けた。普通ならば絶命するところだが、そこはさすがに大神惣領殿。身を焼かれこそしたが、こうして生きている。ただ、そのせいで特に火傷がひどかった顔の右側面が引き攣《つ》れて、表情も歪み、肌理《きめ》の細かな肌は見る影もなかった。

その騒動の後、長いこと姿を見かけないとは思っていたが、これではあまりにも哀れだ。立派な毛並みも色褪《いろあ》せ、艶もなく、くちゃくちゃに絡まって団子になった箇所もあれば、短く毟《むし》られた箇所もあり、肉が見え隠れするほど無残な部位もある。内腿《うちもも》や背中は、その憐れな毛皮さえごっそりと抜け落ち、身を守るべき皮膚の奥まで傷つけられていた。

白いものが混じった赤毛は、元は目を瞠《みは》るほど鮮やかで、血色の宝石と謳《うた》われるほど美しかったことをネイエは知っている。

だが、いまのシノオが見せる姿は、ただただ痛々しい。

これは雷ではなく、同胞にやられた傷だ。

「ご飯食べないと、そのぼっさぼさでがさがさの毛並み、元に戻んないよ」

シノオは、ネイエの手から一升瓶をひったくり、がぶがぶと直《じか》に呑む。

「無様な姿を拝んで……それで楽しめたか？」

久々の酒は、よく回った。だが、シノオの喉をよく潤しもした。

その酒、ヒトが作った酒じゃないから胎に子がいても安心して呑めるよ。

「君、呑みっぷりいいなぁ。その酒……」

そう言いかけて、やめた。

そうそう、シノオを助けた最大の理由。

身重のメスを殺すのは、後味が悪いからだ。親友でもある御槌の嫁が四つ子を産んだばかりで、時を同じくして胎に子を抱えるシノオを殺すのが忍びなかっただけだ。

この、気位の高い大神惣領殿が孕まされるなど、よっぽどのことだ。隠しておきたい気持ちも分かる。それに、身重を理由に温情をかけられたと知れば、シノオはひどく憤り、ここから出ていくだろう。だからネイエは、気づかないフリをした。

それに、ネイエの気のせいかもしれない。シノオの胎は膨れていないし、見た目は普通のオスと変わりない。見た目で妊娠していると判断できるというよりは、神様だから分かるという第六感的なもので、そして、ネイエのそれはちっとも当てにならないのだ。

ネイエは、妊娠出産の蛇神や狗神ではなく、はぐれ稲荷だ。御槌のところの子供は勘が鋭いから分かるかもしれないが、正直なところ、確証のないネイエが抱くのは、「この子、身重の人妻かぁ……やらしいなぁ……」という俗っぽい感想だけだ。

「貴様は気味が悪い」

きれいな顔をして、なにも言わずにじっとシノオを見つめて、ぺろりと舌なめずりする。

シノオはそれが落ち着かない。出ていきたい。けれども、ネイエは行儀悪く寝そべって食事をしながらも、シノオが逃げる隙を与えない。

結局、シノオは「狐くさい」と言って、ひと口も食事を口にせず、ネイエが一人で食べきるまで、じっとサシで向かい合っていた。

＊

シノオを助けたからといって上げ膳据え膳でもてなすわけでもなく、「適当にしてていいよ」と言って、ネイエはごろりと横になった。

食べた食器を部屋の隅へ押しのけ、「うぅさぶい」と座布団を枕にして布団の上掛けだけを手繰り寄せると、それに包《くる》まって糸みたいに目を細めるなり、ものの数秒で、極楽極楽……と眠ってしまう。

なんと自由で粗雑な男だろう。好きな時に好きなことを喋って、食べて、寝る。

実にはぐれ者らしい生活だ。群れで生活してきたシノオとは、まったく違う。

だが、そんなことはどうでもいい。長居は無用だ。狐のにおいが染みつく前に出ていこう。しかしながら、ネイエの勝手とはいえ一宿一献を頂戴《ちょうだい》したのは事実だ。正座をしたシノオは姿勢を正し、膝《ひざ》に拳《こぶし》を乗せ、眠るネイエに頭を下げると、その足で立ち上がった。

途端、シノオの足に、しゅるりとネイエの尻尾が巻きついた。

「貴様……狐の分際で狸《たぬき》寝入りか」

「君は、なんだか生きるのが下手《へた》糞《くそ》だな」

君が長居できるように構わずにいてやったのに、それを分かっていてなんで出ていくんだ？　体調が戻るまで適当に俺の厚意に甘えて、でかい顔して居座っていればいいのに。

「俺は大神惣領だ。狐に恩を借りれるか」

「でもさ、君、帰る場所ないでしょ？　それどころか餌場《えさば》も確保できてないのに……、そんな体で真冬に出ていったら死ぬだけだよ」

胎の子もろとも。

「腐っても狼だ。狐の世話にはならない」

ふぁふぁと足首にまとわりつく尻尾を踏みつける。

「でも、君、もうどうしようもないでしょ？」

君を君たらしめていたものは、もうなにもない。立派な大神惣領の地位も、オスとしての優位性も、君が君として誇っていたものは、もうなにもない。

君の居場所は存在しない。君の価値はもうない。

「君、自分は大神惣領だって口癖みたいに言うけど、それに依存するのはやめたらどうだ？」

「……依存」

「だって君、もう大神惣領じゃないだろ？　過去の栄光に縋《すが》りついてないでさ、一人で生きる道でも探したら？　……惣領の座を追い落とされた、元大神惣領殿？」

弱り目に祟《たた》り目だ。ネイエは、追い打ちをかけるような言葉を吐く。

その言葉に傷ついたのか、図星を指されて悔しいのか、まさか狐の目から見ても自分が無様な存在に見えていたことが情けないのか、シノオは唇を噛んで耐えていた。

そんなに深刻になるほどのことでもないのに……とネイエは苦笑する。

可哀想だなぁ、と思う。この大神は、仲間や群れを大事に思っていて、惣領であることに誇りを持っている。なのに、もう、それらをなにひとつとして持っていないのだ。

仲間に乱暴され、群れを追い出され、行き倒れていたのだ。それでもまだ自分を傷つけた群れを恨むのではなく、目の前にいるネイエという狐を睨み据えるのだ。

「君は、物事の見方と生き方を変えたほうがいい」

君が今日まで生きる支えにしてきたものは、もう、なにもかも君のものじゃない。

「貴様ごときにそう勧められて、ではそうしよう、と応《こた》えると思うか？」

いけすかない男だ。薄ら笑いのきれいな頬で、シノオのなけなしの誇りを潰してくる。

「俺は別にあぁしろこうしろ指図するつもりはないよ。……ただ、まぁ、君みたいに群れの一番だったことに誇りを持ってる手合いとも違うのは確かだよね」

ネイエ自身は、どこかに寄るべを持たない性根だ。

シノオのように、仲間を傷つけることを恐れて反撃もせず、自分より弱い存在に傷つけられることを甘受するほど、同族への思いやりはない。仲間から無体を働かれ、屈辱的な扱いを受け、それでもまだ一族に執着するほど、同族への思い入れがない。

「たたただ、ばかだなぁ……って思うだけ」

「それが大神だ」

狼の習性だ。群れで生活しないと落ち着かない。それに、そうやって六百と二十年近くを生きてきたから、いまさら、この考えは変えられないし、それ以外をしろと言われても対応できないし、なにより、シノオには、これまで一族を率いてきたという自負もある。

この生き方を変えることはできない。

たとえ、守るべき群れを追い出されても。

「たかが六百年で……。俺、千六百とすこし生きてるけど、もっと融通きくよ？」

「そんなに長く生きて、なぜ、群れを作る努力をしなかったんだ」

皮肉るシノオの言葉に、ネイエが片眉《かたまゆ》を顰《ひそ》めて笑う。

あぁ、この男は、この男なりに努力をしたんだな……とシノオは察した。

「謝罪してやる。いまのは余計な言葉だった」

「君は……あぁ、うん、なんていうか、ほんっとに……不器用な生き方してるなぁ」

「貴様のように、責任のない生き方をしていないだけだ」

「君、俺のこと嫌いだろう？」

「あぁ、嫌いだ」

貴様のように、ずけずけと言ってくる心の機微に疎くて繊細さに欠ける獣は嫌いだ。

「俺も、君のこと嫌いだ」

君は、俺の大切な親友夫婦を何度も危険な目に遭わせてくれたから。

シノオが睨めば、ネイエも鋭く目を細める。

ネイエは、自分が目を細めると笑い顔になると分かっていて、馬鹿にした仕種《しぐさ》でわざとらしくシノオを嗤う。

シノオは、力で己を誇示することはできるが、口論になると途端に唇が止まってしまう。いまもそうだ。どうしようもなく唇を噛み、ネイエの言葉に背を向けるしかできない。

「言い返さないの？　逃げるんだ？」

戸口へ向かうシノオの眼前に、ネイエが立ちはだかる。

立って対峙することがなかったのでシノオは気づかなかったが、至近距離まで詰め寄られると、この優男は、見た目に反して圧迫感があった。

群れの中でも上背のあったシノオが見下ろされている。シノオは、銀の瞳に己の姿が映るほど見つめられても、左右へ跳ねる金の髪に頰をくすぐられても、ぶるっと顔を振ってむず痒いのを追い払うのを我慢して、鼻先の触れる距離でごちんと額をぶつけて睨み返す。きれいなきれいな顔でまっすぐに見つめられるのを、射殺すように、睨む。

ちゅ。唇が触れた。

ネイエが小首を傾げた拍子の偶然かもしれないが、いま、確実に、唇が触れた。

違う、この男わざとだ。目が笑っている。

「君、唇が薄いな。そうやって噛んでるとまた破けるよ」

「……っざけるな！」

「お、……っと」

一歩後ろへ足を引き、シノオの拳を避《よ》ける。

「逃げるな、狐！」

ぎゃり、がりっ。尖《とが》った歯を軋《きし》ませ、奥歯を噛み鳴らす。

「君たち大神は人間と交わらないからほんと獣くさいな。……ほんとに臭いって意味じゃなくて、表面は人間っぽく化けてるけど、習性が獣じみてるって意味だよ」

「うるさい！」

「ぎゃうぎゃう吠えないで」

「んむっ」

唇を抓《つま》まれた。長く、細い指先で、上唇と下唇をぎゅうと閉じられる。

「そういう可愛《かわい》くない態度だから、みんな離れていったんじゃないの？　あぁ、離れないで、監禁されてたのか。……なぁ、同じ目に遭いたくなかったら、俺の言うことを聞いといたほうが身の為だ。俺がここにいろって言ってるんだから、君はここにいればいい」

「…………」

「分かった？　分かったら唸《うな》ったり吠えたりしないで、風呂に入って寝な。そしたら、この手を離してあげる。いまの君は、無力で弱い存在なんだってことを理解して、俺に従え。それくらい理解できるおつむはあるな？　手負いの大神惣領殿」

「うー……」

俺がいなけりゃ死んじまう腹ボテの行き倒れのくせに……、強がるな。

「唸るな。……ったく、群れのひとつも纏《まと》め上げられないくせに……。情けない話だな。どのツラ下げていっぱしの男のフリしてんだ」

「……っ」

その言葉が、シノオの心に一番刺さった。

たぶん、ネイエはわざとそうしてシノオの心を抉《えぐ》る言葉を選んでいる。なけなしの誇りを微塵《みじん》も残さぬほど砕いて、もうシノオがどうにもならない状況に追い詰められていることを分からせようとしているのだ。

群れから逃げた大神は、殺される。狐に見つかったとしても、殺される。万にひとつ、誰にも見つからずに済んでも、満身創痍《まんしんそうい》で食料も自力で得られぬ弱者は死ぬ……、と。

「まだなにか言い返す？」

「……うる、ざぃ」

「唸るなって言っただろ……え、うそ……やだ、泣いた……!?」

驚いて、ネイエは唇から手を離した。

「泣いてなどいない！」

「いや……でも、鼻ぐずぐずしてるじゃん！　……うそだろ、もう、ごめん……」

「は、なせ……！」

狼狽《うろた》えるネイエに抱きしめられ、シノオは怒鳴った。

泣いたつもりはないし、涙を見せるつもりもない。なのに、ネイエの着物の袖を摑《つか》んで引き剝がすその指先に力が入らない。振り解《ほど》く力もないほど自分の腕力が落ちているのか、それとも、ぎゅうぎゅう抱きしめてくるネイエがびくともしないのが悪いのか、こうして一人で立ち、ネイエに抗《あらが》う気力もあるから平気なのに、平気なはずなのに……。

「……っお、れを……ょわいもの……あ、つかいっ、するな……っ」

平気なはずなのに、声が震えている。

いやだ、こんな自分。こんな声。こんなふうに、心が不安定に揺れるの。仲間に裏切られた時もこんなふうにならなかった。いやだ。なんだこれ、なんで、こんな……。

「……ごめん」

ネイエは、嫌がるシノオをもっと強い力で抱きしめる。足を踏まれても、顎の下に頭突きをされても、拳で肩を殴られても、ぎゅっと抱きしめる。

シノオは、ネイエの腕のなかで子供みたいに頼りなげに俯《うつむ》いて、唇を嚙みしめる。ネイエの予想よりも、もっとずっと、シノオの心は弱っていた。シノオ自身でさえ、自分が泣きそうになっていることが自覚できないくらい。これは妊娠で情緒不安定なだけが理由じゃない。色んなことに傷つきすぎて、色んな感覚が鈍感になっているからだ。

きっと、そうしないと色んなことに耐えてこられなかったからだ。

「……狐」

「はいはい」

もう弱々しい声じゃない。シノオは、ネイエに頼り縋って優しくしてもらわずとも、自分自身で気を取り直した。強い男だと、ネイエは感心する。

「貴様、俺になにかしたか？」

自分には、こうしてまっすぐ立ち、ネイエに抗うほどの体力は残ってなかったはずだ。

「あぁ、うん。熱が下がんなくて死にそうだったから……」

唇を重ねて、力を分け与えて、救った。ヒトの姿もとれぬほど弱り果てて、股から血を流して子供も流れてしまいそうだったから、助けた。

「そんな悔しい顔しないでよ。君を助けたのは……」

言葉の途中で、ネイエは黙った。

ヒトの形をした耳を狐のそれに変えて、表玄関のほうへ耳を欹《そばだ》てる。

森の茂みで、ガサっ！　と大きな物音がした。

ネイエの懐で、シノオが静かに息を呑む。

「大丈夫、大神じゃない。……君を探しに来た大神じゃない」

ネイエの言葉を後押しするように、勝手口の小窓の向こうで鹿の目が光った。だが、その言葉も耳に入らないのか、シノオは首を竦《すく》めてネイエの懐に隠れ、しがみついている。

狼の耳と尻尾が出ていて、ネイエの着物を摑んだ手指は爪先が白くなるほど力が籠り、精一杯の力で恐怖に打ち勝とうとしている。尋常じゃないくらい、怯《おび》えている。血の気の失せた頬を引き攣らせ、血色の瞳を見開き、浅い呼吸で息を潜める。いまにも膝から崩れ落ちて、自分で息を止めたまま死んでしまいそうだ。

ばかだなぁ……、ネイエはしみじみそう思った。

こんなに怯えて、こわがってるのに……。こんなに怯えて、こわがるくらいひどいことをされたのに……。それでもまだシノオは群れの仲間を恨まずに、己の力量不足を申し訳なく思い、己の弱さを情けなく思っている。

ばかだ。誰も、シノオのことをそんなに大事に思っていないのに。単なるメス穴としての用途しか求めていないのに。シノオが惣領でいられたのは、シノオが群れで一番強くて、唯一人、御槌と渡り合える実力があって、狩りが上手で、自分が餌にありつけなくても仲間に食料を分け与えるようなお人好しだからなのに……。

君はそれを分かっていても、それでも仲間の為に尽くしたのに。

こんなに怯えるほど仲間に乱暴されたのか。

「シノオ、傍にいろ」

絶対に見つからないように、俺が匿《かくま》ってやる。君には、庇護《ひご》者が必要だ。

正論で追い詰められるよりも命令口調で引き留められたほうが、シノオとしては従いやすいのか、その証拠に、シノオは唇を噛みはしたけれど、今度はいやだと言わなかった。

【2】

朝、シノオが目を醒《さ》ますと、ネイエがいなかった。

あの男は、勝手な男だ。家族もおらず、独り身が長く、自由気儘《きまま》に全国津々浦々をふらりと渡り歩き、群れで暮らしたことがない。そのせいか、同じ屋根の下にいるというのに、出かける時でさえ、誰かにそれを伝えてから家を出ない。

ネイエは、狐のなかでも特異な存在だろう。

その狐と馴《な》れ合うつもりはないが、生活様式が摑めないのは困る。

「……っ」

シノオは部屋の隅で丸くなっていた。

寒かった。寒いと胎が痛む。じくじくと下腹が疼く。短い呼吸でやりすごそうとするが、息も止まって気が遠のくような痛みが慢性的にあって、腹を抱える左腕にも力が入らず、唇を噛み、牙で破って血を流しても、それでもまだ腹のほうが痛い。

シノオは、父親が誰か分からない子をすでに一匹産んでいる。

胎にいるのは二人目。

どちらも、大神の仔《こ》だ。

一人目は、産むと同時にどこかへ連れていかれた。それからどれほどか……長いのか短いのかも分からないくらいの時間が経った頃に、「お前はもう惣領ではない」と、見慣れない容貌のオス狼に犯されながら告げられて、それで、その時、シノオは理解した。

代替わりした、と。

いま、シノオを犯しているオス狼が、新しい大神惣領の座に就いたのだ、と……。

そのオス狼に犯されて、それからほどなくして胎に二人目ができた。

そのオス狼は「俺の跡取りだ」と喜んだ。

産んではならない子だった。

ただでさえ、大神は近親交配で血が濃いのだ。何代にもわたりそれを繰り返してきたせいで、仔も産まれなくなってきたし、弱い種が増えた。これ以上、濃くしてはならない。

早いうちになんとかしなくてはいけない。

痛みに指先ひとつ動かせず、額に浮く脂汗を拭《ぬぐ》うことさえできないくせに、それでも、シノオはそんなことを考えて、己の胎に爪を立てて裂こうとして、未《いま》だできずにいる。

はぐれ稲荷の分際で、あの男、力だけは強いらしい。きっと、あの狐の神力がシノオの抱える痛みを押さえつけていたのだろう。だが、それも切れてしまえば、このザマだ。

「……？」

カタ、と玄関口で物音がした。

シノオは、ヒトの耳を大神の耳に変えて、欹てる。じりじりぎりぎり、唇を噛みしめ、よりにもよってこんな時に……どうして気づかなかった……と、自分自身に苛立《いらだ》ちながら、すわ大神かと身構えたが、……どうにも、様子が違う。

鈴の音が聞こえた。りん、と軽やかで、愛らしい音色だ。

鈴の音のありかを耳で突き止めると、シノオは玄関口へと視線を向けた。

細く隙間の空いた玄関戸の足もとに、うにゅ、と小さな口吻が差しこまれた。

小動物が、鼻先を使って引き戸を開こうとしている。だが、頭が小さいのかして、ちょびっとしか開けられない。けれどもけっして諦《あきら》めず、ほんのすこしの隙間に、爪もやわらかな前脚を捩《ね》じこみ、弱い力で重い戸を引こうと懸命に頑張っている。

そうして戸を動かそうとするたびに、右の前脚につけた鈴が、りん、と鳴った。

四苦八苦してやっとできた隙間へ小さな体を滑りこませると、体ぜんぶを使って間口を広げ、ようやっと、その生き物がぴょこっと顔を覗《のぞ》かせた。

狐だ。それも、仔狐。目の形が鈴のようにまぁるい仔狐は、きょときょと周囲を見回すと、「ねーねちゃん、いない……」と、見るからにしょんぼりと耳を伏せた。

それから、部屋の隅でぐったりとしたシノオを見つけるなり、びょ！　と驚いて尻尾と耳を逆立てる。けれども逃げはせず、ちらりとシノオを見やり、「ねーねちゃんのおともだち……？」と好奇心で瞳を輝かせ、家のなかへ入ってきた。

仔狐は上がり框《かまち》に腰かけるとヒトの姿になり、きちんと両手足の泥を落として、「こんにちは、お邪魔します」と丁寧に挨拶《あいさつ》をする。

真っ黒のつやつやの髪と、同じ色の瞳をした子供だ。まだ幼い。せいぜいが五つか六つ。自力で耳と尻尾を隠せないのかして、ヒトの形をとっても、それらが出たままだ。

「こんにちは、信太村のすずです。本当は、とひすずって言います。信太の御槌と褒名《やすな》の十一番目の子供です。よろしくおねがいします」

ぺちょ、と頭を下げる。首から下より頭のほうが重いのかして、お辞儀《じぎ》をすると、ごちん、と畳に額をぶつけていた。

ちょっととろくさそうだ。親の躾《しつけ》の賜物《たまもの》か、訊いてもいないのに自己紹介をするし、信太村の内側で守られて育っているせいか、他人を疑うということを知らない。

「ねーねちゃんがどこに行ったか知ってますか？　あ、……えっと、ねーねちゃんはね、……ねーぇ、ね……ぃ、ね……ん〜……ネ、ェ……エ……」

まだ子供で舌が短いのか、舌っ足らずにしか喋れないらしい。

「……ネイエ」

「そう！　ねーねちゃん！」

きちんとネイエと発音できているつもりで自信満々だが、できていない。

シノオの言葉に両手を叩《たた》いて頷《うなず》き、見知らぬシノオからもネイエという単語が出てきたことで、これでもうネイエを介して知り合ったお友達だと言わんばかりの様子だ。

すずは、勝手な親近感を抱いて喜び、いそいそとシノオに近寄ってきた。

それどころか、「すずは、ねーねちゃんのことが大好きです。それでね、今日も一緒に遊ぼうと思って来たの」と、シノオにぴったりくっついてお喋りを始めた。

腹が痛いから黙ってろ。喋ると同時にぱたぱた尻尾を振るな。部屋の隅の埃《ほこり》が舞う。耳を動かすな。がぶりとしたくなる。

色んなことに文句を言ってやりたいのに、それを言うのも億劫でシノオが黙っていると、すずはもっと傍に寄ってきて、シノオの膝に頭をぽてんと置いて、「ねーね、どこだろ?」とさみしそうに唇を尖らせた。

「知らん」

「そっかぁ。知らないかぁ……あのね、すずのおうちね、こないだ弟が生まれたの。それで、手が足りないから、ねーねちゃんはお産の前からうちに来て、すずたちと一緒に暮らしてくれてるの。でも、一昨日《おととい》からどこかへ行っちゃっていないから探しにきたの」

シノオの存在をよく知りもしないくせに、すずは真正直に話し始める。

すずは、信太村を治める御槌と、その嫁である褒名の息子だ。

忌まわしい信太の夫婦の息子だ。すずは、その十一番目。この上、まだ次が生まれたと言っているから、シノオが言葉にするのもおぞましい扱いを受けていた時期に、あの夫婦は家庭円満、よろしくやっていたらしい。

……これを喰ったら、あの夫婦はどう思うだろう。

自分の仔が大神に喰われたと知ったら、どれほど嘆き悲しみ、怒《いか》るだろう。

この仔狐は栄養が行き届いていて、うまそうだ。頰も手足も丸々として、毛艶も良く、皮膚は薄くて肉はやわらかく、実《み》は少ないが、どこか乳臭くてよだれが溢れる。

群れに持ち帰ったなら、皆、さぞや喜ぶだろう。

あぁ、でも……動けない。指先から冷たくなり、全身の血の気が引いていくのが分かる。いまも、すずが喋り続けているが、耳も遠く、よく聴こえない。

「…………」

いつの間にか落ちていた瞼を開くと、すずがシノオの胎を撫でていた。鈴をつけていないほうの手で、優しく、優しく、一所懸命の顔をして、撫でさすっていた。

「おなかいたいの？　……ごめんね、すず、いっぱいお話して」

「…………」

うん、とも言えず、中途半端に首を斜めに傾げ、シノオは、その手を振り払うでもなく、再び目を閉じた。

小さな手が、きもちいい。やわらかくて、あたたかくて、着物の上からでも分かるくらい、すずの性格そのままの、可愛くて優しい手がそこにある。

「狐はね、一度に双子とか三つ子とかで生まれるんだけど、すずの時は、おかあさんが弱ってて、すずは一人で生まれてきたの。だから、上の兄《にい》さまたちとケンカした時はね、ねーねちゃんがすずのお話いっぱい聞いてくれるの。ずっとだっこしてくれて、一緒に蟻《あり》さんの行列も見てくれて……だから、すず、ねーねちゃんのことだいすきなの。……でも、おなか痛いのに、ねーねちゃんとお話しするみたいにたくさんお話ししてごめんね？」

すずは、鈴の音よりも小さな声で、子守唄みたいに、ゆっくり、ゆっくり、喋る。

「……すず」

「あい」

「もうちょい、下……」

撫でるなら、胃じゃなくて下腹にしてくれ。

それから、痛みが紛れるから、もっと話をしてくれ。

「さむい？」

「ん……」

シノオが頷くと、すずは、りん、と鈴を鳴らして狐の姿をとった。

毛玉のお団子みたいにくるんと丸まって、「あい、どうぞ」と、シノオの膝に乗る。

下腹にぴっとりくっついて行火《あんか》の代わりになると、「おなかぬくぬくしましょうね」と腹に置かれているシノオの手を舐めて、きゅ、と鳴いた。

真っ黒の狐でできた、湯たんぽだ。

シノオは、丸まった団子ごと自分の腹を抱えて、細く、息を吐く。

「おなか、まっくろ、びょうきなの？」

「……っ」

すずの言葉に、吸いかけの呼吸の途中で息を詰める。

すずは「胎に子供がいる」ではなく「まっくろ」と言った。

子供というのは、ヒトの子も、獣の仔も、勘が鋭い。ネイエさえ気づいていないことも
すずには分かるようで、より明確に胎のコレの存在を言い当てた。

シノオが答えずにいると、すずは短い尻尾をシノオの手首に巻きつけ、「お医者さまに
診《み》てもらったほうがいいよ、それ、あかんぼじゃないよ」と吐いた。

「呪《のろ》われてるよ」

愛らしい、幼い、無垢《むく》な声音で、右前脚の鈴をりんと鳴らして。

「……これをどうこうする力が、……俺には、残ってない……」

もしかしたら、満足に産んでやることもできず、胎を食い破って出てくるかもしれない。

それならそれで、そういう末路だと諦めもつく。

大神惣領としては、これ以上、血の濃い大神を産むべきではない。

一人目の子でさえ、満足に産み育ててやれなかったのだ。

産んだその瞬間、産声を聞いたか聞かなかったかも分からないほど朦朧《もうろう》とした意識のなかで、股からの血を拭われることもなく、羊水まみれのその子は奪われ、どこかへ連れていかれて、乳を与えてやることもできなかった。

大神は、もう終いかもしれない。

ネイエの言った通り、シノオの力量不足だったのだ。惣領としての器が足りなかったのだ。その証拠に、同じような状況下でも、信太狐はこんなにも繁栄しているではないか。

そう思いはしたが、それでもシノオは己の考えに首を振る。

狐を襲って生きる道を選んだのは大神だ。大神は、ヒトやよその神と交わらず、大神として生きることを選んだ。いまさら、その道は変えられない。考えを改めるつもりもない。

生きてきた道を否定してはならない。これが、大神の生き様であり、死に様だ。こうして生きて、滅ぶことが、大神の哀れな末路ではなく、誇るべき結果なのだ。

その結果を、胸を張って受け入れるべきだ。

大神は、大神らしく死ぬべきだ。

「すず、大神のにおいがつく前に帰れ」

狐に情けをかけられるのは、もうご免だ。

「すず？　……すず？」

ぷぅ、ぷぅ。くぅ、くぅ。毛玉が寝ていた。熟睡中のようで、動く気配はないし、目を醒ます様子もなく、膝の上から動かせないし、シノオもそこから動けない。間抜けな寝顔だと笑ってやりたいが、目を閉じると本当に真っ黒で、寝顔がどこかも分からない。

それがなんだか面白くて、小さく笑ってしまった。すっかり毒気を抜かれたシノオは、肩でひとつ息を吐き、爪先だけを狼に変えて、すずの耳の裏を撫で掻いてやる。

小さな仔は、ここを掻いてやるとよく寝るのだ。

自分の仔の世話は焼けなかったが、群れの年下をあやしたことはある。

ぴすぴす、ぷぅぷぅ。すずは気持ち良さそうに寝息を立てる。手首にくるんと巻きついていた尻尾も、眠りが深くなるにつれ、ふにゃりと解けて、時折、ぱたっと跳ねる。

眠る子は、温かい。そんなことも忘れていた。

じわじわと熱が染みてきて、程好い重みが心地良くて、なにより、手の平に触れるやわらかな毛並みや、丸いお尻の感触、間抜けな寝息を聞いていると、頬がゆるむ。

胎の痛みも、引いてきたかもしれない。緊張していたこめかみも、ぎりぎりと噛みしめていた奥歯も、そうしないと耐えられなかった痛みも失せて、「また、あの恐ろしい痛みがくる……」と、全身に力を入れて身構えなくても、シノオを襲ってこない。

「…………ただいまぁ……っと、……寝てる？　……この黒い毛玉、……すず？」

「……っ！」

ネイエの声で、シノオが飛び起きた。

膝の上のすずもびっくりして飛び起きて、シノオの首に襟巻のように巻きつく。

「なっ、ん……なっ……んだ……っ!?」

肩から力が抜けて、深く息を吐いたところまではシノオも覚えている。けれども、そこまでだ。まだ朝方だったはずなのに、いま、窓辺の太陽は中天に差しかかっている。

だめだ、どれだけ寝ていたか分からない。

首に巻きついたすずの毛皮も、心なしか、しっとりと濡れている。

「よだれ拭《ふ》いたら？」

「……ぅ、うるさい！」

ネイエに指摘されて、シノオは自分の口元を拭った。

「すず、よだれ？」

ふんふん、すんすん。寝惚けているすずは、シノオの耳元で自分の毛皮をぺろぺろして、

「これ、すずのよだれじゃない……」と安心してまた眠る。

「大神がよだれ垂らして寝るってどういう状況なの」

気ぃ抜けすぎでしょ。しかも、君たちの餌が目の前で寝こけてるのに、それを喰わないで膝に乗せて一緒に寝るって……どういうことなの、面白い。

ネイエはきれいな顔をくしゃくしゃにして笑った。

歯を見せて笑うと、ネイエのきれいな顔は男前になる。笑い皺《じわ》ができて、頬がくしゃりと笑みの形になって、骨格がはっきりするから、きっと、そう見えるのだ。

「笑うな、狐っ」

シノオは、首周りで寝こけるすずの後ろ首をつまんでネイエに放り投げた。

「ぴっ……！」

ぴゃっ、と鈴みたいに真ん丸な団子が宙を飛ぶ。

「お、いらっしゃい」

丸まったすずを、ネイエが懐で受け止めた。

「こんにちぁ、おゃましまぁす」

仔狐の姿だとちゃんとヒトの言葉を話せない未熟者のすずは、ネイエの懐でヒトの姿に戻った。ネイエにだっこされて、全体重を預けてすっかり安心しきった様子だ。ネイエによく懐いていて、ふわふわと夢見心地に目を細め、すりすり鼻先をすり寄せている。

ネイエもそれに頰を寄せ返しているところから察するに、この二人はいつもこんなふうに仲良しなのだろう。ネイエがすずをだっこする姿も堂に入っている。

「すず、ねーねちゃんに会いにきたの。あそぼ？　蟻塚に飴《あめ》ちゃん流そ？」

「飴ちゃんはやめたげよ？　一人でこんなとこまで来たの？　どうやって？」

「ねーねちゃんの匂いを追っかけた！」

「信太山を越えたら大神の領地だから行っちゃだめってお父さんに言われてるでしょ？」

「でも、すず毎日遊んでるよ？　ここからもうちょっと向こうの、岩がいっぱいあるほうに、おいしいお水が湧いてるの。それをね、おかあさんに持って帰ってあげてるの」

「……おい、そこは俺たちの水飲み場だぞ」

ネイエとすずの会話に、眉間《みけん》に皺を寄せたシノオが割って入った。

あんな危ないところに、こんなこまいガキを一人で行かせるな。

「すず、そこはもう行っちゃだめだからね」

「だぁめ？」

「だぁめ」

めっ。こつんと額をくっつけて、ネイエが言い聞かせる。

納得はしていないようだが、すずも「……はぁい」と首を縦にした。

「よし、じゃあお昼にしようか。もうお昼ご飯の時間はけっこうすぎてるけど……いま、食料を仕入れてきたんだ。……シノオも、今日こそなんか食べなよ」

シノオに小言をくれて、ネイエはすずを抱いたまま土間へ下りる。

「ねーねちゃん、あのおにいちゃん、おしのちゃんっていうの？」

「そうそう、おしのちゃん。ねーねちゃんの友達です」

「ねーねちゃんのおともだちは、すずのおともだち！」

「一緒にねんねした仲だもんな」

「うん！　すず、おしのちゃんともなかよしこよしになった！」

ネイエの肩越しに、すずはにこにこ顔でシノオに手を振る。

シノオが手を振り返さなくても、すずはめげない。

「すず、頭に登らないの」

「はぁい」

「お返事だけは立派」

「ねーねちゃん、ご飯作るの？　へたくそなのに？」

「へたくそだけど作るよ～。……あ、シノオは座っていいよ。……まぁ、元気ならお膳の用意くらいは手伝って」

ネイエは振り返り様に台拭きを投げた。すずが、自分の肩に足をかけて、その頭に登るのを好きにさせながら、土間に置いた籐籠から食料を取り出す。

ネイエは、食料のほかに薬も調達してきたらしい。薬というのはもちろん、シノオの為のものだろう。この男は交友関係が広いのかして、誰それという神様の膏薬《こうやく》やら、どれそれという神様の飲み薬……と、まるで奇術師のように珍品を並べ立てる。

「薬は寝る前でいいらしいからさ、とりあえず昼ご飯だな……」

得意気な様子で、ネイエは前掛けもせず、お勝手に立った。

　ほとんど使った形跡のない台所でなにを作ろうと知ったことではないが、少なくとも、昨日の食事は、煮炊きはおろか切りもせず、食い物を皿に乗せただけの出来合いだったし、使った食器もまだ洗い桶《おけ》に放りこまれたままだから、たいして期待はできないだろう。

　シノオの予想通り、ネイエは早々に音を上げた。

「だぁあぁ！　もうやだ！　むり！　指切った！　痛い！　なんで関包丁ってこんなによく切れるの⁉　すごい！　……すず、危ないから足もとでうろうろしちゃだめ！」

　どうやらネイエはまったく料理ができないらしい。実に危なげな手つきだ。

　食材に対して包丁は斜めに歪んでいるし、だん！　と力任せに圧《お》し切るし、第一、背の高いネイエに対して台所が低すぎて使いづらいのだ。竈《かまど》の火も自力で熾せないのかして、狐火で着火してごうごう燃やすし、湯を沸かせば煮え滾《たぎ》らせる。

　これなら、ネイエの足もとでうろちょろしながら胡瓜《きゅうり》に金山寺味噌《きんざんじみそ》をつけてつまみ食いするすずのほうがずっとマシだが、それでもネイエは包丁を置く気はないらしい。

「すず、こっちへ来い」

　シノオはしょうがなしに土間へ下りると、すずを抱き上げた。

　子供が大怪我や大火傷をするかもしれないのは、見ていられない。

「おしのちゃん、お昼ご飯いつになるかな？」

「夜には食えるんじゃないか？」

すずの手に握られた胡瓜を、ばりっと齧《かじ》る。

「だって自分でしたことないんだもん！」

二人の会話を聞いて、ネイエが拗《す》ねた。

ネイエは旅の先々に現地妻がいるし、現地妻がいない場所でも、誰かがその美貌《びぼう》に惚《ほ》れて世話を焼いてくれる。信太村に滞在中は黒屋敷で世話になるし、あそこの夫婦はどちらも料理が得意だから、なんでも作ってくれる。一人の時は外食で済ませるし、山にいる時は山の恵みがある。時には人里に下りてスーパーで出来合いものを買ってみたり、神社のお供え物を頂戴したりもする。だからというわけではないが、ネイエは料理をしたことがなかった。それに、いまは真冬で山の食糧が乏しいし、黒屋敷で世話になっているネイエが、信太の市場で大量に食料を買いこんだりしたら悪目立ちしてしまう。

「それで、わざわざ時間をかけて町まで下りて仕入れてきたのか」

「そうだよ。あとは、ここに常備している乾物とか、旅先で仕入れた食材を足し増しして賄う予定。……どう？　えらいでしょ？　節約上手でしょ？」

「その辺に生えてる草でも食ったほうが体に良さそうだ」

贅沢《ぜいたく》な食材が消し炭やどろりとした物体に変わっていく様を見ていると、いっそのことナマで食ったほうがマシな気もしてくる。

「ねーねちゃんはね、おとうさんとおかあさんにご飯作ってもらったことないんだって」

ぽりぽり。一本の胡瓜をシノオと半分こして、「だからね、おとうさんとおかあさんのお顔も知らないんだって」と、すずがそっと教えてくれる。

「金狐と銀狐だろう？」

「うん。でもね、物心？　……っていうのがついた時には、おとうさんも、おかあさんも、おじいちゃんも、おばあちゃんもいなくて、おうちもなくて、いつも寒くて、おなかが空《す》いてたんだって」

「…………」

そんな重い話をガキに聞かせるな。シノオはそう思ったが、おそらく、ネイエが話したのではなく、すずがネイエのことを知りたがって、ネイエはそれに正直に答えたのだろう。

「だから、ねーねちゃんの為にご飯作ってもらえると嬉《うれ》しいんだって。……でも、ねーねちゃん、作ってもらってばっかりだから、自分で作るのは下手だねぇ……」

「なぁ……」

土間へ下りる段差のふちに腰かけて、悪戦苦闘するネイエの後ろ姿を見やる。

物心ついた時から両親がいなかったなら、自分の出自や所属も分からなかっただろう。だから、ネイエは全国各地を行脚して、自分の両親や自分自身の一族を探していたのかもしれないし、自分を受け入れてくれる群れを探したりしたのかもしれない。

けれども、その土地で生まれて、その集団で育っていないはぐれ者というのは、どう足《あ》掻《が》いても馴染《なじ》めないことが多い。時には、周りが受け入れてくれても、自分のなかでしっくりこないこともある。もしかしたら、ネイエは、一人が好きというより、一人を好きにならざるを得なかったのかもしれない。

シノオはすずを肩に乗せたまま、ネイエの隣に立った。

「貴様、もう料理はやめろ。そのうち指を飛ばすぞ。……そもそも、なぜ今日に限って料理をするんだ。竈に蜘蛛《くも》の巣を張らせているような奴が、慣れないことをするな」

「女の子のあっちには蜘蛛の巣張らせたことないんだけどね」

「……貴様、きれいな顔して言うことが下品だな」

見た目に反して、えげつない。

シノオは、咄嗟《とっさ》にすずの耳を塞《ふさ》いだ。すずが不思議そうな顔で見上げてくるので「訊くな、悪い言葉だ」と言い聞かせると、「ぁーぃ」と素直な返事が返ってくる。

「シノオ、……どこ行くの？」

玄関先へ足を向けるシノオに、ネイエが問いかけた。

「狩り」

「……なんで？　ご飯作ってるよ？」

「それはお前とすずの食事だ。それに、お前のメシはなんだか不味《まず》そうだし、胡瓜ばかり食っていたら河童《かっぱ》になる。すずも腹を減らしてる。餌を調達してくる」

「君は……ほんと……ちょっと元気になったらすぐそうやって働こうとする」

「当然だ」

動いて、働いて、戦って、狩りをして、食わないと、大神は大神じゃない。

「大神がうろついてたらどうするの、やめときな」

「おしのちゃん、おおかみにがぶーされちゃうよ。すずと一緒にご飯待ってよ？　すず、おなかきゅうきゅうしてても待てるよ。ほら、おしのちゃんにもう一本胡瓜あげるから」

「そうそう。それに、これは君の為に作ってるんだから待ってなよ」

「……なんでだ？」

「だって、君、狐くさいご飯いやなんだろ？」

ここに来てから、シノオは一度も食べ物を口にしていない。神様の類《たぐい》は、人間と同じように食べなくても死なないが、弱っていくのは確実だ。それに、狐の村で買ってきたものは狐くさくて食えないとシノオが言うから、ネイエは自分で作ることにしたのだ。

「町で買ってきたものは人間臭いって言うしさ、鬼天狗《おにてんぐ》のとこまで行ってきたんだよ？」

「貴様が料理したなら、結局は狐くさい」

「君もくさいよ。お風呂入りな」

「いやだ。毛繕いしてるからいらない」

「も～……君はほんとに獣だな。すずもなんとか言ってやって」

「あのね、頭を洗う時はね、おめめぎゅってして、おてても隠して、お膝にぎゅって押し当てたら、お水も石鹸《せっけん》も入ってこないよ」

「水がこわくて風呂に入らないんじゃない」

「うそだ、君、絶対に水がこわいんだ」

「うるさい、へたくそ」

茶化すネイエをちらりと横目で見て、その包丁捌《さば》きを扱《こ》き下ろす。

「じゃあ君がやってくれ」

シノオの腕から自分の腕へすずを移動させて、まな板の前を明け渡した。

「なんで俺が……」

「すずも俺も腹が空いた。早く作って食わせてくれ」

「おしのちゃん、すず、お肉すき」

「…………」

空腹を訴えるすずの甘え声を背後に受け、シノオは肉の塊を前に、包丁を握る。

握って、どん！　と下ろした。

「なんだ、君も下手じゃないか」

「包丁なんぞ使ったことがない」

「いつもどうしてるのさ」

「こう」

がぶ。狼の歯で、生肉を思い切りよくがぶっと噛んで、ぶちっと噛み千切ると、その肉の切れ端を犬歯で柔らかくして、すずに口移しで与えた。

「やめっ、やめなさい！　すずもお肉はナマで食べない！　おなかこわす！」

ネイエは大慌てで、むぐむぐしているすずの口から生肉を引っ張り出した。

「なんだ、狐の仔は生肉を食わんのか？　お前は食うだろ？」

シノオは、舌に乗せた生肉の切れ端を口伝えでネイエの口に押しこむ。

「……んっ、ぅ……んンっ……っ、あぁもう！　君、ほんとに油断も隙もないな！」

ごくんと生肉を飲み干して、ネイエが叱《しか》りつけた。

シノオにとって唇を重ねる行為は、情愛を交わす為のものではなく、仲間や子供に食料を分け与える為のものらしい。ふた口目を齧ろうとするシノオから肉を取りあげ、まな板に置くと、「……あ、でも、筋切りできてる」と喜んだ。立派な大神の牙は強い。

「ねーねちゃん、これ、どうするの？　なまのおにく……すず、わりとすきよ」

「焼いて食べて。すずはまだお父さんやお母さんと生肉食べる練習してないでしょ？」

「焼くだけ？　味付けは？　お塩は？　胡椒《こしょう》は？　おかあさんがね、バターとチーズとトマトのソースで煮てくれるんだけどね、美味しいよ」

「あぁ、あれ美味しいよね。洋食風でさ。でも、作り方が分からないんだよなぁ……」

「だから、手間暇をかけずともナマで食え。究極、食わなくても死なないんだ。ナマで食ってても死なない。貴様ら狐はそんなだから根性なしなんだ」

「なんでも根性論で片づけないで。君は生きることに雑だ」

「おい、肉を放置するな。……貴様、諦めているだろう？　ナマがダメならせめて焼け」

「えぇ～どうしよう～……どれくらいの火加減で焼いたらいいと思う？」

「ねーねちゃんとおしのちゃんに任せてたら、本当に夜になっちゃいそう……」

「夜までにメシがなかったら、お前を喰ってやる」

がぶ。シノオは、すずのふくふくのほっぺを齧った。

「ぴゃぁああ……」

すずは耳をぴょんと立てて、ネイエとシノオの腕の隙間に頭を隠した。

ぷるぷる震えるすずの尻尾を抓みあげ、「ほんとに頭隠して尻隠さずなんだな」と、ネイエがしみじみと呟《つぶや》く。

「……ほんとにな」

シノオは、すずの尻尾を逆撫でして、くすぐってやる。すると、ネイエがこちらを見て微笑むから、それでシノオは自分が笑っていることに気づいた。シノオは慌てて唇を引き結び、すずをネイエに押しつけると、その場から逃げるみたいに踵《きびす》を返した。

＊

「このおうちのことと、しのちゃんのこと、内緒にできる？」

「うん。すずと、ねーねちゃんと、おしのちゃんの三人の内緒」

ネイエとすずは、ゆびきりげんまんをした。

子供に嘘をつかせることを心苦しく思っていると、すかさずネイエが、「嘘じゃなくて内緒だから」と、嘘も方便、物は言いようだとシノオを強引に納得させた。

たぶん、すずはシノオが大神だと気づいていない。山狗か神狐だと思っている。大神だと気づいているなら、こんなふうに懐かないはずだ。

「おしのちゃん、またね」

かなり遅い昼食を三人で摂《と》ったあと、夕暮れ前にはネイエに手を引かれて帰っていった。

そのままネイエも信太村へ泊まり、こちらへは帰ってこないと思っていたら、夕焼け空に一等星が白く光る頃には戻ってきて、「君を独りにできるわけないだろ」と言われた。

その言葉に言い返すこともできず、シノオは部屋の片隅で夜が更けていくのを感じた。

夜は大神がよく動く。

シノオの恐怖を増長させるように、大神の遠吠えが聞こえた。

あれは、シノオを探す大神の咆哮《ほうこう》だ。

部屋の反対側で寝転がっていたネイエが、シノオの隣にどかりと腰を下ろした。

着物の裾《すそ》も合わせず胡坐をかいて、くぁあ、と大きな欠伸を隠しもしない。すんと鼻を鳴らして、「自分の手が食べ物臭い」と文句を言って、俯くシノオの前髪を掻き分ける。

「触るな」

遠慮のないその手を、煩わしげに払いのけた。

「具合悪いのかな……って思って。……違うならいいけど」

「ちがう」

「そ？　じゃあよかった。……でも、すずがいなくなるとさみしいね」

部屋のなかが寒々しく感じるし、二人の会話も弾まない。シノオがそれに返事をしなくても気にもしないのか、ネイエは、シノオの隣で窓辺の月を見上げている。

「しのちゃん、あのさ……」

「…………」

勝手にそう呼ぶな、と応えるのも気を許したようで、無視を決めこんだ。

「寒いしお風呂入ろうよ」

「……は？」

「君、なんかくさいし、体もずっと氷みたいだし、月もきれいだし、お風呂に入ろう」

シノオが状況を飲みこむ前にその首根っこを掴み、裏庭へ引っ立てる。

両脇に竹藪が生い茂る坂を五歩も下れば、温泉が湧いていた。ごつごつとした岩場で、整備もされていない。山の鹿や猿が入りにくるような天然ものの温泉だ。

「誰が入るかっ！　服を勝手に脱がせるな！　いやだっつってんだろうが！　放せ！」

「言うこと聞いて。ざばっと入ったらすぐ出ていいから」

「うるさい触るな！」

「君、大神臭いんだよ」

「……っ」

「大神が、君に染みついたにおいを追ってきてる。毎晩、山向こうで遠吠えが聞こえるけど、だんだん近づいてる気がする。……君、具合が悪いと鼻も利かなくなるのか？

それとも、胎に抱えているそれに力を奪われて、自分の危機管理もできなくなっているのか？　もしそうなら、君はかなり弱ってるぞ。皆まで言わなかったが、ネイエに胎のことを悟られたくないシノオは急におとなしくなり、唇を噛みしめて、従った。

「…………わ、かった……風呂には、入る……」

「そ？　そりゃよかった」

「……でも、脱ぎたくない……」

目に見えて胎が膨らんでいるわけではないが、見られたくない。

「乙女《おとめ》か君は。……んて、……でも、その大神臭い服は洗濯したいしな……あぁ、いいや、ちょっと待ってな。……っしょ……っと、ほら、こんな寒空でぐたぐたやってたら君が風《か》邪《ぜ》ひくだろ？　これで隠して服を脱いで、この着物のまま入りな」

言うなりネイエは自分の着物を脱いで、シノオに羽織らせた。ネイエ自身は着物の下に着ていた肌着を脱ぐと、その裸体を隠しもせず、先に湯に浸《つ》かってしまう。

「…………絶対に、こっちを見るな」

肩にかけられた着物の前を手繰り寄せ、シノオは服を脱ぐ。

素肌に他人の着物の感触は奇妙だ。奥へ抜けた襟を正すのに、布地にしゅるりと指先を滑らせると、ほのかに、薫る。ネイエの毛皮と同じにおいだ。ネイエの、あの首筋にまとわりつく金の髪と同じにおいが、温泉の熱気に混じって、ふわりと薫る。

「そんな遠くに行かなくても……」

「入ってやるだけありがたく思え」

シノオは、ネイエのいる場所から遠く離れたところを選んで湯に浸かった。

「……帯は？」

シノオは帯を締めず、前だけ合わせて手で押さえている。

「お前の帯は派手だからいやだ」

ネイエは、顔が派手だから着物の色柄は控えめだが、その分、帯で遊ぶ。

花鳥やら正倉院柄やら古典柄……、金糸に銀糸に錦糸とまばゆい。柄ゆきだけではなく色味までそうだから、まるで女帯だ。それに、そうしてたくさんの糸を使って、手の込んだ刺繍《ししゅう》を施されたものは、総じて高価だ。高価なものを温泉に浸けるのは、忍びない。

「君、変なとこで生真面目《きまじめ》というか、折り目正しいというか……」

「こっちへ来るな」

ざぶざぶと湯を掻き分けて、ネイエが近寄ってくる。

シノオは岩陰の隅に逃げて、襟元をきつく寄せた。

「お湯に浸かるだけじゃなくて、ちゃんと洗ってくれないと……っと、あらこりゃ絶景」

岩陰の向こうを覗き見て、ネイエは両手を合わせて拝んだ。

濡れた着物の張りつく肌が、いやらしかった。

正絹の着物ではなく、着古したモスリン地でよかったと、ネイエは己の着物を褒め称《たた》えた。湯をたっぷりと含み、重みですこし生地の下がったそれが肌にひたりと張りつき、シノオが前をきつく合わせれば合わせせるほど薄くなった布地が張り詰め、背骨の線が浮く。

一度は首まで浸かったのに、ネイエから逃げて岩陰に乗り上げるものだから、太腿《ふともも》の中ほどまでしか湯に浸かっていない。一度でも上から下まですっかり濡れそぼった着物は、シノオの四肢にまとわりつく。身じろぐと、しなやかな背筋や、肋骨に巻いた筋肉が撓《しな》る。腰回りは繊細なくせに、抱き心地の良さそうな臀部《でんぶ》の肉づきがたまらない。

ネイエから隠れようと身を捩れば足もとが疎《おろそ》かになり、煙る湯気の下、湯のなかで揺蕩《たゆた》う着物の裾から白い足が覗き、ネイエの視線に敏感なその足先が、ひくんと動く。

「君、足が長いな……」

腰の位置が高いとは思っていたけれど、こうしてじっくり見ると、腰から膝上も、膝下から足首までもすらりと長く、筋肉質で、かぶりつきたくなる張りがある。

「大神は腰の位置が高いもんなぁ」

「……さわっ、さわるな……っ」

足首に触れるネイエの手を蹴って追い払う。

すると、その足首を摑んで引っ張られ、「いいからこっち来な」と、膝に乗せられた。

「ほら、肩まで濡れたのに温《ぬく》もりもしないから、余計に冷えてる」

懐にシノオを抱きこみ、肩までしっかり浸からせる。

煙る湯気の立ちこめるなか、横顔も涼しげなシノオが、細く、息を吐く。

やっぱり寒かったんじゃないか。ネイエはそう言ってやりたかったが、冷えきった体や、傷や打撲だらけの背中が可哀想で強くも言えず、首のあたりに湯をかけてやった。

きつく吊り上がった眦がほんのりと桃色に染まり、水に溶いた血色をした眼球が挑戦的にネイエを睨む。ネイエがなにも言わずにじっと見つめ返すと恥ずかしさを覚えるのか、シノオは、その視線を遮るように、筋張った首筋に手指を添え、そこを伝う汗を拭う。

　ぱさついた赤毛も、じっと湯に浸かっていると湿り気を帯び始める。ところどころ白いものが混じっているが、きちんと食事をして、太陽の光を浴びて昼寝をして、月光浴をしながら風呂に入って、暖かい布団で眠る生活を続ければ、かつてネイエが見たような美しい赤毛を取り戻すだろう。

　けれども、この火傷だけは消えない。顔の右側面は、額から顎下までおどろおどろしく崩れ、正面を向いている時は分からないが、右耳も潰れている。着物の下に隠れた右半身は、首から足指の先にかけて雷の痕が走り、背中の一面は、雷の落ちた形のままに焼かれている。それこそがシノオの生き様で、ひどく美しいものに見えた。

　そうしてシノオの全身をつぶさに観察する間、ネイエがじっくりしっかりその手で触れて味わっているのに、シノオは文句ひとつ言わない。

　手指で肌を磨いてやっても、髪に湯を流してやっても、じっと耐えている。

「シノオ……？　のぼせた？　具合悪いなら岩場で涼む？」

「……大神惣領はこの程度ではのぼせない。……おい、離すな」

　膝から下ろされる寸前で、シノオはネイエにしがみついた。

「……シノオ？　……しの？　しーのちゃん？　どうしたの？　……あぁ、そっか、ごめん、忘れてた……。君たちは水浴びはするけど風呂には入らないんだった」

　大神は、基本的に水浴びと毛繕いだけで済ませる。

たっぷりの水が、肩や首まで迫ってくると、恐怖を覚えるのだ。

ネイエはシノオをしっかり抱き直すと、太腿の高い位置へ乗せ直した。

「おい、俺は別にそういうわけじゃ……っ」

「ぶっ、ははは」

「品のない笑い方をするな、……なんなんだ、急に笑い出して……」

「大神惣領殿でもこわいものはあるんだなって」

「こわくない」

「じゃあ、あっちの深いところまで行こうか？」

「……ぃ、ぃいぞ、……行ってやる……」

「君はほんと変な強がりをするな。……いいじゃないか、別にこわいものがあっても。それが大神の習性なんだし、風呂がこわくても誰も笑いやしないよ」

「お前、ついいまさっき笑っただろうが」

「あれは君が可愛いから笑ったんだ」

可愛くて、どうしようもなくいじらしくって、そしたら、ほっぺたがゆるんだんだ。さっきまできれいな君だったのに、いまはもう可愛らしい君だから、それを想うと、いま、目の前にいる君が俺の髪を摑んでいるのを見るだけで、頬がゆるむんだ。

「ここじゃ群れの仲間は誰も見てないから、こわいものをこわいと怯えていいんだ」

しがみついても、臆病者《おくびょう》だと罵《ののし》られない。

たっぷりの水を恐れて尻尾を巻いても後ろ指をさされないし、嗤われもしない。

「俺と一緒にいれば溺《おぼ》れないし、溺れても助けてあげる。君は、ただここであったまってればいいんだよ。……それ以外はなにもしなくていい。それならできるだろ？」

「な、にも……しなくていい」

「そう、なにもしなくていい。君の代わりに、ほかの獣が襲ってこないように警戒するのは俺の仕事だし、仲間が溺れた時に助けるのも俺の役目だし、いつも誰かのことを心配するのも、ここでは、君じゃなくて俺の責任で、俺の権利」

だって、ここは、俺の縄張りだから。

俺がここの責任者で、君はここで世話されてる身分なんだから。

「ここにいる限り、君が果たす役目はなにもない」

「……それは、困る……」

「君はほんと貧乏性だな」

そんなに他人の為ばかりにあくせく働いて、身を粉にして、気を揉んでばかりでどうするんだ。君は一生、他人のなかにだけ自分の価値を見い出して生きるつもりか。

確かに、これまでは、シノオだけが気を張って、群れを守って、仲間を率いて、己が腹を空かせてでも仲間に食べ物を与えることが当然だっただろう。

それこそが、責任ある立場に就いた者のとるべき行動だ。……だが、いまはちがう。その事実さえ理解していればいい。なのに、シノオは、ネイエと一緒にいると立場が逆転してしまうことがひどく心許《こころもと》ないのか、調子が狂うのか、目に見えて狼狽えている。

きっと、こんなふうに、「君の役目はない」「俺に守られていろ」と指図をされたり、「こわいと言っていい」と優しくされる立場だったことがないのだ。

「俺は、それでも大神惣領だ……」

「だからなに？」

「……っ」

ネイエに淡々と質問で返されて、ぐぅ、と詰まってしまう。言葉ではどうにも説明できず、上手に伝えられない。ならば、態度できっちりと示すべきだ。大神惣領のシノオは、こわいからと怯えて立ち向かわない、なんて臆病な真似はしない。

シノオは唇を噛むと、ネイエの腕をすり抜け、ざぶざぶと深みへ向かった。

「跳ねっ返りにもほどがある……」

「俺は大神惣領のシノオだぞ！」

「知ってるよ……、………もう、たかが風呂に立ち向かわないでよ……」

ネイエは呆《あき》れ気味にシノオを追いかけた。

「見ろ！　問題ない！　仲間が溺れている時に助けられんようでは大神惣領とは名乗れん

からな！」

　シノオは顎下までどっぷり浸かり、ネイエを見返した。

「それで？　そこからどうするの？」

「ど、っ……どうもこうも……」

「ほらぁもう……動けないじゃん。君、言葉と表情がちっとも一致してないからな？」

「う、うるさい、おい、大きく歩くな、動くな、波を立てるな！　足が浮く！」

「もっと足腰しっかりして。……ちょっと、なにしてるの？」

「首から下だけ狼にして、泳いで岸まで帰る」

「やめて、見た目がこわい。……人面犬か件《くだん》にでもなるつもり？」

「陸地に着ければなんでもいい」

「君、きれいな顔して考えることが男前だな。思い切りが良すぎるだろ」

「貴様に顔を褒められてもな」

　大神惣領らしく格好をつけて笑い飛ばし、陸へ引き返そうとしたその足が滑った。

　ちゅるっ、と見事に滑って、どぼんと沈んだ。

「えぇ〜……」

　ネイエが驚きと戸惑い混じりの声を上げて、慌てて駆け寄る。

「つが……ふがぅ、がっ、ぅ！」

「ちょっと、暴れないで……、っ、しの、シノオ！」

「ぎゃう！」

「お……狼になってる……」

そんなにこわいなら、こんなとこまで行かないでよ……。

背後から狼を羽交い絞めにして、浅いところまで引っ張っていく。その間も、ぎゃうぎゃう、きゃうきゃう、じたじたぱたぱた、後ろ脚でがむしゃらにお湯を掻いている。

暴れれば暴れるほど、胴体や脚にネイエの着物が絡んで、余計に混乱する。深みを抜けて、足首の先がちょぽんと浸かるくらいなのに、まだ四本脚で空を掻くほどに……。

「……がぅ」

両脇を抱えられ、ネイエに持ち上げられたまま空を掻くこと数十秒。ようやく水から揚げてもらったことに気づいたのか、身を捩ってネイエの手から逃れると、岩陰に引っこむ。

「しーのちゃん、だいじょうぶ？」

「……ぅー……」

唸りながら、自分の尻尾をはぐっと咥えた。

大神の習性だ。こわかった時や、びっくりした時に、自分の尻尾を噛むと安心する。

頭までどっぷり濡れて、耳や尻尾もぺしょんと元気がない。犬のように水切りをする余裕もないのか、尻尾を咥えたまま前脚をそろえてぷるぷるしている。

「……うん、こわかったね。煽《あお》ってごめん。……風邪ひく前に家に戻ろ？」

ネイエはさっさと自分だけ肌着を身に着けると、シノオの足に絡んだ着物の水気を絞り、ちっちっ、と獣の仔を誘《おび》き寄せるように舌を鳴らして、手を差し伸べる。

「ぅー……」

ぅるぅる。喉を鳴らして唸る。唸るけれど、腰が抜けたのかして動けない。

「はいはい、……よいしょ……っと」

立派な狼を両腕で抱き上げて、よしよし、と宥《なだ》める。

尻尾を咥えたまま離さないシノオの、その濡れ鼠《ねずみ》に鼻先を寄せた。

「あ～……やっとよそのオスのにおい抜けた」

「……に、ょぃ」

「俺、自分のメスがよそのオス臭いのって耐えられないんだ」

だから、これからも勝手によそのオスのにおいをつけてきたら、お仕置きだ。

ここは俺の縄張りなんだから、俺と君以外のにおいを持ちこまないで。

ここでは、俺が絶対だ。

「しゅじゅぁ……」

「すずはいいんだよ。すずなんだから」

「ん……、きょうへぅ……」

シノオだって、自分の群れによそ者の嫌いなにおいが混じるのはいやだ。

「気をつけてくれるのは嬉しいけどさ……尻尾離して喋ったら？」

「………」

シノオはぷいとそっぽを向いて、くちんとくしゃみをした。その勢いで尻尾を噛んでしまい、全身の毛を逆立てると、「暴れないで」とネイエが耳を甘噛みする。それでもっと身震いして、おしっこがちょっと漏れて、風呂へ逆戻りさせられた。

＊

「しのちゃん、なにしてるの？」

「貴様と毎日ひとつの布団で寝るなんて、まっぴらご免だ」

すっかり毛皮が乾いていつもの強気が戻ると、ネイエの寝間着を借りたシノオは、押入れの下段に寝床を整えた。

「はぁ、まぁ……ご自由に……体だけは冷やさないようにね……」

板張りの固い寝床だと肩が凝るよ……と言ってもシノオは聞かないだろう。

シノオの好きにさせて、寝酒にぬる燗《かん》でもつけようかと、ネイエはお勝手に立った。

十分後、お銚子とぐい呑み片手に戻ってくると、狼が押入れにすっぽり収まっていた。

「君はまたそんなとこに巣穴を作って……」

「うるさい、習性だ」

シノオは、押入れの奥に陣取った。押入れに布団を引っ張りこみ、敷布団を床板に敷いて土台を固め、上掛け布団を丸く巣穴の形に整えて、かまくらみたいな寝床を作り、そのなかに埋もれてぬくぬくすると、ずぽっと頭まで引っこむ。

「それ、そこで犬みたいに伏せして寝るの？」

「そうだ」

「ふぅん……」

胎に子を抱えてると、メスっぽくなるのかな？　大神のメスは冬に巣穴を作って、そこで子供を産み育てる習性があるらしいから、たぶんそれだろう。

この惣領殿は見た目も気概も言動もオスだけど、本能的にはメスくさくて可愛い。

「乾いた葉っぱとか、白樺《しらかば》の樹皮とか欲しい。巣穴のふかふかが足りない」

ここはネイエが一人で過ごしていた家だから、巣穴にする為のふかふかがない。

それに、シノオ一人の体温だとあまり温かくならない。

「しのちゃん……この家ってさ、布団は一組しか置いてないんだ」

「だから？」

「俺はどこで寝ればいいの？」

「狐は信太村で寝ろ」

「………君なぁ」

呆れ気味に苦笑して、ネイエは押入れを上下に仕切る棚板に手をかけ、腰を屈《かが》めた。

「入ってくるな。俺の巣だ」

「君が俺の寝床を奪うからだよ………うわ、せまい……」

文句を言いながらシノオの巣穴に潜りこむ。狼の岩穴に似た暗闇に、こんもりと小さな山ができていて、まるで秘密基地みたいになっていた。

「………出ていけ」

「いやです。布団を返してくれるまで俺もここで寝ます。それがいやなら、そこから出てきて、ちゃんと俺と一緒に寝なさい。……具合悪いんだからさぁ、こんな狭いとこじゃなくて、ちゃんと畳に布団を敷いて、手足を伸ばして、寝なよ」

「………」

がぷ。

「噛まないで。……痛い。痛いって……放して、そう、それでよし。……まったく、君はもうちょっと恐縮して生きるといい。ここは俺の家だぞ」

ネイエは押入れの一番いいところをシノオから奪って、そこに陣取った。

シノオは、もう一度がぶっと噛もうとしたその口を閉じ、大きく場所を取ってふんぞり返るネイエに背を向けた。狭い押入れをのそのそと這い、一番いい場所をネイエに明け渡すと、布団の端まで移動する。

ヒトの姿をとっているのに、二本の手を犬みたいに丸くそろえて布団の端をふみふみして、落ち着く場所を作る。端っこは隙間風が冷たい。上掛け布団の隅に足だけでも隠せたらまずまずのところだが、シノオはこの群れで一番ではないからその決定権はない。

このねぐらで一番強いオスはネイエだ。

諦めて隅っこで寝ようと前脚をそろえて伏せた瞬間、両脇を抱いて後ろに引かれた。

「……っな、んだ……っ、おいっ」

「なんの為に二匹いると思ってんの？」

ネイエは押入れの角に背を預け、巣穴の特等席にシノオを招く。

開いた太腿の間にシノオを置いて、下腹に腕を回せば、きゅっと締まった腹筋に触れる。

触れて分かるほどこの胎が膨らんでいるかと問われれば、ネイエは返答に窮する。

ただ、胃下垂と言われると、あぁそんな感じはするな……という感触はある。

体は、相も変わらず異様に冷たい。手足の先も、腹も、背中も、どこもかしこも凍えたように体温が低い。肌には血の気がなく、爪もひび割れて真っ白で、オスどもに嬲《なぶ》られてできた大小の傷は、どれをとっても治るのが遅かった。

ぜんぶ、胎に栄養を持っていかれているのだ。

本来、寒い季節になると、大神は活発になって雪山を駆け回る。なのに、シノオはひとつひとつの行動がゆっくりで、じっと蹲っていることが多い。身重という条件も重なって、自分の思った通りに身動きがとれずにいるし、シノオ自身も無意識のうちにそれに苛立ち、悔しそうに唇を噛む姿がよく見られた。いつも気が立っていて、注意力散漫で、判断能力も落ちて、危機管理能力も鈍り、シノオは、シノオが思っているよりも隙が多かった。

「ほら、ぎしぎし噛みしめないの。歯が欠けるよ。……俺が見張りしてるから寝な」

「いやだ。寝ない……」

耳元で囁《ささや》くネイエの言葉に、シノオは首を横にする。

それでも、背中や腹に触れるぬくもりを拒めず、振り払うことはできない。

「こういう時は、なにも言わずに抱かれてりゃいいんだよ。……ほら、いい子だからさ」

「……そんな言葉、使うな」

いい子、なんて言われたのは何百年ぶりだろう。ただじっとしているだけで褒めてもらえて、髪を優しく撫で梳《す》いてもらえて、欠伸が出るくらいずっと毛繕いをしてもらえる。

毒気を抜かれる。肩から力が抜ける。悔しいことに、ひとつ息をするごとにずるずると体が重くなる。自分で自分の体を支えなくては……と思うのに、後ろの男がびくともしないから、ついつい、……すこし、ほんのすこし、すこしだけ……気づかれないように体重を預けてしまって、最後にはどっぷり凭《もた》れかかって、目を閉じてしまっている。

大神惣領だったことを、忘れてしまっている。

「……くぁ、……あぁぁ、ぅ」

眠い。欠伸を噛み殺しても殺しきれず、ぐずった声が漏れた。

「意地っ張りだな。……せっかくおねむなんだから、高鼾《たかいびき》で寝なよ」

「……きつね……に、寝顔など……見せ、て……やるものか……」

「もう何度も見てるよ」

「…………きつね、きらいだ……」

「そうは言うけどさ……、君たちが俺たちを気嫌いするのは、はっきり言って逆恨みだし、いま、信太狐が豊かな土地で平和に暮らしているのは、人間社会のものを取り入れて、ほかの一族と交わることを選んで、他者の文化や風習を受け入れて、そうやって、なんとかして、共生と共存の術《すべ》を模索して、懸命に生き延びた結果だ」

そうしないことを選んだ君たちが狐を襲うのは、間違ってる。

「……なにが言いたい」

うつらうつらとしたまま、耳で聞き取った言葉を脳で考えずに反射で問い返す。

「君、狐に化けられないよな？」

「……当たり前だ。化けるのは、貴様ら狐狸《こり》だけだ……」

「すず、あったかかったでしょ？」

嫌わないで欲しいな、狐のこと。

「絆《ほだ》されて、たまるか……」

「絆されてる自覚はあったんだ。……痛い、痛いから腕に爪を立てないでくれ」

「生きる為に奪っているだけだ」

「奪う以外の方法を考えな」

「それもできなくなったら、誇りを選んで死ねばいい……っん、む⁉」

狐から説教をもらうつもりはない。

そう続けようとしたシノオの眼前が、突如、真っ暗闇に閉ざされた。

顔だけを狐に変えたネイエが、その細長い口吻で、シノオの顔を咥えていた。

大きな大きな口の中に、頭から顎下まで丸きりぜんぶぱくっと咥えられ、顔全体にべろりと長い舌を巻きつけられる。狐のよだれまみれだ。牙が頬にちくちくする。さっきまでネイエが呑んでいた酒のにおいもする。真っ暗闇でも大神の眼はよく見通せるから、ぐねぐねとうねる喉の奥や、頬の粘膜、上顎の肉や骨が蠢いているのが見てとれた。

食べられる。丸飲みされる。ばりばりされる。それに気づいた途端、ぶわっと全身が総毛立ち、大慌てで、ばちんばちん、と手探りでもってネイエの頬を叩いた。

「きみ、ぅぁつくなぁ……ひゃってなころ言っぁら、ばりばりしゅるぞ」

「……ぅう」

恐ろしい口腔の内側で脅されて、シノオは意味も分からず頷く。

「よし、いいこ。……次、死ぬとか言ったらほんとにばりばり齧るからな？　俺の群れで飢え死になんか出してたまるかって話だよ……あぁもう、君はほんとむかつくな」

ヒトの顔に戻したネイエは、シノオの頬を濡らすよだれをべろりと舐めあげる。

「ぅ、ぅぅう」

狐くさい。せっかく風呂に入ったのに、自分からネイエのにおいがする。

「傷つくからそれやめて」

ごしごし顔を拭うシノオの手を摑み、唇を重ねた。

「うー……っ！」

ちゅるりと長い舌が入ってくる。がじがじ嚙んで追い返すと、もっと強い力で嚙み返されて、慌てて舌を引っこめる。逃げる舌を追いかけて奥まで入ってきて、口内を舐《ねぶ》り回される。口のなかで奇妙な生き物がぐねぐねする感触に、シノオは目を白黒させた。

顎が怠くなり、次第にゆるゆると口元もゆるむ。奥に縮こまっていた舌も下がり、口内にたくさん空間ができる。そこを埋めるように、ネイエが唇を深く重ねてくるから、ただ触れているだけの唇よりも、口の中をもぐもぐ食われているみたいで、ぞわぞわする。

「っ、……ん、く」

喉に流れてくるまま、唾液《だえき》を吞む。

こく、こく……。二度、喉を鳴らす。とろりと甘い。腹の底がぽかぽかと温かくなってきもちいい。指先も、足先も、背中も、下腹も、ぜんぶ、あったかくなる。

糸を引いてゆっくりと離れると、ネイエがその舌先で糸を絡めとる。

「君は、俺の力に頼って、よく食って、よく肉をつけて、俺の群れにいればいい」

おそらく、胎に子を抱えているシノオは、自分で自分の命を繋いでおけない。

時々こうしてネイエが力を与えなければ、胎に栄養を奪われて、息絶えるだろう。

「シノオ、返事」

「……っ」

「………あー………もう、君って奴は……ほんと、やらしいな」

「う、るさい……貴様が、変なことするからっ」

シノオは前屈みになって、ぎゅっと股間《こかん》を押さえた。

「君、仲間内でメスにされてたくせに、まだそっち勃《た》つんだな」

「だっ……から、貴様っ……その、おきれいな顔でえげつないことを言うな！」

「それ、使いものになるのか？」

「……ひっ」

しゅるん。シノオの太腿の隙間から、ネイエの尻尾が顔を出した。

黄金色のやわらかな尻尾が、シノオのはだけた浴衣《ゆかた》をもっとはだけさせ、左右に割る。

この男、こんな飄々《ひょうひょう》としたはぐれ稲荷でも、尻尾が三尾もあるのだ。

それも、長くて太い立派な尻尾持ちで、一本一本を手足のように器用に扱う。

二尾は、しゅるりしゅるりと左右の太腿に巻きつく。残り一尾は、しゅっと細くなって内腿の隙間に入りこみ、尻の割れ目からまたぐらを、すりすり前後になぞる。

「……っや、め……やめろっ」

「太腿には隙間があるけど、尻には肉がついてて、腰回りの肉づきがたまんないな」

両腕で上半身をがっちり捕まえ、三本の尻尾をひとまとめにして、すりすり、ずりずり。

「っふ、ぁふ……っふ、っ、ふひ、っ」

「君、くすぐったがりか」

内腿に力が入ったのも束《つか》の間、ゆるく勃起《ぼっき》した陰茎や会陰《えいん》を毛束で撫で続けると、くったりと力が抜けて、なし崩しになる。

どうやら、大神惣領殿は、気持ちのいいことには免疫がないらしい。

「ふ、っ、ぅ……ぁ……っふ、ふふ」

気持ちいいのとくすぐったいのの両方で、身悶える。

笑ったり、感じたり、忙しい。最初のうちこそ、尻尾を引き剝がそうと両手で摑み、内腿を締めて動かせないようにしたはずなのに、いつの間にやらその尻尾をぎゅうと握りしめ、頰ずりしながら自分で前後に動かしていた。

くすぐったくて、ふぁふぁして、気持ちいい。気持ちいいのが陰嚢《いんのう》に溜《た》まって、たくさん子種汁が作られて、じわじわ、じわじわ、先端からそれが滲む。

尻に固いものが当たるのも分かっているが、それを問い詰める気はなくて、シノオは、久しぶりに、それこそ本当に随分と久しぶりに、あっという間に果てた。

狐の尻尾にまたぐらを擦《こす》られて、逐情した。

「っん、……ふ」

鼻に抜ける甘ったれた声で、余韻に浸る。とろりとした心地良さに溺れながら、はぐ、はぐ、狐の尻尾の先を噛む。舌の腹でぞろりと舐め上げて毛繕いして、お礼する。

きもちいいことしてくれてありがとう。

「俺の尻尾が……」

ネイエのつやつやの尻尾が、大神の精液とよだれでべとべとだ。

毛の一本一本に毛油があるから、精液くらいなら弾《はじ》くかと思いきや、シノオのそれは長いこと出されていなかったのか、においも色も濃く、粘り気もあってどろりとしている。

「俺がシノオくさい……」

ネイエは、苦笑した。

シノオからネイエのにおいがするのは当然だ。だって、ここはネイエの巣穴なのだから。

でも、ネイエからシノオのにおいがすることになるとは思ってもみなかった。

「……ねたねた……ん、くぁ、あ～……ぅ」

　ねっとりした種汁でネイエににおいづけをして、同じ巣穴のオスから自分と同じにおいがすると安心したのか、シノオは、ふにゃふにゃ、ごろごろ、喉を鳴らし、大欠伸を隠しもせず、自分の陰茎を握って残滓を搾り出し、ネイエの唇に押し当てる。

「えぇ？　俺が舐めるの……？　……分かった、舐めるから……噛まないで……」

「……くぁああ」

「俺の尻尾で一発抜いて気持ち良くなって寝る……って、君はどこのお大尽だ」

「……ねーぇ、うるさぃ」

「はいはい、気も抜けてあったかくなったら寝てくださいね」

　俺はこの巣穴の王様だけど、君の寝床になりますから。

　明日の朝には、自慢の尻尾ががびがびになっているのも覚悟の上です。

「……ぴかぴか」

　月が、光ってる。シノオはネイエを仰ぎ見て、その首筋に鼻先を寄せた。

「……うん？　あぁ、眼が光ってるのか……」

「しろがねいろ」

　気怠い腕を伸ばし、ネイエの目尻に触れる。

　大神は、きらきらするものが好きだ。きれいなものを見ていると、心が救われる。

それに、大神は太陽の下で日向《ひなた》ぼっこするのも好きだけれども、月下で遠吠えをして、月光浴をするのも好きなのだ。

「君の眼も光ってるよ」

澄みきった水に溶いた血色の瞳。

「ネイエは、きれい」

どこもかしこも、つやつやのぴかぴか。

大神は、きれいなものは好きだ。自分たちはそんなきれいなもの、持っていないから。

「君たちは、きれいな生き様をしてるよ」

「……ん」

「頑張って起きてなくていいから」

会話を引き伸ばして、そうして自分の眠気を我慢しなくていい。

君は、ここでは守られる側だ。安心して、好きな時に、好きなだけ眠っていい。

「……しの、ねる……」

とろとろ眠たげな瞼が落ちると、耳と尻尾が、ふにょ……と出た。

まだ六百年程度しか生きていない大神は、弱っている時に眠くなると、ヒトの姿を保っていられないらしい。それでも、ぎりぎりまで「いやだ、起きてる、お前の懐で寝てたまるか……」とぐずるだけぐずって、結局はネイエの膝でぐずぐずにとろけて、ぐぅ。

「……っと」

頬に触れていたシノオの腕が、ぱたっと落ちるのを中空で掴んだ。ネイエは、その手と自分の指を組み、さっきよりはずっと温かくなった指先に唇を押し当てる。

「ちょっと借りるよ、大神さん」

くったりと力が抜けたシノオの体を、しっかりと膝に乗せ直す。

尻尾と陰茎をシノオの太腿の隙間に滑りこませ、ゆっくり、そうっと、数度ばかり擦る。悪くない感触だ。特に、尻周りは肉づきが良く、皮膚がぱつんと張っていて、やわらかさと弾力の配分も申し分ない。細く見えて筋肉質な太腿や、きゅっと締まった臀部の狭間《はざま》で陰茎を前後すると、ふわりと包みこんでくれる。

鈴口で陰嚢の裏を叩けば、ぶるりと震えて、皺ひとつなく張り詰める。シノオの陰茎はたいして勃起もしないのにとろとろと先走りを垂らして、ぐっしょりと会陰まで湿らせている。その会陰もふっくらとして、亀頭の凹凸を包みこむようにぴったり添うてくれる。

さすが妊婦……オトコを知ってるだけあって、イイ体をしている。

尻周りもよく使いこまれていて、ちょっと使いにちょうどいい。

「っ、は……」

短く息を吐き、シノオの太腿に精液をまき散らす。ひと息つくと冷静になり、シノオを起こしてはいまいかと、そうっと肩越しに様子を覗《うかが》う。

はだけた浴衣から覗く長細い二本足の、その内腿や性器に、ネイエの吐き出したものがどろりと粘つき、糸を引いていた。

「最近、品行方正な生活だったからなぁ……」

あまりの射精量に、苦笑した。

寝てる間にきれいにしておかないと、シノオに怒られる。

それに、大神のオスどもにされたことを思い出して怖がらせても可哀想だ。

「……っ、ん」

内腿の精液を指先で掬《すく》うと、シノオがかすかに震えた。

ネイエは、会陰から尻の窄《すぼ》まりまでを指先で辿り、すこし形の崩れた尻穴に触れる。

ほんの数日前まで、ここを、よそのオスに好き放題されていた。そのせいか、まだいくらか腫《は》れているし、ちょっとしたことで簡単に綻《ほころ》ぶ。

「う、うぅ……」

シノオが唸る。

触れた箇所に裂傷があった。痛むようだから舐めて直してやろう。そう思ってもう一度そこに触れようとしたのを皮切りに、眉間に皺を寄せて、いやがる素振りを見せた。

寝ている時にも、こうして唐突に犯されていたのか、ネイエの腕のなかで身を捩り、「……ぁ、し……の、ゃ、め……っ」と、目の前に存在しない存在に抵抗している。

「なにと戦ってんだか……」

ネイエの尻尾を摑み、眉間に皺を寄せて、こわい顔して唇を嚙みしめ、唸る。

ぜんぜん可愛くない顔だ。

「ほら、口開けて。自分の牙で唇に穴を開けるつもりか？」

シノオの顎を摑み、口を開かせる。

かぱっ、と開いたわずかなそこへ指を捩じこみ、嚙みしめていた奥歯も開かせた。

「ふぁ、……ぅ」

「しっかり舐めろ」

ネイエが耳元で命じると、シノオは小さな舌で懸命に指をしゃぶった。

ネイエの精液がまとわりつく指を、ちゅ、ちゅく……、拙《つたな》い舌遣いで赤子のように舐めしゃぶる。下の穴ばかり使われていたせいか、上の穴でのおしゃぶりは下手だ。

それを昼間のシノオに言ったなら、「貴様はまた顔に似合わない下品な言葉を……」と叱られるだろう。そんなことを想像して、すこし笑った。

「ほら、おかわり」

内腿にべっとりと付着したそれを、指の腹で掬う。時間が経って、つぶつぶとした食感が顕著になり始めた種を、何度も、何度も、すっかり食べきるまでシノオの口へ運ぶ。

栄養の足りていない身重は、他人の精でもうまいと感じるらしい。

群れのオスを思い出してはいやがるくせに、ネイエのこれではいやがらない。

「なんだ、可愛いところもあるじゃないか」

そう思うとたまらず、するりするりと頬ずりしていた。

俺の種をいっぱい食べていれば、体の内側からも俺のにおいと体臭が混じって薫り立つようになり、こうして俺に抱かれて眠っていれば、表面も俺のにおいだけに染まる。

俺は、俺の物によそのオスのにおいがついているのは嫌いなんだ。よそのオスの手垢《てあか》や種が嫌いなんだ。それは、俺の縄張りのものじゃないから。

……さて、隠しているつもりだろうが、胎のこれをどうしてやろうか。

下腹を撫でてネイエはほくそ笑み、そこにも自分の種を塗り広げた。

まるで、自分の縄張りを広げて、領地を示すように。

＊

「はい、この着物着て。こっちの上着羽織って。足袋《たび》はこれで草履はこっち」

「ねむい……ぃやだ……もっとねる……しのは、ねる……っくぁ、ぁあぁ」

寝起きのぼんやりから目覚める前に、シノオは着替えさせられていた。巣穴が恋しくてぐずったが、着替えを済ませると、有無を言わさずネイエに手を引かれて家を出た。

「…………あさメシ……」

「あとで食べさせてあげるから、いまは我慢」

なるほど、食料調達に行くらしい。

着物を着たのは、狐や大神に見つかった時に人間のフリをする為だろうか。

まぁ、なんにせよ、居候の身だ。ネイエが餌をとりに行くというなら、自分も働こう。

今朝《けさ》はすこぶる体調も良いから、張り切って朝ご飯を獲《と》れるはずだし、狩りは得意だ。

おとなしくネイエについていくと、えらく開けた場所に出た。

東の方角に温泉があって、もうもうと湯気が立ちこめている。その湯気の向こう、山の中腹には雲海がかかっていて、朱塗りの社殿が朧《おぼろ》に見え隠れした。

ずっと山をくだっていくと滝があり、段々畑や棚田へ水を引く川が流れていて、さらに山裾まで視線を下ろせば、温泉の湧く公衆浴場や無数の家屋がずらりと軒を並べている。

西の方角には立派な市まで立ち、賑《にぎ》わう様子が見てとれた。

そして、シノオのすぐ目の前には、朱の鳥居。左右には稲荷の石像があって、真横には、大きな岩を削り出して作った石碑も鎮座している。

わざわざそこに刻まれている文字を読まずとも、ここがどこかは分かる。

信太村だ。

ここは、狐のにおいや気配が濃い。

旨《うま》そうなにおいだと、シノオは舌なめずりした。

「狐を朝ご飯にしようとしない。あと、耳を仕舞う」

「いだっ」

ぴよっと嬉しそうにひくつく狼耳を引っ張られた。

「耳を仕舞って、狐っぽく、こん、って鳴いてみな」

「がうっ、……ぅ！　……っう、ぅうう！」

牙を剝いて唸ると、唇を抓まれた。

シノオの唇を抓んだままネイエが歩くので、シノオはそれに引きずられて歩く。

ネイエが、信太村の大鳥居を越えた。

信太村には結界が張られているから、大神は入れない。この村の結界は強力だ。最近は信太のおさも代替わりして、御槌と褒名が後を継いでいる。結界を張るのは、褒名の役目だったはずだ。シノオですら、正攻法ではその結界の内側に入ることができない。それに、いつもは結界を破る前に御槌が出張ってきて、一戦交えるのが恒例だった。

けれども、今日はネイエと一緒ならすり抜けることができた。

「昨日のアレで、君には俺の体液が混じってるから多少は融通きかせられるんだよ」

「昨日のアレ……」

「……昨日の夜のこと覚えてない？　寝惚けてる時のこと忘れるほう？」

「あの、じゃれてきたやつか？」

尻尾で内腿をすりすりされて、気持ち良かったやつ。

群れにもっとたくさん数がいて、皆の仲が良かった時は、よくそうして遊んでいた。

「貞操観念ガバガバだな、君のところ」

「仲間内でじゃれるのは当然だ。……でも、狐とはごめんだ。二度としてくるな。寝ている俺に変なことしたら、貴様の一物、食い千切るからな」

「…………はい」

寝ている君で素股して、精液でにおいづけして、しかもそれをしゃぶらせた……なんてことは間違っても口にしないでおこう。去勢される。

「大体にして、俺は大神だぞ。信太村に入った瞬間、手当たり次第、狐どもを喰い散らかすやもしれん。……そうは考えなかったのか？」

「そんなことしてみな、君は二度とこの村から出られないと思え」

「……なんだ、貴様、いい顔するじゃないか」

男前のオス臭い顔で、シノオを屠《ほふ》らんとするネイエは、とてもきれいだ。

いざという時、ネイエは本当にシノオを殺すだろう。もしくは、殺されたほうがまだ救いのある方法でシノオを懲らしめるだろう。こわい男だ。きれいな顔でそうして見据えられると、心臓がぎゅっと鷲掴《わしづか》みにされたようで、喉の奥が詰まる。

その喉奥の窮屈さに高揚を覚えて、シノオは、「あぁ、俺はわりと本気で、心のどこかで、この男には絶対に敵わないと理解していて、逆らうべきでない、服従したほうがいい」と本能的に負けを認めているのだと、悟る。

悟るけれど、目の前の男がきれいな顔でシノオを殺すのだと思うと、ぞくぞくと背筋が奮い立って、「あぁ、殺されるならこういう男だな」と喜んでいる自分もいるのだ。

「君はあれだな、よく分からないところで発情するんだな」

「貴様、俺を殺す時は本気で殺せよ」

きれいな顔の貴様が殺しにかかってくるのは好きだから、死に物狂いで抗ってやる。

「なんで助けた命を殺さないとだめなんだよ。俺は神殺しはしません。……さっきのは脅し文句。それはさておき、まぁ見てくれよ、俺の大事な人たちが住む場所をさ」

「…………気味が悪い。なんでこんなに人が多いんだ……」

ネイエに手を引かれて歩くうちに、誰にも正体を悟られず、村の中心まで来ていた。

中心部には、市が立っていた。市場に入ると人通りも増え、混雑も増す。行き交う人と人の袖が擦れ合うほどで、わいわいがやがやとうるさい。色んな食べ物のにおいや、色んな獣や神仙のにおいも混じって、鼻が曲がりそうだ。

信太村には、種々多様な狐が住み暮らしている。この村の惣領である御槌は黒狐で、その嫁の褒名は白狐、子供たちは全員が黒狐だ。御槌の母も黒狐で、父は白銀の狐だったと記憶している。市中を見渡せば、赤、青、金、銀、茶と色とりどりの狐が存在していた。

寄り集まったのだ。行き場のない狐どもが、生き延びる為に、助け合ってこの村を作った。だから、色とりどり。そんな文化形態だからこそ、はぐれ稲荷のネイエもそれなりに受け入れられているのだろう。

「やっぱり混んでるなぁ……」

「いつもこうなのか？」

「いやぁ、いまは年の瀬だから余計にだろ。年末年始の準備で賑わってるんだ」

「年の瀬……」

いまは、そんな時期なのか。

長いこと表に出ていなかったせいで、時節の感覚がおかしい。これがヒトなら、時代が変わってしまった感覚に戸惑いや不安を覚えるだろうが、生命倫理から外れているシノオたち神仙は、そもそも時間に縛られて生きていないせいで、どこか茫洋《ぼうよう》としている。

「じゃあ、明後日《あさって》が大晦日だってことも知らなかった？」

「……あぁ」

新年へ向けて、あちこちの神仙や物の怪が、信太村でしか手に入らない特産品を手に入れる為に、また、信太村の住民へ年越し用品を売る為に出入りしている。それに加えて、里帰り中の狐も多くいて、いつも以上に人の出入りが激しかった。

シノオが紛れこんでも、「見ない顔だなぁ……まぁ、どこかのお宅にきた新しい嫁か、婿《むこ》か、はたまた出入りの商人か……」と不思議に思いつつも簡単に片づけてくれる。用心深い者でも、隣に立つネイエを見て、「あぁ、ネイエのツレか」程度で済ませてしまう。皆、自分の家の年越し準備に忙しくて、他人に構っていられないのだ。

「はい、朝ご飯」

「…………」

店先に売られていた稲荷寿司を渡されて、ネイエに手を引かれて歩く。干した笹《ささ》に包まれた狐色の稲荷は、竹笹の繊維に添って、お揚げからじゅわりと出汁が染み出るくらいたっぷりの汁気で溢れていた。

「ネイエ、手を繋いでいたら食えない」

「放さない。君を迷子にしたくないから」

「……大神にも帰巣本能くらいある」

とは言ったものの、ネイエが痛いくらい強く手を繋ぐので、反対の手で食べ歩いた。あちこちきょろきょろしてみても、ネイエと手を繋いでいるからはぐれない。

ネイエがシノオの手にある食べかけの稲荷寿司を食べるから、シノオはネイエの齧りかけの稲荷寿司を食べた。狐臭い食べ物だと敬遠していたが、ネイエが食べて、ネイエの唾液がつくと食べやすくて、最初のひと口はいつもネイエに食べさせた。

二つ目、三つ目、四つ目……三角の形をした稲荷寿司を腹に収める。狐をばくばく食べているようで、小気味良い。ネイエが米を焚《た》くと、水が足りていなかったり、べちゃべちゃだったりしてちっとも美味しくなかったので、久方ぶりに上手いメシにありつけた。

指についた米粒と甘い出汁を舐めようとすると、ネイエが横からその指をしゃぶった。

「君の手についてるそれが一番うまそうだった」

「俺の指まで齧るな、しゃぶるな、吸うな」

「お茶が欲しいな」

「……………朝から酒か」

茶と言ったのに、ネイエが立ち止まったのは酒蔵の店先だ。

シノオの呆れ声も右から左へ聞き流し、ネイエは軒先で売っていた甘酒をひとつばかり求めた。

「へべれけになったら、君の立派な帰巣本能で家まで連れ帰ってくれ」

湯呑みに注がれたひとつの甘酒を二人で呑み干し、売り子へ返すと、また歩く。

歩く合間にも、ネイエはあちこちの店へ立ち寄って、ちまちまと衣料品や食料を買いこんだ。ぽんぽんぽんぽん、値段も見ず、交渉もせず、気前が良い。

手にした食料は、どれもこれも自分で手を加える必要のない出来合いものばかりだったが、大晦日と正月を迎える為の料理ということもあって、豪勢ではあった。

「君用に食器を買おう。着替えもいるよな。……あぁ、必要ないって言葉は要《い》らないからな。……君だって、これからずっと箸一膳と皿一枚を二人で使う気はないだろ？」

「貴様とそう長く暮らすつもりがない」

「まだそんなこと言ってるのか。素直に世話になっときなよ。可愛くないな」

「いまこうして俺が生きていられるのは貴様の力によるところだ。これ以上の迷惑はかけん」

ネイエが色々と気遣ってくれているのは分かる。だからこそ、余計に、それに甘えるつもりはない。もうすこし動けるようになって、大神と狐の縄張りを抜けるまで走れるくらいに回復したら、そうしたら、どこかでこの胎を処理して、自分もお終いにすればいい。

この体だ、遠くまで駆けたなら、もうそれほど生きる力は残らないだろう。

「さみしいから、そういうのやめてくれないかな？」

勝手に俺の縄張りを出ていくな。俺にちゃんと断りを入れて、俺が納得して、俺が許してからそういうことをしろ。それができないうちは、許さない。

「だから俺は君に食器を買うし、着替えもそろえる」

「好きにしろ。いまは、俺より貴様のほうが強い」

「そうする。俺は君より強いからな」

あっという間にネイエの左手は荷物でいっぱいになって、シノオもすこし荷物を持った。

市場のある通りを半分まで来たところで、福良屋《ふくらや》と看板のかかった店に入り、そこへ荷物を預けた。ここに頼めば、福良雀《すずめ》が家まで荷物を運んでくれるらしい。

なるほど、狐以外もここに棲み暮らして商売しているところから察するに、本当に、行き場のなくて困った者たちを、誰彼区別することなく受け入れ、共存しているようだ。

「おやネイエ、今日も洒落《しゃれ》とるなぁ」

小間物屋の前に出ていた若旦那《わかだんな》が、ネイエに声をかけた。

「やぁ、どうも。なかなかだろう？」

「あぁ、えぇ見立てや。お連れもえぇべべ着て、よぉ似合てはる」

「こっちも俺の見立て」

シノオの肩を抱いて、得意気に笑った。

「どこのお仕立てじゃ？」

「俺のお古」

「おやま。ご自分のお古を与えたのか？　それはまぁまぁ……」

シノオを上から下までとっくり見やり、若旦那が目を細める。

着物は、色褪せた赤毛が映える鴉《からす》色だ。洋風の幾何学模様は黒と見間違う燻し銀の地模様で、角度によって見え隠れする。明るい色味の帯には落ち着いた朱金の刺繍が施され、それに合わせて洋風の上着を羽織ると、全体をきゅっと引き締める良い役割をしていた。

シノオは粗野なように見えて、横顔が美しいし、背筋がしゃんとしていて、つんとした目鼻立ちをしているから、こうして着飾ると大神の気高さが見え隠れするのだ。

「髪の色が血色に戻る頃には、その着物はもっと似合ってる」

ネイエは髪のひとすじを指にとり、そこへ唇を落とす。

「触るな」

シノオはその手を振り払い、そっぽを向いた。

一人で先へ行こうとすると、ネイエが手をぎゅっと握って離さないので、シノオは、若旦那とネイエが世間話をしている間、手持ち無沙汰《ぶさた》を覚え、ネイエと繋いだ指を組んだり、開いたり、草履の先で土を掘ってみたりして時間を潰した。

「お待たせ、行こう。……シノ、これ巻いときな」

「なんだ、これ……ちくちくする」

シノオは、歩きながら首に巻かれた襟巻を外した。

「ウールだからなぁ。でも、あったかいだろ？　気に入らないか？」

「気に入る入らない以前の問題だ」

すりすり、ごしごし。ネイエの首筋に襟巻をなすりつける。それから自分の鼻を寄せて襟巻に顔を埋め、すんと鼻を鳴らすと、もう一度、自分の首に巻き直した。

「なに、いまの？」

「よその狐のにおいがした」

いまは、ネイエの匂いをつけたからちょっとマシだ。

シノオは、ネイエ以外の狐のにおいは嫌いだ。

それに、首筋が心許ない気がしていたのは事実で、襟巻そのものはありがたい。

この男は、言葉に出さずに、こうしてなにくれとなく気配りをする。

忌々しいくらいに、ここぞという時に、欲しいものを与えてくる。

「君はほんと……可愛い獣だな」

「気味の悪いことを言うな」

「俺は、君といるのが好きだな。君は俺のにおいを受け入れてくれるから」

「……………貴様は、誰からも受け入れられているはずだ……」

ネイエは、信太村に歓迎されている。

特に、女子供や同年配の男子は顔見知りしかいないのでは……と思うくらい、次から次へと声をかけられ、ネイエもそつなく応じているし、この場にとても馴染んでいる。

けれども、シノオがよくよく大神の耳を働かせると、一概にそうとも言えない。

古い時代を知る年老いた狐や、偏見を持つ者たちは、ネイエがはぐれ稲荷であることをひそひそしたり、シノオというよそ者を連れてきたことで色眼鏡《いろめがね》で見たり……些細《ささい》なことで揚げ足取りをしたり、陰口を叩いたりする。

ネイエが、つまはじきにされている。大神であるシノオではなく、この村に来て、もう何十年、何百年、千年近くになるネイエが、……信太村の惣領の親友ともいえるネイエが、未だにこの村で陰口を叩かれている。

ネイエは聞こえないフリをして笑い顔を崩さないが、そうして笑う美しい顔さえ僻《ひが》みの対象にされ、裏でひどい言葉を吐かれている。狐は容貌の整った者が多いが、心根の醜い様は表情に現れるようだ。シノオは驚きを通り越して、その性根の醜さに呆れた。

だが、当のネイエがシノオの手を強く握って三猿に徹するから、なにも言わず歩いた。

「金銀のあいのこが……」

「血の濃いはぐれは、信太のメスに手を出すな。我らを滅ぼすつもりか」

「黒屋敷の若君らを手懐《てなず》けて、信太に居座るつもりか？」

往来で若い男衆が絡んできた。

ネイエはそれも無視して素通りした。……が、シノオはそうしなかった。

繋いでいた手を振り解き、まず、三人組の一番強そうなオスを殴った。鼻っ面のへしげた男が倒れるのを横目で確認しながら、右隣の男の太い首を両足で挟んで引き倒し、その勢いで男の頭を地面と挨拶させる。シノオは獣のように両手足で着地するなり後ろ脚で地を蹴って跳ねると、三人目を蹴り倒して馬乗りになり、頭突きをかます。

「喰らうぞ！」

「シノオ……っ、やめろ！」

喉笛を嚙み切る寸前で、ネイエが背後からシノオを摑んで引っぺがした。

「ネイエ！　邪魔するな！」

「するに決まってんでしょうが、なにしてんだ君はっ⁉」

「うるさい！　黙ってろ！　……おい貴様！　無礼をほざいた分だけ腕に自信あるんだろう⁉　かかってこい！　うちの狐を侮辱した数だけ殺してやる！」

「威嚇しないの！」

牙を剝くシノオを羽交い絞めにする。ちょっとでもネイエの腕がゆるんだなら、再び摑みかからんばかりにシノオの体が前のめりになる。

「立て！　貴様、尻尾巻いて逃げるつもりか！」

「しのちゃん！　挑発しない！　つっかかっていかない！　落ち着く！」

「ネイエ！　……貴様、群れの仲間が馬鹿にされて笑って済ませるのか！」

「群れの仲間って……それは俺のことか？」

「当然だろうが！　こいつらは聞き捨てならん言葉を吐いた！　おい、貴様！　とっととかかってこい！　もう終いか⁉　あ⁉」

ネイエの腕がゆるんだ瞬間、シノオはするりとそれをすり抜け、路端《ろばた》で蹲る男の髪を摑み、片手で持ち上げた。がくがくと男の首の根を揺さぶり、凄み、徹底的に打ちのめす。

「もういいから……！　シノ、シノオ！」

「まだ謝ってない！」

「君、ほんとケンカっぱやいな⁉」

背後からシノオの首に右腕を回し、左腕でシノオの左手を摑む。

耳元で、「しー……、どうどう、落ち着く」と、何度も何度も、ゆっくり言い聞かせる。

がちっ、がちっ。シノオは歯を鳴らして、牙を剝く。耳と尻尾も出ている。尻尾は上着で隠れているが、おこりんぼの耳は忙《せわ》しなく動いてネイエの頰をべちべち叩く。

「大丈夫だから、……な？　もうやめとこう？　三人とももう気絶してるから」

「こいつらネイエのこと悪く言った！」

「うん。でも、それ以上やると死んじゃうだろ？」

「……が」

「がう……ってしないの」

「ふぁ、ぐ」

耳の後ろを搔い繰りされて、よしよしされる。それでも怒りは収まらず、うるうるぐるぐる唸りながら、ネイエの腰に尻尾をぐるんと巻きつけて、ふーふー息を荒らげる。

「怒ってくれてありがと。でも、もうやめよう？」

「ネイエはそれでいいのか⁉」

「うん、いいよ。大丈夫。ありがとう」

君のお蔭《かげ》で救われた。

俺の生きてきた人生で味わった悲しい気持ちぜんぶくらい救われた。

「うぅー……ぅぁあぅ、がぅ」

真っ赤な毛並みで怒りを示し、首に回されたネイエの腕を両手で摑み、そこに齧りつぃて歯形だらけにしながら、あぐあぐよだれまみれにして、ちょっとずつ怒りを鎮めていく。

「よしよし、いいこいいこ。……怒りすぎて、わけ分かんなくなっちゃったんだよな？ありがと。……落ち着いたら、鶏肉の入った稲荷寿司食べよう？　君、お肉好きだろ？」

「にぎゅ」

「嚙みながら言わないの」

赤毛の旋毛《つむじ》に唇を落とす。むぐむぐした口元が可愛くって、ネイエの口角もゆるんだ。

「……おい、あの狐はどこの狐だ？」

「ネイエと一緒にいる赤毛か？　……見かけぬ顔だな」

往来でこれだけの騒ぎとなると、大立ち回りをしただけでも目立つのに、一人で三人をのしたのが日頃から見かけぬ顔ともなれば、衆目は一気にシノオに集まる。

「シノオ、行こう。これ以上はまずい」

「こいつら仕留《しと》めなくていいのか。中途半端は一番だめだ」

「仕留めたら大事《おおごと》になるから中途半端のままにしておいて」

「……わかった」

「いいこ」

シノオの肩から力が抜けるのを感じて、ネイエは腕の力をゆるめた。

「ねーねちゃん！　おしのちゃん！　……ごめんなさい通して、通してください……っ」

「おい、黒屋敷のおすず様だぞ、通してやれ」

「ありがとうございます……っ、ねーねちゃん！　おしのちゃん！」

人だかりを掻き分けて、大人たちの膝あたりから、すずがぴょこっと顔を出した。

すずは、シノオとネイエを見つけるなり全速力で走り、二人めがけてぴょんと跳ね飛ぶと、二人の腕に受け止めてもらう。

「すず、どうしたの？」

「川でお魚見てたら、ケンカしてるって騒いでる人がいたから見に来たの！　そしたら、ねーねちゃんとおしのちゃんがいたの！　だいじょうぶ？　ケンカしたの？　痛い？」

「いや、俺たちは無傷なんだけど……」

すずと入れ違いで、目を醒ますなり尻尾を巻いて逃げた三匹のオス狐がズタボロだ。

「………怪我はない」

ネイエに目配せをされて、シノオは、額と頬の返り血を着物の袖口で拭った。

「おすず様、そちらの赤毛殿とはお知り合いで？」

よそ者のシノオを怪訝《けげん》な様子で見ていた男が尋ねた。

「すずのなかよしさん！」

「庇《かば》ってもらう必要はない。俺はお……むぐ」

「潔いのもほどほどにして」

ネイエが、シノオの口を塞ぐ。

「おすず様のお顔見知りで、ネイエの連れ……となれば、黒屋敷か朱塗り御殿のお客人か、ご係累か……。……であるなら、我々が殊更になにかを申すことはない。黒屋敷の若君の知人ならば、即ち、御槌様もご既知の御仁だろう」

シノオの正体を訝しんでいた狐たちも、すずの言葉で納得して、「まぁ、元はと言えば、あの若い狐どもがネイエに絡んだのが発端だしな」「ネイエはいつも笑って済ませてくれているのに、調子に乗ったあやつらが悪い」「あぁそれよりも正月準備だ」「ケンカは終いだ」とそれぞれの日常へ戻っていった。

「すず、ありがと。……助かった」

「すず、なんにもしてないよ？」

右手の鈴をりんと鳴らし、それと同じくらい可愛らしい声ですずが笑った。

買い物を済ませたらまっすぐ帰ろうと思っていたが、すずが「案内してあげる！」と手を引くので、市場の見学を皮切りに、ひと通り信太村を見て回った。

時間をかけてゆっくりと回ったが、どれだけ案内しても、すずにはまだまた時間が足りないようで、「んー……とねぇ、あとね、えっとね、あっちとね、まだ向こうも行ってないし、えっとね……」と見せたい場所を指折り数えていた。

「すず、続きはまた今度にしよう？　もう陽が暮れるし、……シノオが疲れてるからさ、最後にどこか静かなとこ教えて？」

「じゃあ、すずのとっときのとこ行こ？」

ネイエがそっと耳打ちすると、すずは二人を信太川まで案内した。

信太村のあちこちに信太川の分流が流れているが、ここは、村外れの畦道《あぜみち》に沿うて流れる本流だ。遠浅で、川幅も広く、立派な木製の橋がいくつも架かっていて、川べりには渡し船も停まっている。

信太山から吹き下ろす冬の風のせいで、川の水は冷えているが、流れは穏やかなものだ。もうすこし気温が下がれば、朝に夕に薄氷が張り、雪が降る頃には厚い氷となるだろう。

＊

人いきれに呑まれ、いくらか眩暈《めまい》を覚えていたシノオは、川辺を歩くうち、川面に冷やされた冷たい風を受けて、ひと心地ついた。

ネイエに手を引かれて土手に腰を下ろし、川面を見やる。日暮れまではまだ少し時間があったが、水面《みなも》に西日がきらきらと反射して、シノオにはそれがひどく眩しかった。

「すず、そこから先は行っちゃやだめだからね～」

「はぁい」

手を伸ばせば水に触れられるぎりぎりの位置で、すずは川魚が泳ぐのを眺めている。しゃがみこんで小さく丸まった背中だけ見ていると、今日も立派な団子だ。柿色の綿入れを着ているせいか、もこもことして、いつにも増して丸い。

「出鼻を挫《くじ》かれちゃった感じはあるけど、どうだった？」

「どうもこうも、狐のにおいが染みついただけだ」

「つれないなぁ」

「貴様の魂胆は分かっている」

ここ何十年か、まともに外へ出ていなかったシノオを外へ連れ出したかったのだ。

狐の一族を知ってもらう為に……というのもあるだろうが、どちらかというと、群れで生活していたシノオが、ネイエと二人だけの限られた生活でさみしくならないように人混みへ連れ出した、というのが本音だろう。

「余計な気遣いだ」

「君、察しが悪いように見えていいんだな」

「ほざけ、狐」

「今夜はよく眠れるといいね」

「俺はいつも快眠だ」

「そっか」

本人がそう思っているなら、それでいい。

ただ、ネイエにはそう見えなかっただけだ。

朝も昼も夜も眠りが浅く、ヒト型で眠っている時も、どこか頭の片隅が起きていて、いつも耳か尻尾を無意識のうちに出して警戒していた。唇も嚙みしめて、ぎりぎりと歯嚙みして、魘《うな》されていた。

だから、動けるようならすこし動いて、健康的に体を疲れさせたほうがいいと思った。

……まぁ、身重にケンカが適度な運動かどうかは分からないが……。

「散歩くらいのつもりだったんだけどな」

北風に吹かれて乱れたシノオの髪を、撫でつける。

「すず、前に出すぎだ。一歩下がれ」

シノオは、ネイエの手を振り払う代わりに、すずに注意を促す形で体を傾げて立ち上がり、その手をすり抜けた。

我ながら、愚かな逃げ方だと思った。

こんな近い距離に狐の侵入を許しているのに……、手を振り払うほうが簡単なのに……、たった一瞬とはいえ、その手を振り払うことを逡巡《しゅんじゅん》してしまった。

「あーい」

柿色の団子は、シノオに言われて、しゃがみこんだまま後ろへにじにじと下がる。

シノオはそれを確認した体で、さっきよりも拳ひとつ分ネイエと距離をとって座り直した。そして、ほんの数分の沈黙にも耐えられず、「貴様、馬鹿じゃないか？」と、この時ばかりは自分から言葉を探して、発した。

「唐突だな」

「うるさい、ほかに言葉が見つからん」

がしがしと頭を掻き毟る。

シノオなりにたくさん言葉を探した結果、やっと出てきたのがこの言葉なのだ。

「そんな子供みたいに頭をぐしゃぐしゃにしてまで、なにが言いたいんだ？」

「なんで貴様の大事なところに俺を連れてくるんだ」

「……あぁ、その話か」

ネイエはひとつ頷いて、遠い眼差《まなざ》しをした。

それは、すずの背中を見守っているようにも見えたし、どこか遠く物思いに耽《ふけ》るような仕種にも見えた。

「ここには、貴様の大事な奴らが住んでいるのだろう？　俺を連れてきたら、そいつらに危害が及ぶとは考えないのか」

「考えないよ。君はそんな卑怯《ひきょう》なことはしない」

「どっちにしろ、もうやめろ。仲間を危険にさらすな」

「まさか君に説教される日がくるとはなぁ」

「茶化すな」

「……でも、これがまた悲しいことに、仲間じゃないんだな。……まぁ、黒屋敷の一家とは家族みたいにやらせてもらってるけどさ、それ以外とは仲間じゃないんだよ。……市場で君も見た通り、黒屋敷以外の信太狐とは、まぁ、上っ面の付き合いなんだよ、俺は」

浅く、広く。あくまで、黒屋敷の若様の客分として。津々浦々を転々とするその合間に信太村に立ち寄って、一年のうちのほんの一時期だけを世話になるはぐれ稲荷。

けっして、深くは交わらない。

「それは、貴様がいつまでも中途半端だからだ。時間はかかるかもしれんが、きちんとここへ腰を落ち着けて、品行方正に生きていれば、貴様を見る周りの目も変わる」

「落ち着ければいいんだろうけどね……だめだね、そういう性分じゃない」

「群れずに生きていて、不安はないのか」

「んー……一人の時間のほうが長いしな。いまさらって感じだ。この生活も気楽なもんだよ。それに、人恋しくなったら肌を寄せる相手には困らないし、疑似家族みたいなことは黒屋敷の一家に混ぜてもらえたしね」

「俺は、群れで生きてきた。……だから、貴様の考えはよく分からん」

「君とは生まれ育ちも考え方も生き様も違うからな」

「俺は、群れの仲間を守るし、群れの仲間が貶《けな》されるのは許せない。そういう性分だ」

「……うん、君を見ていたら分かる」

「だから、貴様が貶されていたら、これからも怒る」

「…………ちょっと待て。……君、それはどういう意味で言ってるんだ」

「俺と貴様で、ひとつの群れだ。……違うか？」

「ひとつの群れって……」

「群れとは一個の集団として行動し、寝食を共にする。そういう意味合いのものだ」

いま、シノオとネイエは一緒に生活をしていて、同じ釜《かま》の飯を食らって、一緒の寝床で寝ている。それはもう、群れだ。

「あぁ、うん……そういうことか……あぁびっくりした……」

夫婦って意味なのかと思った。

「なにを驚く」

「ちょっと喜んじゃった自分とか色々……、ほんと、なんでだろうね？」

自分でも首を傾げて、ネイエは口端を歪めた。

想像もしてみなかった言葉だ。

二人きりの群れっていうのは、そういう関係へ至る、最小単位だから……。

「さっきの騒ぎで、信太村における貴様の立場が悪くなったのなら、謝る」

「そんなことない。庇ってくれて嬉しかったよ、ありがとう」

「別に……」

本能で動いただけだ。反射で殴っていただけだ。

いまとなっては、あの行動に色んな理由づけができるし、自分への言い訳も立つ。

たとえば、卑怯なあいつらが許せなかったから。もしくは、自分は笑って済ませられる性分じゃないから。誇りある大神惣領らしく振る舞えたかどうかは分からないが、そうすることが、ネイエの群れで世話になっている者として、ネイエの世話になっている者として当然の行動だと思った。同じ釜の飯を食って、一緒の寝床で寝起きする仲間が傷つけられたら、戦うのが当然だ。

「俺と貴様の群れは二人きりだが、貴様には黒屋敷という群れがある」

大事な所属先を失う前に、戻れ。

シノオは、いつの間にか繋がれていたネイエの手を振りほどいた。

おかしな話だ。狐と群れるつもりなど毛頭ないのに、ネイエと形成した群れの為にケンカをした。ネイエには正しい群れへ戻れと勧めたくせに、自分だってネイエとの群れに執着して、守る行動を見せた。

馬鹿馬鹿しい。色んなものを吹っ切りたくて、シノオはネイエに追い縋られる前に立ち上がり、ネイエをその場に置いて、川辺で遊ぶすずのもとまで歩く。

「おしのちゃん、石投げるやつして」

「ここには平たい石がないだろ。……分かった、分かったから……袖を引くな」

すずに袖を引かれて、足もとから手頃なものを選ぶと、川面へ向けて水平に投げる。

「いち、に……さん、し……ご……ろく！　六回も跳ねた！　すごぉい！」

「こっちの石だ、こういうのを選べ。飛び石する時は、こういうのがいい」

「飛び石？　石切りじゃないの？」

「そういう言い方もあるのか？」

「水切りって言う子もいる。すずね、これが下手でいつもドベなの」

「石の持ち方が悪い」

あぁもう、さっきネイエと距離をとったばかりなのに、いまはもう、このふくふくとしたやわらかな手に小石を握らせてやり、上手に投げる方法を教えてやっている。

自分でも、行動に矛盾があることは分かっている。

身の振り方を決めようとしているのに、このなまぬるい場所から動けない。

「見ててね、おしのちゃん！」

すずは賢いし、勘が良い。

一度でも教えたら、二度目からはコツを掴んで、一人で上手に石を飛ばした。

「勝手に俺のことを決めないで欲しい」

なにやら真摯《しんし》な様子で、シノオの隣にネイエが立った。

「黒屋敷の群れで世話になれ」

シノオはすずから視線を逸《そ》らさず、平らな石をいくつか見つくろってすずに渡してやる。

すずは両手いっぱいの小石をじっくり観察して、これはというものを選んで、投げた。

「俺は信太狐じゃない。それに、俺がほかの群れに入ったら、君はどうするんだ」

シノオが無視を決めこんでいるのに、ネイエはめげずに話しかけてくる。

「俺は一人でなんでもできる。だが、俺と貴様が一緒にいても、なんの実にもならない。貴様がどこにも腰を落ち着けずにいるのは臆病だからだ。群れるのがこわいだけだ。他人と交わって生きていくのがこわいだけだ。面倒だから、鬱陶《うっとう》しいから、気楽だから、責任を持たずに済むから。そんな理由で一人で生きているだけだ。そういうのは、愚かだ」

「違うんだ」

「なにが違う」

「俺は、君が言うみたいに、そんなに深いとこまで考えたことがないんだ」

受動的に、風の向くまま気の向くまま。生きていくことの意味とか、人生の目標とか、誰かや何かに対する責任とか、そういうのをただの一度たりとも持たずに、考えずに、ただ自由気儘に生きてきただけなんだ。

「ちゃんと自分のことを考えて生きてこなかったんだ」

「無駄な生き方をしたな」

「かもしれない。……でも、俺、信太村にだけは、できるだけ毎年来てるんだ」

御槌という親友がいるから。

その親友が褒名という嫁を娶《めと》って、その褒名とも仲良くなれたから。

その信太の夫婦に子供ができて、子供たちの成長が楽しみでしょうがないから。

「それと同じくらいの感情で、君をここへ連れてきたんだ」

「貴様は、俺との間に仲間意識を持ちたいのか？」

「あー……えぇ～……なんだろう？」

面と向かって尋ねられると、ネイエも明確な言葉で答えられないのかして、後ろ頭を掻いて眉を八の字に顰める。この男は、こんな困り顔も美人だ。

「貴様はもうすこし物事を考えて生きろ」

「いきなりケンカを始めた君に言われるとはなぁ……。……あぁ、でも、これだけは確かなんだけどさ、誰かとこんなに長くべったり一緒に生活したのは、初めてなんだ」

「それで？」

「……それで、なんだろう？　分からないんだなよなぁ、これが……」

「俺は、貴様の感情の機微を察してやるほど親切ではないし、そもそも狐の考えていることなど分からん。理解の範疇《はんちゅう》外だ。期待するな。……すず、帰るぞ」

「あといっかぁい！」

「あと一回だ」

シノオに言われた通り、すずは「あーい」と素直に返事をして最後の一回に挑戦した。

それから、ネイエとシノオが待ち構えているのをちらりと仰ぎ見て、「もう一回だけぇ」と甘え声でねだり、もう一回だけ石を飛ばし、そのあと「もういっかい」を十三回ばかり繰り返してから、「日が暮れる前に帰るぞ」と言われて、唇を尖らせながら帰途についた。

「ねーねちゃん、おしのちゃん、おてて、おてて、おててかして」

二人が貸すとも言わないうちから、すずはネイエとシノオの間に入って二人と手を繋ぐ。

「ねーねちゃんのおてて、あったかぁい。……おしのちゃんは冷たいから、すずのあったかいの分けてあげる」

「お前の手も冷たいのに？」

「すずが、ねーねちゃんの左手からあったかいのもらうでしょ？　そしたら、すずはそれを右手でもらって、左手でおしのちゃんに渡してあげるの。だって、おしのちゃんは、おなかの黒いのに栄養ぜんぶ奪《と》られてるでしょ？　死んじゃうから、大事にしないと」

「……かもな」

すずは、本当に勘が良い。さすがは黒御槌の息子といったところだろうか。ちゃんとしたことを分かっていなくても、本質は見えている。

「でも、すずが助けてあげる」

「不要だ。貴様は貴様の家族のことだけを考えて、助けてやれ」

「おしのちゃんも家族だよ？　ねーねちゃんも家族。すずの家族は、みんな家族。家族はみんなで助け合って生きるんだよ。家族じゃなくても大好きな人のことは助けるんだよ。だから、ねーねちゃんもおしのちゃんのこと助けてくれるよ。……ね、ねーねちゃん？」

「うん、助けるね」

当たり前のことのように、ネイエが頷く。

すずはその言葉に満足したのか、ほっぺのおにくがきゅっと持ち上がるくらいににこにこして、二人に手を繋いでもらったまま、ぴょんぴょん跳ねた。背中に夕焼けを受け、三つの影が河川敷に伸びる。すずがそれを追いかけて早足になれば、「ここで早足にならないの」「砂利で顔面ズタボロにする気か」と左右の二人が同時にすずの体を持ち上げる。

繋いだ手を支点に、宙に浮いたすずは足をぱたぱたさせて、尻尾もぱたぱたさせる。

この手を離してすずを落としてやろう……と、思えないところが自分の甘いところだな、とシノオは自嘲《じちょう》した。

すこし前までは、仔狐を見れば容易《たやす》く狩れる獲物で、しかも、肉がやわらかくて美味いと舌なめずりしていたのに、いまは川に落ちることや砂利道で転ぶことを心配している。

こういうのは苦手だ。もっと単純明快でないと、行動できない。

生きる為に戦う。狩る。殺す。それくらいでないと、シノオには分からない。

だが、命を救ってもらった恩を返すくらいの礼儀は知っている。

本当にネイエを想うなら、ちゃんと群れに返してやるべきだ。

大神とツルむのではなく、狐と生きるべきだ。今日のことで、それがよく分かった。

大神惣領は惣領らしく、ネイエの身の振り方を考えてやらねばならない。群れに加わるのが早ければ早いほど、馴染むのも早くなる。時間が経てば経つほど、自分に素直になれなくなって、どこにも所属できなくなって、一人であることを選ばざるを得なくなる。

ネイエは、誰かが強くその背を押してやって、面倒を見てやらないといけない。

群れにちゃんと戻してやらないと、きっと、そのうち、さみしくて死んでしまう。

それが、大神惣領として返すべき礼儀だ。

「貴様、存外、面倒のかかる男だな」

「……いきなりどうしたの？」

「俺は大神惣領だ。面倒見がいいから、貴様の身の振りようは任せろ」

「よく分かんないけど、君に面倒を見てもらえるなら、それはそれで安泰だ」

「俺は本気だ」

「そっか、君は本気で俺のことを考えてくれるのか」

ネイエが笑った。目を細めて、頬をゆるませて、笑った。

本当に、本当に、まるで子供みたいに「構ってもらえて嬉しい、俺のことを見てくれて嬉しい、俺のことを考えてくれて嬉しい」と言わんばかりに、破顔した。

笑うとネイエはすごく可愛かった。

「……っ」

かわいい、かわいい、かわいい……。思ってもみなかった感情が、溢れた。

なんだこれは……。こんな可愛い顔で笑う生き物、食べたら絶対美味いに違いない。このほっぺたをがじがじしたら絶対に美味いに違いない。こんなに可愛く笑うのだから、絶対に美味いに違いない。よく分からないが可愛くて美味いに違いない。

「おしのちゃん、よだれ……」

「うるさい。前を見て歩け」

じゅる、とよだれを啜る。不思議な感覚だ。きゅうきゅうと胸のあたりが切なくなって、ネイエの笑い顔がいつまでも頭の片隅に残って、よだれがいっぱい溢れてくる。

きっと、もう夕方で小腹が空いているのだと思った。だから、こんな雑食のオスが美味そうに見えるのだ。シノオはそう結論づけて、きゅうと切ない腹を押さえた。押さえた位置よりももっと上のほうが、きゅうきゅうと詰まった感じがして、楽しかった。

＊

シノオは控えめだ。すずを送っていくという大義名分があるのに、「どのツラ下げて大神惣領が黒屋敷の敷居を跨《また》げる？」と黒屋敷には絶対に寄りつかなかった。それもそうかとネイエも思ったが、シノオは遠慮や常識というものをいやというほど弁《わきま》えていて、信太村でも、ネイエとすずが連れ回さなければ最低限の範囲しか見て回らなかった。

潔く、正しく、品行方正で、誇り高い生き物なのだと思う。

誇り高い生き物ならば、狐に害を加えるな……と思うのだが、シノオは、自分が生き残る為ではなく、群れの仲間を生かす為に襲っているのだ。

ネイエは、これまでにも何度かシノオをまかみの原で見かけたことがあったが、その時、シノオはいつも矢面に立ち、痩せて、ぎらぎらとした眼をして、傷だらけで、一匹だけ、飢えていた。群れを率いる惣領として、立派な姿だった。

「あの赤毛の狐はどこだ」

「こちらだ。メスくさい」

「おい、ここで途切れたぞ、どういうことだ」

闇夜の信太山に、獣の眼が五対も光る。四つ脚の獣たちは足音も消さず、木の葉擦れの音をさせて、雪のちらつく野山を駆けた。

「……なんだ、大神かと思ったけど違うのか」

木蔭に隠れていたネイエは、夜の森を走る狐に足を引っかけた。

「ネイエ！」

一匹が転んだ拍子に、ほかの四匹もぴたりと動きを止める。

「君ら……あぁ、今日、市場でシノにこてんぱんにされた狐か」

ヒトの姿のまま、ネイエは五匹の狐の前に立った。

昼間の若い男衆がシノオに仕返しをしようと徒党を組んでやってきたらしい。

それも、わざわざ狐の姿になって、においを辿ってまで。

「あの女狐はどこだ。あの女狐を寄越せ」

「往来で恥をかかされたのがそんなに悔しかったのか？」

挑発するような言葉を投げかけると、若い狐は唸った。

「ネイエ、この際、お前でもいい。……よそ者が大きな顔をして村をうろつくな」

「あの赤毛のメスにもそう伝えろ」

「夫婦そろって信太村に居着くつもりか。御槌様がそれを許しても、我々は……」

「はー……もう……ほんと…………これ以上、狐の印象悪くしないでよ」

ネイエはがしがしと頭を掻いて、大仰に肩を落とす。

せっかく、すずがシノオと仲良くなってくれたのだ。もっと狐のことを好きになってもらえるかもしれないから、信太村へ連れていったのだ。

毎日ずっとあの隠れ家にいたんじゃ気が滅入るし、動けるようならすこし動いたほうがよく眠れるだろうし、群れで生活していたシノオがさみしくないように人混みへ連れていけば慰めにもなるかな……とネイエなりに考えてそうしたのだ。

それに、黒屋敷の家族の為以外で、こんなにも頭を働かせて、こんなにも馬鹿みたいに色んな状況を考えて、誰かの為になにかしようと思ったのは、初めてなのだ。

そうして、やっと、自分から行動することの意味を見つけられたのに……。

「台無しだ。大体にして、君たちごときじゃシノの足もとにも及ばない。返り討ちにされるだけだ。……昼間、いやというほどあの子の強さは味わっただろ？　まぁ、だからこそ数にモノを言わせて嬲りものにしようとしたんだろうけど……」

獣道さえ存在しない荒れた大地を踏みしめ、一歩、前へ進む。

ただそれだけで、若い狐どもは二歩も三歩も後退《あとず》さる。

「俺は、君たちが負けたメスよりも強い」

勝敗が分かっていてもやるか？

「はぐれ稲荷めが！」

五匹のうち、もっとも年若く、もっとも体格の優れた青狐がネイエに飛びかかった。

普通の狐よりも、ずっと大きな狐だ。二本足で立ち上がればヒトの大人の背丈はゆうに超えるし、飛びかかられたなら、すずなどひとたまりもなくぺしゃんこに潰れるだろう。

青狐は、真っ暗な森の色と同化して、木々や夜空と一緒くたになる。目眩《めくら》ましだ。

「ぎゃう！」

その青狐が、瞬く間に悲鳴を上げた。

ネイエが青狐の太い首の根を摑んで押さえこみ、地面に引き倒していた。

「気づかれていないとお思いだろうが、君ら、信太村でも俺たちを尾《つ》けていただろう？川べりまでずっと追いかけて、シノが一人になるのを狙っていたようだけど……」

結局、ネイエとすずが傍を離れずにいるから、手をこまねいていた。

その復讐心を腹に抱えて、わざわざこんな大神領の近くまで来るのだから、よっぽど、シノオに恥をかかされたことが屈辱だったのだろうが……。

「身の程を弁えろ、三下狐」

青狐の首をへし折るほど力を加え、右足で踏みつけた肺を圧迫する。

「……が、ぁ」

がふっ、がふっ。青狐は口端から血泡を吐いて、もがく。

「このネイエ、はぐれ稲荷ではあるが、腐っても三尾だ。貴様ら一尾ごときが敵うと思いあがるな」

しろがね色の瞳を大きく見開き、金の尻尾を惜しみなく見せびらかす。

一尾一尾が、五匹の狐のどの図体よりも大きい。

若い狐は、月の光を受けてきらきらと瞬くそれに触れるだけで自分たちが消滅することを、瞬時に理解した。力負けして、存在そのものすら消されてしまうことを、本能で察知した。腕試しをして神技を競うまでもなく、単純な力量差で殺されることを悟った。

「アレは俺のメスだ。貴様ら、二度と俺のメスに手を出すな」

分かったか？　分かったなら、退《ひ》け。さすらば命だけは見逃してやる。

貴様らが狐の本領を発揮したところで、ヒト型の俺にすら敵わぬのだ。

このネイエが本性を見せたなら、貴様らなぞ信太山の養分にもなれんぞ。

シノオをして、「きれいな顔してやることがえげつない」とのたまったその言葉に反して、きれいな顔を恐ろしくも醜い悪狐《あっこ》の形相に変えて、脅す。

二度と俺の縄張りに踏み入るな。

大神と勘違いして、俺のメスが怯えるだろうが。

「あぁ……貴様ら、同胞を見捨てて行くな」

小便を垂らして気絶する青狐を片腕で持ち上げると、怯える四匹の足もとへ放り投げる。

ほんのさっきまで調子づいていた狐たちは、四匹がかりで青狐を背負い、尻尾を巻いて逃げた。彼らがすっかり姿を消すまで、ネイエは、その冷めた銀の瞳でじっと睨み据え、圧をかけるのも忘れない。

「……あー、雪が本格的になってきた……」

家でシノオが寒がってるだろうから、早く帰ろう。

肩に積もるボタ雪に、そんなことを思う。

シノオはあぁ見えて、時々すごくぼんやりしているところがある。自分を守る力も弱っているし、それになにより、群れを守る為には気を張れても、自分を守る為には気を張り続けることができない性分のようだから、油断したところを狙われるかもしれない。

自分が狙われていることに気づく前に、ネイエが先手を打っておくべきだ。

シノオのことだから、「自分で蒔《ま》いた種だ。自分で刈る」と言うのは目に見えている。

あの大神惣領殿は、自分の責任も、他人の責任も、一族の責任も、ぜんぶ自分で背負って片づけてきた生き物だから、ネイエが庇ったなどと知ったら、絶対に怒る。

「怒られる前に帰ろう……」

しゅん……と項垂《うなだ》れ気味に尻尾を仕舞うと、ネイエはシノオの待つ家路を急いだ。

シノオは、怒るとこわいのだ。

すぐに噛む。

＊

ネイエはいつも色んな時間に外へ出かける。

その夜も、夕飯が終わった頃に「ちょっと出てくる」と言って、ふらっと出ていった。

ネイエは、黒屋敷で世話になっている身だ。明後日には新年を迎えるから、あちらで年越しをするつもりかもしれない。あまりこちらにばかり構っていられないのも当然だ。

シノオは、押入れの巣穴に潜りこみ、じっと蹲った。

いつもは、この巣穴に二人で眠る。

常日頃から、シノオはヒト型で生活をすることがなく、ヒト型をとるのも苦手だが、ネイエがヒト型で生活をするから、シノオも必然的にそちらに合わせた生活になっている。

けれども、深く寝入ってしまうと狼に戻ってしまうので、最近のネイエは、「最初から狼で寝てくれたほうが面積的にも都合がいいし、抱き心地もいいのに……」などとほざく。

だが悔しいかな、ここはネイエの巣なので、なんと言われようとも、巣穴から出ていけとは言えない。

しかし、今夜はネイエがいないから巣穴を独り占めだ。

そうほくそ笑んだのも束の間、シノオはすぐに一人を思い知った。

今宵《こよい》は、殊更に冷える。風も強く、戸板がばたばたと跳ね、窓からの吹きこみも厳しい。

夜が更けるにつれ、それがいっそう強く感じられて、シノオは背筋を走る寒気にぶるりと身震いして、巣穴の奥で縮こまった。

「ただいま、……シノオ、帰ったよ。……あぁ寒い、雪がたくさん降ってるよ」

ネイエは身を屈めて勝手口をくぐると、土間で肩口の雪を払った。

払いながら眉間に皺を寄せ、鼻先をすんと鳴らすなり、大股歩きで畳へ上がる。

澱《よど》みなく押入れまで進むと、襖《ふすま》を大きく引き、「巣穴の居心地はどう？　明日には雪が積もりそうだけど……」と巣穴を覗く。

「……雪」

道理で寒いわけだ。シノオは、雪遊びしたいわくわくに耳をぴよっとしたのもほんの束の間、雪と聞いただけで寒さが増したような気もして、肩で息をする。

寒さに、体力も気力も奪われそうだ。自分の息まで冷たい気がする。ヒトの姿なのに犬みたいに伏せて、よりいっそう身を丸くした。

「あれま、珍しい」

ネイエが隣に潜りこむのはいつものことだが、それでも、シノオは毎回きちんと律義に出ていけと言うし、ネイエが出ていかないなら自分が出ていこうとした。

　ところが今夜はよっぽど寒いのかして、巣穴の奥で蹲ったまま、微動だにしない。それどころか、「早く戸を閉めろ」と言ったきり、元気がなさそうに首を竦めて生欠伸をする。

「……しのちゃん、ちょっと……」

　シノオから許可を得るより先に、ネイエは自分の膝にシノオを乗せた。

　向かい合わせに抱くと、シノオが気怠げにネイエの肩に顎先を乗せる。眠たげな眼差しで瞼をゆっくり一度だけ開閉し、自分からネイエに全体重を預けた。

　寝間着一枚越しで肌が触れると、外から帰ってきたばかりのネイエよりも、布団の世話になっていたシノオのほうが体温が低いのが分かる。

　ネイエは、シノオが伏せていたあたりの敷布団を手指でなぞった。

　家に入った瞬間に匂ったのは、これだ。

　布団が、黒い血で汚れている。

「……しのちゃん、どっか痛くない？」

「…………」

　返事をするのが億劫で、シノオは首を横にした。

　ネイエが脇の下から腕を差しこみ、シノオの腰や尻周りを撫でる。それさえも煩わしくて、けれども腕を持ち上げる気力もなくて、されるがままになる。

「……ここに、狐か大神が来た？」

もしかしたら、ネイエが追い払った狐以外にも、においを辿ってきた狐がいるかもしれない。そう考えたがシノオに怪我はなく、そのまたぐらだけが重く濡れている。

「ネイエ……？　その、黒いの……」

シノオも、自分で気づいていなかったのだろう。

何度か瞬《まばた》きして、ネイエの指を汚す血を認めると、さっきまでネイエに全体重を預けていたその体をバネのように跳ねさせ、寝間着で自分の下肢を隠した。

棚板に頭を打ちつけそうになりながら膝立ちになり、乱れた寝間着の裾から覗く太腿の、その膝頭のあたりまで垂れた血を、力任せに拭う。

「……ひる、ま………昼間、たくさん動いたからだ……」

細く筋を引く血を、何度も、何度も、何度も……拭う。

普通の血液よりも重く、粘つく。シノオが拭えば拭うほど、白い腿に、黒に似た濃い赤が拡《ひろ》がり、彩られ、呪いのようにシノオの下肢を穢していく。

ネイエは、黙ってシノオのすることを見ている。なにもかも悟ったような目で見られるのがいやで、胎の仔に気づかれているような気がして、「見るな」とシノオは唸った。

「シノオ、おいで。……気休めにしかならないけど……」

「い、るか……っ、これ以上の情けは不要だ……っ」

お前の唇は、もういらない。これ以上は、もう、必要ない。

正しい群れに戻れ。俺を逃げ場にするな。楽なほうを選ぶな。狐は狐らしく、受け入れてくれる家族の待つ場所へ行け。貴様の居場所はここではない。黒屋敷だ。

「……これ以上、貴様の情けに縋って、生きさらばえてどうする」

「君は、死ぬつもりか？」

胎のそれと心中でもするつもりか？

シノオは答えなかったが、その瞳が雄弁に物語っていた。

あぁ、本当にそうなんだ。本当に、この子は死ぬことも受け入れているんだ。

「……群れを追われた惣領に、生きている意味などない」

群れを追われた弱いオスは、野垂れ死ぬべきだ。誰にも看取《みと》られることなく息絶え、その死肉は、これから生きていくべき畜生どもの餌になるべきだ。尤《もっと》も、胎にこんなものを抱えた死肉などご免だと向こうから逃げていくだろうが……。

「君の意志は理解したが、俺の群れで死ぬのは許さない。……まぁ、とにかく、こっちおいで。……せめて、その血を止めて……」

「断る！」

「可愛げがないと、それなりの対応に変えるぞ」

「やってみろ」

ネイエの気迫に圧されても、目は逸らさない。力で敵わないのは分かっているから、気合いで負けたら本当に負けだ。目を逸らしたら喰われる。襲われる。殺される。

このオスは、シノオを好き放題したオスと同じ生き物だ。

いや、あれよりもタチが悪い。あいつらは、シノオを穴として使い倒し、死んだら死んだで肉を喰って終わるだけだ。ネイエは、そんなことをしなくても、その無駄にきれいな容貌で黙って見つめるだけで、シノオを殺す。

「耳と尻尾、出てるよ」

「……る、さぃ……」

シノオは真正面からネイエを睨み据え、できるだけ声を低くして、唸る。

ただ、悲しいことに、どれほど毛を逆立てても、蛇に睨まれた蛙《かえる》だ。このオスからもっと距離をとりたい。この狭い空間から逃げ出したい。そんな臆病者みたいな真似したくないのに、もし、仲間内でされていたようなことをネイエにされたなら……気が狂う。

あんなことは、もう二度といやだ。

ネイエにそれを気取られる前に、気合いでその恐怖を払拭《ふっしょく》しようとするが、できない。

いやだ、こわい。このオスは、シノオを無茶苦茶にする。

「……っ」

シノオが敵から目を逸らしたのは、この日が生まれて初めてだった。

目を閉じて敗北を認めた瞬間、ネイエに組み敷かれていた。

ネイエは人の話を聞かないところがあるが、シノオの知る限り、あまり強引な手段に訴えたことはなかった。そのネイエが、いつもの軽口や多弁を封じ、シノオの唇を奪う。

悔しいかな、その、たった一度の口づけで、シノオはすこしばかり反抗する気力を得た。たったいまネイエから与えられたばかりの力で、両手を組んだ腕を振りかざし、ネイエの背中を殴る。いつもなら「痛いからやめて」と薄笑いで茶化してくるのに、今日に限っては無視をされる。それどころか、もっと殴ればいいと、唇を与えてくる。

ネイエは出し惜しみせず、自分の力をシノオに与えた。

もう何度目か分からないこれのせいで、シノオは幾度となく生き恥を晒《さら》した。

「具合が悪いのに、よくもまぁそれだけ誇りだの体面だのを優先できるな」

それだけで生きてきて、それだけが、シノオの支えだったのだろう。

ネイエには理解できない。世の中にはもっと楽しいことや幸せになれる方法がいくらでもある。そして、いまのシノオはそれを謳歌《おうか》できる。なのに、そうしないシノオが腹立たしい。一度も幸せにならないまま死のうとするシノオが許せない。

「ね、ぃ……エ……ん、……っンぁ、っ、ぐ」

両顎を摑まれると、嚙みしめていた唇が開く。そこへ、陰茎を捩じこまれる。

この屈辱は、いやというほど味わった。これは、どちらが立場が上か分からせる行為だ。

「こういうの、ションベンと精液、どっちがいいんだろうな？　すぐ出るほうでいいか」

「っぐ、ぅ……っげ、ぇ……っ！」

奥歯や顎関節を限界まで開かされる。勃起もしていないのに重たい陰茎を喉奥までずっぷりと含まされ、舌の根が押し下がる。反射でえずいて、気道が狭まり、へしゃげた声が漏れる。気道を塞ぐように根元まで含まされると、間髪入れず、放尿された。

「がっ、ふ……っ」

口の中いっぱいの熱いそれに、溺れる。

勢い任せに胃の腑《ふ》へと流れ落ち、口端からは泉のように溢れて、頬を伝って狼耳の付け根まで濡らし、顎先から首筋、鎖骨のあたりにじっとりと染みこむ。

シノオの喉がこくんと上下したのを確認すると、ネイエはすっかり出し切る前に陰茎を引き抜き、残りをシノオの顔面にびちゃりと浴びせかけた。

「においづけ」

雫《しずく》の滴るそれをシノオの頬になすりつけ、裏筋で頬骨を撫で擦る。

「……っ、うぇ……、っふ……」

身を捩って咳《せ》きこむ。

目を逸らすなと前髪を摑まれ、ご褒美のようにまた唇を重ねられる。

精液や小便を飲まされたことも、浴びせられたこともある。けれども、ネイエがそんな野蛮なことをするとは思いもよらず、この男もまたオスだったのだと思い知らされる。

「君はすぐに悪い虫がつく」

「……きつね、くさい……きたない……っや、めろ……っさわるな！」

後ろの穴に、ネイエの指が滑りこむ。血まみれのそこを指の一本でぐにゅりと掻き回され、「奥のほうが下がってきてる。……子袋かな？」と笑われる。

「大神は孕めるのと孕めないのと二種類いるんだっけ？　……あぁ、見つけた、ここだ。入り口はひとつだけど、奥の作りが違うんだな。ほら、君のここ指に吸いついてくる」

「……こ、ろすぞ！　さわっ、るな……っ！」

「君はオスをやってるより、メスに鞍替《くらが》えしたほうがいいな」

そうやって全身に俺のにおいをまとって、俺のメスだと公言しながら歩くくらいでちょうどだ。オスを知っている後ろの穴は指にまとわりつくし、肉はうねって簡単に開くし、ケンカのお礼参りで尻を狙われるような体なのだ。

「身の程を弁えて、俺に囲われていろ」

「……ぅ、あっ、ン……ぅぅ」

「君の胎具合は……悪そうだ」

使い込まれていて、しまりが悪い。

指の一本で腰をくねらせるほどに仕込まれているのも腹が立つ。

「や、っめ……っぇ、……ぁあ、ぐ」

言葉で拒絶を示せば、自分で思ったのとは違う色で声音が彩られる。

後ろを触られたくない。血まみれの場所を、きれいな指で掻き回されたくない。

もし、その奥にあるアレに触れられて、アレを潰すくらい犯されて、溺れるほどたくさんの種をつけられて、奥にいる仔を掻き出されて、流れるようなことになったら……。

「身持ちの悪い大神だな」

「んっ……ン、ん」

前に触られてもいないのに、勃つ。

違う、これは気持ちいいからじゃない。どれだけ乱暴されても、ここで悦を得たことなど一度たりとてない。だから、ネイエに触られても、気持ちいいはずなんてない。

今日に限って……、なんてことは、絶対に……ない。

「これじゃ折檻《せっかん》にもならない」

指の二本や三本は余裕。尻に力を入れて拒もうにも、力を抜いたほうが楽だと知っている体はすんなりと受け入れ、どれだけ指を増やしても痛みを訴えず、ただ眉を顰める。

射精することには慣れていないくせに、尻は一丁前にこなれたメス穴だ。前を使うより先に後ろに迎え入れることばかり覚えてしまって、ゆるく勃起はするけれど、いつまでもとろとろと先走りを漏らすばかりで、後ろは女のようにひくつく。

　このくらいの年齢なら、臍《へそ》まで勃たせて、はちきれんほどに大きくなるのが大神だが、勃起率も悪く、前を扱《しご》いてやっても射精まで至らない。

「ほら、がんばれ。……それでも大神か？」

　左の鼠蹊部《そけいぶ》にぺとりと寝転がる竿《さお》を扱き、鈴口を親指の腹で撫で擦り、胎の内側から陰茎の根元を刺激してやる。

　ぷっくりと腫れた前立腺が、きゅうと気持ち良さそうに固くなり、尻が窄まって会陰のあたりまで引き攣れた。たいした手練手管を披露しているわけでもないのに、可愛がられることに慣れていないシノオは、ほんのちょっとのことでどろどろに蕩《とろ》けていく。

「……ぁ」

「尻を弄《いじ》られて喘《あえ》いでるとこからするに、もう二度と思い出せそうにないな」

　オスの本能。

　必死に体裁を取り繕っているけれど、そんなにとろけた目をしていたら丸分かりだ。ぐずぐずの体。だらしない。すぐに股を開いて、肉を欲しがる。

「……口もケツもすぐ開くくせに、強情っぱり」

　シノオはもう唇を噛みしめる余裕もなく、はーはー……と胸を荒く上下させている。まともに息をすれば喘いでしまうから、喉の奥を詰まらせて、細く、短く、声になる手前の、浅い息を繰り返す。……だが、ただそれだけの息遣いでも充分にいやらしい。

ネイエに好き放題されて抵抗もままならないが、「貴様に何をされたとしても大神惣領の心根をへし折ることはできない」と、眼差しで物語る。その息遣いや生意気な視線が、オスの征服欲や支配欲、加虐心を余計に煽るだけだと知りもせず……。

「ションベンまみれで睨まれてもなぁ」

指を抜いて、ゆるく開いた穴に陰茎を押し当てる。

「……挿《い》れてみろ、……っころ、して、やる……っ」

またあんな目に遭うなら、自分を殺してやる。いっそ、死んでやる。

いやだ、ぜったい。あんな惨めな思いはもうしたくない。逃げられないように四肢を砕かれ、それが治るたびにまた砕かれ、冷たい岩肌に頭を押さえつけられ、かわるがわる犯され、種壺《たねつぼ》にされて、肉が零れて、めくれて、感覚もなくなって、糞尿まみれの岩穴でオスが来た時にだけ穴を使われるような、そんな惨めな思いは、もうしたくない。

「っふ、ぁぐ」

舌を嚙み切ろうとするシノオの口に、ネイエの腕が嚙まされる。

まともに舌を嚙み切るだけの力もなくて、ネイエの腕に食いこむ牙も頼りない。

ネイエの腕の筋肉とシノオの顎の力なら、ネイエの腕の筋肉のほうが勝つ。

「ほんっと……無意味な誇りだけは一丁前だな」

それでも、ネイエがシノオの頭を引き剝がすと、牙に抉られた下腕からは血が滴った。

「狐、俺に触れてみろ……大神の血に穢れると思え」

俺に触れた瞬間、己の喉を掻っ捌いて、貴様をどす黒い大神の血まみれにしてやる。大神の血が染みついた狐など、どこの稲荷も貴様を迎え入れはしない。それがいやなら、離れろ。……それとも、黒屋敷にさえ戻れなくなりたいか。

シノオは、唇を濡らす神狐の血を舐め啜り、尻尾と耳を立てて威嚇する。

「君はいちいち俺を苛つかせるな」

「んっぅ、ぐ……ぅう、っ！　ぅ！」

広い手の平で鼻も口も一度に覆われ、呼吸を奪われる。ふっ、ふっ……と、手の平の内側で短く息を吸えども、肺が悲鳴を上げるばかりで、酸素が満ちることはない。

ネイエは強い。とても強い。強いオスはこわい。いやだ、あんな屈辱は……。殺してやる、触られる前に死んでやる、俺がこいつの物になったら、こいつはもう二度と狐の群れには入れない、拒まないといけない、拒んでやらないといけない。

ぐちゃ混ぜの感情が、シノオを動かす。

頭で考えるよりも本能が先走って抗うから、その動きは支離滅裂だ。

「大神惣領でも取り乱すんだな。初めて見た、そんな姿」

「……っン……っふ、っ……、っふ……」

息が続かない。次第に、頭の後ろが引っ張られるような感覚が強くなり、ネイエの腕に立てていた爪もぱたりと落ち、ネイエの腰に巻いて引き剝がそうとした尻尾もくったりと力尽き、くらりと酩酊《めいてい》して、くるりと白目を剝く。

温かいもので下肢がぐっしょりと濡れそぼった頃、ようやくネイエが手を離す。

ひゅぅ……と肺まで風が大きく吹きこんだ気がしたが、息継ぎができなくて、声もなく喘ぎ、喉を震わせる。一度でも弛緩《しかん》した体はすっかり膀胱《ぼうこう》の小便を出し切って、シノオの尻尾を重く濡らし、巣穴に大きな地図を作った。

腰を摑んで持ち上げられても、酸欠でぼやけた頭は、それに反抗する正しい判断ができない。よだれを垂らした顎先の向こうにいるネイエを、ぼうっと見つめる。色々と説得してやりたいのに、きれいな顔だなぁ……と、そんな感想しか思い浮かばない。

ネイエが、「君は、ぼんやりしてると子供みたいな顔になる」と頭上で笑う。

腰のあたりでオスが前後する感覚があって、股の間が、ぬちぬちと粘つく。けれども、胎に居座るあの重苦しい感覚はなくて、会陰のあたりがふにゅりと気持ちいい。

めくれた尻穴のふちに、陰茎の先端が引っかかる。引っかかるけれど、覚悟していた苦痛は襲ってこない。なのに、尻や股の間を、ずりずりと何度も往復される。

時々、思い出したように尻の穴や陰囊の付け根をこつんと叩かれて甘ったるい感覚に震えるが、決定的なものは与えてもらえない。

もどかしい。

閉じた内腿の隙間を、熱くて固い肉が出入りする。皮膚の表面から腹のなかを刺激されて、奥が疼く。奥が疼くと、欲しくなる。欲しくないはずなのに、肉襞《にくひだ》がうねって、尻穴が奥へきゅうと引っこみ、オスを誘いこもうとする。

いま、シノオの上で、シノオの尻や股で気持ち良くなっているネイエを見てしまうと、変な気持ちになる。腹が空いた時に似た切なさを思い出す。なのに、次の瞬間には、そこがひどく痛くて、寒くて、冷えていた感覚が蘇《よみがえ》り、全身が強張《こわば》る。

ネイエは、いやな男だ。シノオが痛いと訴えたわけでもなく、助けてと乞《こ》い願ったわけでもないのに、ここぞという時にシノオの心を見透かして、シノオを救う。

尻尾の一本が、シノオの右太腿から足首までにしゅるりと絡む。

もう一本が首周りに巻きつき、最後の一本が脇腹のあたりを覆う。

まるで、素肌に毛皮をまとった心地だった。火照《ほて》った肌に、上等のすべらかな毛皮。ほのかな冷たさがあって、いいにおいがして、首の下のそれを枕にするとふかりと沈み、下敷きにした尻尾にどれだけ体重をかけてもぺしゃんこにならない。

「ん、ぅ……っン……ん」

きもちいい。その感覚を追い払うことは困難で、尻尾と陰茎を一緒くたにされて、ずるりと一往復扱かれれば、それだけで、腰からひとつ力が抜ける。

そして、次の一往復を待ちきれずにいる自分がいる。腰が揺れるのをぐっとこらえ、結局は我慢しきれず、いましがたオスが通っていった感覚を追いかけてしまう。

　こんなことはいやなのに。メスの扱いをされるのは死んでもご免なのに。

　繋がらずとも、これではまるで女としての役割を求められているのと同じなのに。

「っふ、ぁ……」

　腹の底の、アレのある場所が切ない。

　欲しい欲しいと奥が締まり、入り口が開く。開くと、そこに押し当てられた鈴口をぱくんと含んでしまう形になって、シノオの意に反して、奥へ呑みこもうと肉が絡む。

「ぃやだ……っ、いや……ネイエ……いゃだ……っ」

　なんとかしろ、なんとかしてくれ。ここで、また、女みたいになるのはいやだ。

　自分の意志じゃどうにもできない。体が勝手にそうなる。

　脳裏をよぎるのはあのオスどもの、「使いすぎてもう孕めなくなった」という嘲笑《ちょうしょう》。

　散々っぱら遊ばれた体なのに、目の前にいるオスが欲しくて、胎が切ない屈辱。

　これをなんとかしてくれ。

　浅ましいこの体を、お前がなんとかしてくれ。

「……ねぃ、ぇ……」

「っ、あぁもう……こういう時だけ可愛いっていうのは卑怯だな」

　シノオのそこは、言葉と裏腹に、くちゅりと音を立ててオスにしがみついてくる。

ネイエは、強引に押し進めたくなる腰を引くと、自分の手で己の一物を扱き、はしたなく口を開いたメス穴に先端だけを押しつけ、射精した。

「……っん、ぅ」

びくっ、と首を竦めて、シノオが足を跳ねさせる。

「死ぬよりマシだと思って、胎ん中に溜めときな」

根元から残滓《ざんし》を搾り、いやらしく綻んだメス穴に種汁を呑みこませる。縦向きに口を開いた穴の天井から尻側へ精液が糸を引いてへばりつき、シノオが息をするたびに、こぷ、ぷぷっ……と泡立ち、とろりと漏れる。ひとつ息をするごとに、指一本分のゆるさを残した尻穴が窄まって、奥へ奥へ大事な子種を引きこんでいく。

奥深くまで挿入して射精したわけではない。入り口の近くに出しだけのそれは、括約筋が開閉するのに合わせて、白く粘ついた腸壁を覗かせ、閉じる瞬間に隙間から滲み出る。

「……ン、ぁ……でた……？」

シノオは、種をつけられる時の感覚で、射精していた。

勢いのあるものではなくて、左の鼠蹊部に薄い精液溜まりを作っているだけだが、臍にまで流れてちゃぷんと溜まっている。

「出せてないよ。女の子みたいにとろとろになってるだけ。奥まで犯されないと君は射精できないみたいだからさ……ほら、手伝ってあげるからちゃんと出しときな」

シノオの尻に指を含ませ、熟れた内壁に種汁を馴染ませる。

唾液、涙、汗、血液、精液、小便。体液ならばなんでも構わない。それらを交わせれば、両者の繋がりが深くなり、身を交わせばもっと深くなり、縁がつく。

神格が高ければ高いほど、そんなことをせずとも弱っている者を助けることはできるが、触れあって、交わって、心を通わせたほうが、喜びも多い。

娶って、添うて、生きるのは、その最たる形だ。

ネイエもシノオもそんな普通の家庭を望むつもりはなくて、ただ、ネイエは、自分の群れのメスが死にそうだから力を分け与えて助けただけ。これ以上よそのオスの手垢がつかないように、自分の匂いをべったりとつけて、悪い虫を追い払うだけ。

「……ま、ざる……ん、ぁ……なか、ね、ぃえの……っ、濃、ぃ……」

「濃いのは嫌い？　ご馳走《ちそう》だよ？」

大神に狐の力が混じるせいか、シノオはちょっとばかし気持ちが悪そうだ。

唾液くらいではたいしたことないが、種をつけるとなると話はすこし変わってくる。

まぁ、入り口近くに種を蒔いただけでは、到底、孕ませることはできないし、シノオの胎には先着がいる。より強い種が勝つのがこの世の理《ことわり》だが、孕んでいるものを無理に引きずり降ろして、自分の種をつけて、それでシノオが弱り果てて死ぬのでは本末転倒だ。

「あー……めんどくさい。……ほら、しっかり味わっときな」

オンナを抱いた後なら絶対に言わない言葉を吐いて、ネイエは前髪を掻き上げる。

その拍子に、シノオの唇に汗がぽたりと滴った。

「んぁ……」

尻穴に種汁をなすりつけられながら、シノオが唇の汗を舐めしゃぶる。

くち、くち……おいしいくちをさせて、ぼんやりとネイエを見上げ、舌を出す。

もっと欲しい。喉が渇いて、腹が空いて、飢えている。

「舌、出して」

「……んぁ」

べっ、と長い舌と出すと、唾液を垂らしてもらえる。

ネイエは、唾液がつかないように自分の髪を耳にひっかける。その仕種が妙に色っぽくて、シノオはまだもらってもいない唾液を飲み干し、喉を鳴らし、高い位置から糸の引くそれをちゅるりと舌で絡め取った。

ネイエが笑って、また、耳に髪をかける。ネイエが動くと、オス臭い汗のにおいが鼻腔の奥に漂う。狭い押入れに淫靡《いんび》な香りが立ちこめて、蒸れて、暑い。あんなに寒かったのに、いまはもう暑い。体の内も外も火照って、尻の奥の、指の届くめいっぱいのところまで種汁を塗りこまれると、気持ち悪さはどこへやら、……息いはずの腰が揺れる。

そうしたら、今度はもうそれをこらえることはできなかった。

「ぁー……、ぁ、ぉ……お、……」

盛った家畜みたいな声。喘ぎ声ではなく、くぐもった呻《うめ》き声。

上手に鳴いて腰を揺するたび、胎の裏側の気持ちいいところを撫でられて、ゆるく勃起した陰茎を手で扱いて射精まで導いてもらえる。他人の手でそれをされるのは初めてで、それがまたえも言われぬほど気持ち良くて、シノオは、生まれたばかりの獣みたいな声で、あーあー唸って、とろりとろりと際限なく漏らす。

骨抜きだ。大神以外のよその種類の、それも、特別強いオスの体臭と精液にアテられた。後ろが、ひどくだらしなくゆるむ。噛みしめていた唇も、ゆるむ。歯の形に血が滲んでいたそこも、ネイエに唇を重ねられただけで瘡蓋《かさぶた》ひとつなくなる。それどころか、シノオは、汗や唾液の味がまた恋しくなって舌を出し、ネイエの唇を舐めて、ねだる。

ふわりとした思考のまま、舌でぺちゃぺちゃとネイエの頬を舐め、耳の後ろに鼻先をすり寄せ、首筋をぺろりと舐め上げる。毛皮があったなら毛繕いしてやるのに、耳と尻尾しかないから、手近な耳を舌の腹ぜんぶでぞろりと舐め整えてやり、汗の味も堪能する。甘くて、美味しい。塩気もあって、旨味に喉が鳴る。腹は満ちたはずなのに、きゅうと切なくて、両腕の輪っかのなかにネイエを閉じこめて、あぐあぐ、甘噛みする。

ネイエが、「君は唇を噛む癖があるけど、俺を噛む癖もある」と笑うから、「貴様は人の話を聞かない癖がある」と、そう言い返そうとして、やめた。

心のどこかでほんのすこし葛藤《かっとう》した後、そんなことはどうでもいいとどこか遠くへ追いやり、両方の瞼を落としてネイエの体温に浸った。絶頂を迎えた後の、全身から力の抜ける感覚に逆らわず、ぐずぐずとネイエの腕に収まり、「けがわがほしい」とねだった。

「皮を剝ぐのは勘弁だけど、寝床にならどうぞ？」

ネイエは金色の狐になると、シノオを腹に抱きかかえた。

「ぁー……」

まるで、ふかふかの雲に体のぜんぶを預けたみたいだ。ネイエの懐にぽふんと埋もれるともうたまらず、知らずのうちに、シノオは毛皮にぐりぐりと顔をなすりつけていた。

シノオの裸が金色の毛並みに埋もれて、ほとんど隠れてしまう。骨ばった肩や肩甲骨、形のいい尻。山のある部分だけがちらりと見える。それも、ネイエがぐっと体を寄せると隠れてしまい、すらりと長い二本足だけが、金色の毛皮の隙間から伸びている。

足癖の悪い狼は、ネイエの後ろ脚ごと尻尾を股に挟むと、するりするりと上下させて、その心地良さを味わった。腰と内腿の筋肉を使って尻尾をゆっくり前後させると、毛皮だけをまとった剝き出しの足に、尻から垂れた種汁がとろりと流れる。

「群れの頭領気取ってるのもいいけど、俺に従うと毎日この極楽をお約束するよ」

「……貴様は、……ふぁ、ぁー……ねちっこいから好きじゃない」

あぁ、だめだな。逆らっても負けると本能が悟っているのに、ハイとは言えない性分だ。

そんな自分の強情が面白くて、シノオは毛皮に顔を埋もれさせて、一人でくすくす笑う。

あぁ、だめだ、本当に……だめだ。

骨抜きにされたいまが心地良くて、なにも考えられない。

「嫌いではないんだ？」

「知らん……もういい、うるさぃ……しのは寝る……股が痛い」

「そりゃ、こんな窮屈なところで長いこと交尾の真似事なんかしてたら、股も痛むさ」

そういうネイエも、「あぁもう眠い、寒い……でも、君の体温はちょっと上がったな」とシノオの足の付け根を撫で、大きな口吻をがぱっと開いて欠伸をする。

後ろ足を折り曲げ、太腿の間にシノオの足を挟むと、右の前脚は枕に提供して、左の前脚でシオノの背を抱く。首をぐっと曲げて、シノオの後ろ頭を支えると、贅沢にも三尾の尻尾をぜんぶ使ってシノオの上掛け布団になった。

「血が止まってよかった。今日はもうそれでいいじゃん。明日からまたいくらでも、君の寄るな触るなどっか行けっていう文句は聞いてあげるから……」

いま、この群れには、俺と君しかいない。

誰も、甘える君を見ていない。君が俺に甘えても誰もなにも言わない。それに、甘えるのはちっとも恥ずかしいことじゃない。いままでみたいに、君だけが働いて、戦って、狩りをして、群れを守る必要はない。だって、ここでは助け合うのが当然のことだから。

君が俺に甘えて頼ることは、君の誇りが傷つくことじゃない。

この群れのてっぺんである俺がそれを許しているんだから、君は俺の命令に従え。

「………シノオ？」

まだ逆らうかな？　ちらりとシノオを見やると、瞼を落として、もう眠っていた。

明日の朝はきっとネイエが目を醒ますより先にシノオが起きて、雪の積もった庭を散歩して、冷え冷えになった手足と、べちょべちょになった尻尾で巣穴に入ってくるだろう。

そうならないように、逃げられないように、しっかり捕まえておこう。

ネイエにとって、シノオはちょうどいい感じなのだ。

べたべたと世話焼き女みたいにくっついてきて女房面しないし、色狂いになって刃傷沙汰を起こすほど執着もしてこないし、色恋沙汰で不細工なことにもならないし、面倒なことはなにも言ってこないし、我儘《わがまま》も言わないし、束縛もしない。

だから、ちょうどいい。囲うなら、こういうメスがちょうどいい。

ちょうどいいけれど、どこか、物足りない。

それは、シノオと一緒にいてつまらないとか、ネイエの恋人には向いていない性格や生まれ育ちだとかいう意味ではなく、もうすこしネイエのことを見て、ネイエに甘えて、ネイエのことを構って、懐いてくれてもいいのになぁ……というものだ。

不思議だ。ちょうどいいと思っているはずなのに、そんなことを求めている。

世話を焼いてもらう側ばっかりだったネイエが、初めて、誰かの為に何かしたくて、うずうずして、尻尾の付け根も股間もずっとむずむずして、不思議な気持ちだった。

＊

ネイエから力を与えられて、それでやっとシノオはまともに動ける。それでも、せいぜい半日が関の山。全盛期の半分以下だ。半日程度では、大神の縄張りも抜け出せない。

いまのシノオがどれだけ全速力で走っても、遠くへは行けない。

それどころか、ネイエの傍を離れて、ネイエのにおいが薄れたなら、その瞬間に大神の群れに見つけられて、追いつかれて、あの岩山へ連れ戻されるだろう。

それならばいっそ、ここで胎の処理をすべきかとも思うが、他人の棲み家を血で汚すのは忍びない。どこか目立たない場所があればいいが、この近辺にはもうシノオの縄張りがないし、一人になる機会を探そうにもネイエにぴったりとくっつかれて見張られている。

そう、たぶん、これは見張られている。大晦日らしく大掃除をするでもなく、正月の支度に励むでもなく、のんびりしていると見せかけて、シノオを監視している。

昨夜、シノオは余計なことを口走った。

死んだほうがマシだと、言った。

ネイエはそれを聞き流したように見せかけて、きちんと心に留め置いて、シノオが己の尊厳をのみ守る方法を選ばないように、見張っていた。

……たぶん、本当は、見張られているのではなく、見守られている。

シノオが早まったことをしないように。

余計な世話だ。そう思っているのに、ずっとどこかがむずむずして、こそばゆい。とてもとても大事にされているようで、それに喜ぶ自分が悔しい。こんなふうに扱われたのは生まれて初めてで、尻尾がぱたぱたして、自分の手で摑んで押さえつけないと、いつまでも動く。しかも、無闇矢鱈《むやみやたら》と畳や雪の上をごろごろしたくなる。

ネイエは傲慢《ごうまん》な男だ。あの男は、シノオを気にかける前に自分の人生を省みるべきなのだ。毎日毎日、「めんどくさいよなぁ……」と、ぶつくさぼやきながらシノオの為に食事と寝床をきちんと用意するのではなく、己の将来を考えるべきなのだ。

いざ群れに入った時にネイエが馴染めるようにと、群れでの暮らし方をシノオが教えようとしても、暖簾《のれん》に腕押し。ちっとも張り合いがないし、ネイエには変わるつもりがない。

ネイエは、食道楽で、着道楽。自分とシノオの分しか確保しないから、食材は贅沢なもののばかりで、食べるものはいつも豊富に備蓄した。それに、簡素に見えて良い物を身に着けているし、小物の類は誂《あつら》えで、ぴったり身に添うものを選ぶ。

そのくせ、驚くほど物に執着がなかった。身の回りの物は、食べ物を含め、大切に扱い、粗末にすることはないが、毎日、立て続けに高栄養価のご馳走ばかりを食卓に並べては、群れでの家族を養い続けることは難しい。それに、持ち物が持ち物としての役目を終えたと見切りをつけたら、すぐに手放すのだ。

買い物をしていた時の金離れの良さと相まって、それがひどく恐ろしく見えた。

この男は、何事にも未練や執着を持たない。刹那《せつな》的だ。

おそらく、家族や、家や、他人や、恋人や、仲間や、自分以外のありとあらゆる万物に。

だが、責任感があるのも事実で、厄介者のシノオに、一度たりとも、ひもじい思いや、寒い思いや、惨めな思いをさせず、常に、物質的に満たすだけの気概はあった。

なんだかんだで、押入れにある巣穴を撤去するでもなく一緒に眠る日々が続いているし、シノオが外へ行こうとしたら、「大神がうろついてたからやめときな」と親切で声をかけてくれるし、夜更けにはシノオに追手がかかっていないかを調べる為に、見回りにも出る。

それが、凍えそうな雪の日であっても、台風のような横殴りの雨風の日であっても、毎日サボらず見回りに出るのだ。

最初は、黒屋敷に数時間だけでも顔を見せに戻っているのだと思っていたから、見回りに出ていると知った時は、悲しかった。手足がかじかんで千切れそうな雪の日や、大雨に頬を打たれて痛くなる日や、毛皮にも霜がおりるような日に、ネイエが寒い思いをしていて、自分がそうさせているのだと思うと、悲しくなった。

シノオも、足の裏を刺すような冷たさや、鼻先の凍る痛さ、暴風の日に倒れてくる大木の下敷きになる恐怖、いつもとは様変わりする川の流れの恐ろしさを知っていたから、ネイエが同じ目に遭うかもしれないと思うと、すごく、いやだった。

「君の居所が知られたら、一緒にいる俺も巻き添えを食うからやってるだけ」

ネイエはそう言うが、それが気遣いだということくらいはシノオにも分かる。

この男はいつもそうなのだ。損な役回りばかり。ちゃんと他人のことを思いやって、他人の為に行動して、それを負担に思わせない優しさを持っているのに、それを隠す。

隠せば隠すほど、仲間の輪から遠ざかっていくというのに、隠す。

ちゃんと本当の姿を見てもらえば、ネイエはすぐにでも仲間の輪の内に入ることができるのだ。ネイエは、複数に渡る餌場や水場の確保もできているし、雨風を凌《しの》げる棲み家をいくつも持っているし、なによりオスとして強いし、横顔は男前だし、正面から見たら美人だし、眼も耳も優れているし、よく働くし、長い舌や爪先でかりかりしてもらう毛繕いも気持ちいいし、時々、シノオに触れてきて、じゃれあうのも忘れない。

群れの頂点としては完璧《かんぺき》な振る舞いだ。

「貴様はもっと真面目に身の振り方を考えろ。群れへの入り方が分からないなら、俺が教えてやる。諦めるな。……いや、ちょっと待て。群れに入るのがいやなら、いっそ自分で群れを作れ。貴様、いい頭領になるぞ」

「えぇ……やだよ。君の価値観を押しつけないでくれ……」

シノオがそう言おうものなら、尻尾で耳を塞いで聞こえないフリをする。

「貴様はそういうところがいかんのだ。逃げるな、話を聞け」

「うーるーさーいー……ほっといてー」

こんなふうに、ネイエには、逃げ癖とだらしのないところがあった。

ひとつ、そういったことに気づき始めると、あちこちに綻びが見え隠れし始める。

狭い空間で共同生活をしていると、ちょっとずつ日々の生活にボロが出てくるのだ。

たとえば……と例を挙げ始めるとキリがなくて、ネイエはいつも昼まで寝ていて夜は遅いけれど、シノオは早起き。そのせいで、朝、シノオが目を醒ました時はまだ眠っているネイエにぎゅうぎゅう抱きしめられて、起きるに起きられず、怠惰な二度寝をしてしまう。

ネイエはまったくと言っていいほど掃除をしないから、部屋が埃っぽい。対して、シノオは尻尾で掃除くらいはするし、巣穴はきれいに保つほうだから、大きな図体をしたネイエに、朝も昼も夜もなくごろごろ寝転がっていられると邪魔。

狼と狐の同居なので、抜け毛でできた綿ぼそが畳に目立つけれど、ネイエは気にしないし、シノオは気になる。ずぼらなわりにネイエは風呂が大好きで、シノオは嫌い。シノオがきれい好きなのは巣穴に対してだけで、風呂については狼の姿になってぺろぺろ毛繕いして終わるだけだから、「風呂に入って」とネイエに言われるのがいや。

どうせ風呂から出たら、またぎゅうぎゅう羽交い絞めにされて、三尾でべとべと巻きつかれて、顎先を摑んで唇を重ねられて、べたべたとにおいをつけられるのだから、それならば、もういっそのこと風呂になど入らず、四六時中ネイエのにおいをつけたままにしておけばいい……と思うが、そこまで考えて、ずっとネイエのにおいがついたままの自分もいやだと気づき、不承不承、風呂に入る。

おそらく、ネイエはネイエで、文句を言いたいこともあるだろう。

ネイエは物を片づけないけれど、シノオは物体そのものに興味を持たないから、これといった趣味や好みの食べ物もなく、「君はもうすこし何事にも執着を持ったほうがいい」と見当外れの説教をされて、それを貴様が言うか⁉　と呆れたし、その翌日には、まだ着られる着物を「これ、もう雑巾《ぞうきん》にしよう」とネイエが言い放ったので、「それを貴様が言うのかっ⁉　昨日の今日で⁉」と、シノオは開いた口が塞がらなかった。

まったく性格が合わない。

ここがシノオの群れだったら、ネイエなんかとっくの昔に追い出している。

「貴様は家庭に向かないし、生涯独身を貫いて一人ではぐれているのが関の山だな」

「君も家庭向きの性格じゃないよね。軍隊生活はできそうなくらい朝が早いけど」

シノオが皮肉を言えば、朝から味噌汁を焦げつかせた鍋《なべ》に悪戦苦闘していたネイエは、胡坐をかいて尻尾で畳を掃くシノオの背にミカンを投げつける。

シノオはその尻尾でミカンを受け取って、皮も剝かずにぱくんとひと口で頰張った。

「埃を掃いた尻尾で食べるなよ……」

「焦げのついた手でミカンを投げるな」

真正反対な二人だけれども、どっちもどっちだ。雑で、粗野で、変なところで几帳面《きちょうめん》。

それでも、なぜだかずっと二人でいる。

「なに？　どうしたの？」

シノオは、鍋の焦げつきを諦めたネイエの前に立ち、「便所」と宣言する。

ネイエの、「う、うん……」という曖昧《あいまい》な返事に満足げに頷き、シノオは厠に立つ。

「ただいま」

「……お、おかえり」

「なんだ？」

怪訝な表情のネイエが、厠から戻ってきたシノオをまじまじと見てくる。

「あのさ、……前から言おうと思ってたんだけさ、便所に行くたびに便所に行く報告したり、便所からの帰還報告したりしなくていいよ」

「……？」

「あと、風呂に入る時と、昼寝の時と、毛繕いの時と、起きる時と、寝る時の報告も律儀にぜんぶしなくていいよ。そうそう、ご飯を食べ終わったあとの、食べた報告も」

「そんなことはしていない」

「うわ、無意識か」

じゃあ、どんなに眠くても、夜半にネイエが見回りから帰ってくるまで起きて待っていて、ネイエの「ただいま」を聞いてから「しの、ねる……」と申告してから巣穴に引っこむのも、ちょっとしたことでネイエが立ち上がるたびに、ぴょっ、と耳をひくつかせて「どこいく？　どこいくの？」と顔ごと動かして視線でずっとネイエの背中を追いかけるのも、そんなシノオの仕種にネイエが笑って「そんなに追っかけなくていいよ」と、シノオの耳の裏をくすぐると、「でも、ネイエがどっか行く」と心配そうな顔をして、「洗濯物を取りに行くんだよ」と答えると満足げに頷くのも、ぜんぶ、無意識か。

無意識で、ずっと俺のことを見ているのか……。

たとえそれが単なる大神の習性であったとしても、ネイエだけを見ている。

群れで暮らす生活が長かったシノオは、「どこ行くのかな？　お外かな？　一緒じゃなくて大丈夫かな？　こわいおばけに遭わないかな？　雪が降ってるなら巣穴にいなよ、崖下に落ちたら危ないよ」と、常に仲間を気にかけている。

ネイエが、「便所」と答えるだけで「うん」と頷き、「いってらっしゃい」と丸く吊り上がった瞳で見送ってくれて、帰ってくると「おかえり」と言わんばかりに顔を上げる。

ちゃんと仲間が帰ってきたことを認めるまで、安心しない。

もし仲間が帰ってこない時は、探しに行く。

「君は、……ほんと、なにかにつけ仕種が可愛いんだなぁ」

そうやっていつも見守ってもらえるのは嬉しい。思いやってもらえることが嬉しい。

てんでバラバラな性格なのに、一軒の家に一人と一人がそれぞれ生活するのではなくて、二人で生活している感じがする。

そんなことで感動するネイエに「群れを作ったらもっとたくさんから心配してもらえるぞ」とシノオが言いかけると、「じゃあ見回りしてくる」と逃げてしまう。

「……で、またその黒い毛玉か」

その日は、昼の見回りを終えたネイエが、丸い毛玉を咥えて帰ってきた。

見回りの時はいつも狐の姿をとり、複数の経路を巡回するネイエだが、今日は、そのひとつですずを見つけたらしい。

「危ないからもうここには来ないって約束したのに……、すず、どうしたの？」

ヒトの姿に戻ったネイエが、すずに優しく問いかけた。

すずはぎゅっと縮こまり、狐のままシノオの太腿の隙間に顔を伏せ、返事をしない。

「この毛玉、どこにいた？」

「まかみの原の手前の小川」

シノオの問いに、ネイエが答える。

「あんなところまで行ったのか」

まかみの原を越えたら、そこはもうすぐ大神の巣くう岩山だ。岩山からは、まかみの原や小川は丸見えで、そこに水を飲みにきた小動物を見つけては、大神が狩りをする。

そんな危ないところまで行くなんて、すずはなにを考えているのだ、ネイエが見つけたからよかったようなものを……と、そこまで考えて、シノオはネイエを仰ぎ見た。

「なに？　どうしたの？」

「貴様もそんなところへ行くな！」

なにを考えているんだ、この馬鹿狐は。いくら腕に覚えがあっても、物量差でこられたら、たとえネイエといえども無傷では済まないことくらい分かっているだろうが。

「はぁい」

「貴様……その気のない返事、また行くつもりだろう⁉　二度と行くな！」

「だって、見張りと見回りなんだから、行って当然だろ？」

「貴様、俺たち大神を揶揄《からか》う以外は、信太へ入る時はいつもあのあたりを迂回《うかい》していただろうが！　よりにもよってこんな時に……」

「こんな時だからこそだ。……はい、この話はお終い。すずも、シノオがこれだけ怒るくらいこわいところだって分かったら、絶対に行かないように。次は、俺も同じか、それ以上に叱るからね？　……すず、お返事は？」

ネイエに返事を促されても、しょぼくれたすずはシノオの腹を温める行火になったまま動かない。それどころか、しくしく、しくしく、さめざめとした泣き声が漏れ聞こえる。

「……おい」

腹に温かいものを感じて、シノオは、すずの襟首を摑んで持ち上げた。

大きな真っ黒の瞳から、ぽろぽろ、ぽろぽろ、大粒の涙が零れていた。

「なっ、なんとかしろ！」

「うわ、投げないで！」

涙に驚いてシノオがすずを投げるから、ネイエはそれを両手で受け取る。

すずは、ネイエの腕のなかでも、ぽろぽろ、ぽろぽろ。きゅんきゅん、きゅうきゅう。まだまだ狐として未熟なすずは、狐のままだとヒトの言葉が覚束ず、垂れ目がちな目尻の毛皮を涙でぼしょぼしょにして鳴くばかりだ。

ネイエの腕に抱かれたまま、小さな前脚二本で顔を覆っている。顔が見えずとも三角耳は前に倒れてぺしょんとなり、尻尾は股の間でくったりとして、毛並みにも元気がない。

「すず？　どうしたの？　叱ったのがこわかった？」

過去、ネイエはもっとこわい顔ですずを叱ったこともある。その時でさえ、「ねーねちゃん、お顔こわぁい」と感動した様子でネイエを眺めるだけで、泣きもしなかった。

なのに、いま、こんなに泣いている。

「しのちゃん、ちょっとすず持ってて」

「おい……っ、これ、こんなの……」

シノオが手を差し出す前にネイエが手を離すから、思わず受け取ってしまった。

ネイエは、こういうところが上手だ。シノオがすずを大事に扱うと分かっていて、けっして落としたりしないと信頼して、すずを任せてくる。

「ぉぉおちのちゃ……ぉ、ちの、ゃ……」

「あぁもう泣くな」

すずの頬をぺろりと舐めた。濡れた毛皮は涙の味がする。塩っぽくてうまい。それに、鼻先を近づけるとすずはまだ乳臭くて、甘ったるくて、赤ん坊みたいな匂いがするのだ。

「ぉ、ひのちゃ……も、っろ……ぉ、もっと、してぇ……」

「んー……」

めんどくせぇ奴だな、おねだりだけは一丁前か。修行も足りない舌っ足らずのくせに、長い舌でぞろりと舐めて毛繕いしてやると、とろけた綿飴みたいになる。

「ぉ、ぉお……っ……ぉぁー……」

「変な声出すな」

猫の仔みたいに両脇を抱えて持ち上げて、ぽてっとした腹をぺろぺろ。

とろとろのふにゃふにゃにしてやる。腹がのびのびしたら、畳に転がして背中をぺろり。

ひっくり返してまた腹を舌でくすぐり舐めたら、ずりー……っと臍から顎下まで舐め上げて、耳の穴をいじくり、はぐっと口吻を咥えてやる。するともう観念したのか、すずは四本脚をぱかっと開いて腹を見せ、尻尾まですっかり腑抜けになった。

「ふっ……ふふふ……」

なんだ、俺の毛繕いの腕も満更ではないな。

やっぱり、毛繕いがこれだけうまけりゃ風呂に入らなくても問題ない。

シノオは、すっかり骨抜きにしたすずの隣に寝転び、窓辺で日向ぼっこしながら、すずの襟足を舐めた。時折、仔狐のやわらかい頬肉を甘噛みして、よだれまみれの腹に鼻先をすりつけて、……しゃり、しゃり、ゆっくりと穏やかな舌使いで耳の穴まで舐めてやる。

「いたいけな幼子をやらしい舌使いでめろめろにしないの」

得意げなシノオの背中を、ネイエが足先でつついた。

その手には小さなお盆があって、お菓子とお茶が載せられている。

「貴様もやることが単純だな。ほら、すず、ネイエが甘い物を用意したぞ、食え」

「泣いてる子には、やっぱ甘いお菓子とお茶だよね」

「ぉぁあ～」

すっかりとろとろになったすずは、発情期みたいな声を出す。もっと毛繕いして欲しくてシノオの顎先を舐め、指をしゃぶり、ちゅくちゅくと吸って、甘えている。

「俺だってまだ素面《しらふ》のしのちゃんに毛繕いしてもらったことないのに……あぁもう、お行儀が悪いのも、しのちゃんに気持ち良くしてもらうのも、今日だけ特別だからね」

「あーん」

すずは、シノオと一緒になって寝転がったまま、シノオに毛繕いしてもらいつつ、ネイエにあられを食べさせてもらう。きれいなねーねちゃんと、かっこいいおしのちゃん。

大の大人二人がかりでちやほやしてもらい、ご機嫌をとってもらうと、すずはお鼻をすんすん鳴らすくらいまで泣き止《や》んで、すっかりお大尽の心地になった。

「すず……貴様、今日は鈴をどうした？」

「あぁ、そうだ、なにかいつもと違うと思ったら……」

今日はやけに静かだと思ったら、すずが動くたびに、りん、と鳴る鈴の音がないのだ。

「とられちゃったのぉ……」

すずは、また両目に涙をたっぷり溜めて、そう答えた。

「とられたって、……誰に？　いつものいじめっこ？」

「なんだそれは？」

「あー……まぁ、ほら、どこの社会にもそういうことする子はいるよね」

シノオの問いに、ネイエが答える。

「……っお、ぉぉおおとしゃんと、っ……おか、しゃ……に、もらった……すずの、鈴、なの、ひっ……まよけの、鈴、なのにぃ～……」

「すずに返してくれないの？」

「……うん。で、っ……でも、ね、……すずが、ひとりで、まかみの原に飛んでる極楽鳥の羽を持って帰ってきたら、……そしたら、返してくれるって……」

「そんな鳥、まかみの原には飛んでないぞ。せいぜいが、よくて、とんびか鷹《たか》か白鷺《しらさぎ》だ。すず、貴様も冷静に考えればそれくらい分かるだろうが」

「だから、……しのちゃんはそうやってすずの希望を一刀両断しないの。言い方ってもんがあるでしょうが。もうちょっと優しく接してあげて。……ほら、すずも泣かない」

「すず、すずの、すず……っ」

「泣くな。泣く前に戦って取り返せ。弱けりゃ死ぬだけだぞ」

「しのちゃん、子供のケンカを命のやりとりに発展させないで」

「売られたケンカは買って万倍にして返せ。徹底的にぶちのめせ、二度と刃向かってこないように……すず、泣くな。泣く前にやることがあるだろうが。格下相手に怖気《おじけ》づくな」

「シノオ、やめて。焚きつけないで。そういう解決方法は最終手段でいいの。その前にできることがたくさんあるんだから」

「面倒だ。力で解決するのが手っ取り早い。なにも俺が出張っていって代わりに話をつけるとは言っていない」

「当たり前です。子供の問題に大人が口を挟むのは大きな問題に発展する前だけでいいの。すずたちは、これからずっと長いこと信太村で暮らしていくんだから、こんなに早い段階から人間関係こじれさせたらだめでしょ？」

「貴様ら狐は俗世に染まりすぎだ。相互の関係など、神格の高い順に序列をつければいい。人間的な関係性ばかり築いてどうする」

「……君とは、ほんと、子供の教育方針では合いそうにないな……」

「……な、んで、そういう話になる」

「なんで、って、君……」

君の胎に子供がいるから、そんなながちがちの実力主義の権威主義じゃ、胎の子供が可哀想だから……、二人で子供を育てるなら対立しそうだ、ってそう思ったから……。

「ネイエ、なんだ？　黙るな」

「……いや、なんでもない。とにかく、命のやりとりはさせちゃだめ」

「ねーねちゃん、おしのちゃん、……すずのことでケンカしてるの？」

「してない。……なぁ、シノオ？」

「していない。……あぁもういい、面倒だ。おい、ネイエ、なにか書くものを持ってこい。筆はいらない。半紙だけでいい。それくらいあるだろう」

「あー、まぁ……あったかな？　……懐紙でもいい？」

「文字が書けるならなんでもいい」

「はいどうぞ」

ネイエは土間の戸棚から銀箔《ぎんぱく》と金箔《きんぱく》の散った懐紙をとり出し、シノオに手渡す。

「また無駄に派手なものを……」

「しょうがないでしょ。余ってるんだし、それ使ってよ」

「……まぁいい。おい、すず、ちょっとネイエの膝へ行ってろ」

すずの襟首を摑んで、対面で胡坐をかくネイエの膝に乗せると、シノオはその場に正座して、畳に懐紙を広げた。右手親指の端、爪のきわに歯を立て、牙でぷつりと穴を開ける。

それを見たすずが、「ひゃぁあ」と、ひ弱な声を上げた。

「黒屋敷の狐はどこまで箱入りなんだ」

俺がすずくらいの歳《とし》には、もう自分で狩りをして、血まみれになっていたぞ。

「黒屋敷の夫婦は、子供にはわりと過保護なんだよ」

ネイエは、膝に乗せたすずの両目を大きな手で覆ってやる。

「ふん、次の世代はうちの勝ちだな」

シノオは、自分の血で泥棒除《よ》けの絵と文字を懐紙に描いた。

なかなかの出来映えだ。

シノオは、自分の絵心と書の腕前に満足する。

ネイエの指の隙間から覗き見て、すずが呟く。

「……わんわん」

「わんわんじゃない。狼だ」

「……いや、それどう見ても口開いて間抜けなツラした犬だよ……」

「俺が狼だと言ったら狼だ」

「おしのちゃん……字、きたないね」

「あ、これ字なんだ。……俺、模様だと思ってた。……ごめん、怒んないで。崩し文字って意味で……いや、ほんとはそういう意味で言ってないし、ほんとに下手な模様だと思ったけどさ、……あーでも、ほら、力強さは窺えるよ、あと、勢いも」

「黙れ。流麗だと言え。……あーもういい、貴様らにこの俺の革新的な芸術性を理解してもらうつもりはない。……ほら、すず、これを持ってろ」

懐紙を三つ折りにして、すずに持たせてやる。

「これ、なぁに？」

「泥棒除け。本来は火盗除けだが、これを見せれば、その弱い者いじめしかできん愚か者も驚いて鈴を返す」

「これ、おおかみ……なんでしょ？」

「きらいか？」

「んー……おとうさんとおかあさんが大神さんに襲われたこと何度もあるから……」

「そうか」

「でも、群れで暮らしてるのは、いいこだと思う」

家族のこと大事にするひと、すず、すき。

「……そうか」

「おしのちゃんは、絵が下手だね」

「うるさい。とっととそれを持って帰れ」

つっけんどんな仕種で言い放つと、シノオはそっぽを向いた。

「ありがとう、おしのちゃん。すず、大事に……」

「大事にするな。鈴を取り返したらその紙は捨てろ。狐火で燃やせ。お前、狐火くらいなら出せるだろ。間違っても、家には持って入るな。ここを出たその足でそのいじめっこやらのもとへ行って、鈴を奪い返して、そして燃やせ」

「どうして？」

「どうしてもだ。それができないなら、いま、この場で返せ」

「…………はい、燃やします……」

「よし」

シノオは、すずの素直な返事に頷き、その頭を撫でかけ……やめた。

「あのね、すず、知ってる？」

「なぁに、ねーねちゃん」

「これはね、信太村で、しのちゃんが困ってる時に、すずが、しのちゃんのことを、すずのなかよしさん！　すずのともだち！　って庇ってくれたお礼なんだよ」

「そうなの⁉」

すずは途端にぱっと明るい表情になって、ネイエとシノオを交互に見やる。

「しのちゃんは天邪鬼《あまのじゃく》だから、すずにありがとうって言えない代わりに態度で示すんだ」

「おいっ、か……ってな、こと……言うな！」

にやにやと頰をにやけさせるネイエに、シノオが座布団を投げる。

ネイエと一緒に座布団を受け止めたすずは、元気を取り戻した顔で、ほっぺたをにこにこさせて、「ふふっ」とはにかみ笑いをシノオに見せた。

その笑顔に耐えきれず、シノオは尻尾で顔を隠す。隠すけれども、そんなふうに素直に喜んでもらえたことがちょっとだけ嬉しくて頰がゆるむから、もっと隠した。

ネイエは、ここぞという時にシノオの心を助ける。シノオがそう考えて、そう思って、そうしたくて、そうしたことの意味を理解して、それを他者に伝えてくれる。

欲しい時に、欲しい助けをくれる。

いままでそんな助けを与えられたことがなくて、シノオはなんだかむず痒かった。

【3】


信太村。黒屋敷には、その惣領《そうりょう》一家が暮らす。

惣領嫁の褒名は産後の肥立ちがよろしくなく、この正月は床に臥《ふ》せって過ごしていた。惣領としての務めや家庭のことは夫の御槌が切り盛りしたが、年末年始にかけて降り積もった雪の寒さにやられて、すっかり痩《や》せ狐《ぎつね》になってしまった。

褒名は半分が人間だから、子供を産むと、とても弱る。そういう時は、神格の高い御槌が自分の力を分け与えて、命を繋《つな》ぐ。仔狐《こぎつね》たちは、皆、母を心配するけれども、母を救えるのは夫である御槌だけと理解して、母のことは父に任せ、できるだけいつも通りの日常を送ることで父母を心配させないように努めた。

「おとうさんがおかあさんにしてあげてることは、ねーねちゃんがおしのちゃんにしてあげてることと同じ……」

すずは、褒名の部屋近くの縁側に腰かけ、金と銀の散った懐紙を眺めていた。犬みたいな大神の絵と、模様みたいな文字。

太陽の光に透かすと、シノオの血の薄さが分かる。

おしのちゃんとの約束通り燃やさないと……、そう思いながら、もう一日だけ持っていたいな、明日だけは持っててていいかな、お正月に火を使うのはだめだからあと一日だけ、今日はおじいちゃんとおばあちゃんのところに行くから燃やす暇がないな……と、ずるずるやっているうちに、今日まで来てしまった。

「……おしのちゃんに、叱《しか》られる……」

でも、これを持ってるとあったかい気持ちになれる。

着物の帯に挟んでいるだけで、おなかのあたりにちっちゃな炎があるみたいで、どんなに雪のなかで転げ回っても寒くないし、手足の指も痛くならないし、お耳もお鼻もじんじんしない。それに、おしのちゃんにぺろぺろ毛繕いしてもらった時のことを思い出せる。

とっくの昔に鈴は返してもらえたのに……大好きな人からもらったものを、燃やせない。

この紙を見せなくても、これを懐に入れた状態で「鈴を返して！」と言うだけで、いじめっこは「熱いっ！」と叫び、鈴を放り投げて逃げていった。すずの隣にいた友達も「すずやんの後ろに赤い炎が見えた。狼《おおかみ》みたいなおっきいやつ」と呆気《あっけ》に取られていた。

すずは、鈴が返ってきたことが嬉《うれ》しかったし、シノオが守ってくれたような気がして、これをお守りにしたいと思った。そしたら、どうしても燃やせなかった。

「そこにいるの、すずか？」

「……おかあさぁん」

部屋の中から褒名に声をかけられて、すずは甘ったれの声を上げた。

ガラス障子をちょっぴり開けて顔を覗《のぞ》かせる仔狐に「入っておいで」と褒名が手招く。

「おかぁさん、おめめさめた？」

「うん。いま起きたら障子に影があったから、すずかな、って思ったんだ」

布団に横になったまま、褒名は痩せた腕を伸ばし、すずの頬《ほお》を撫《な》でた。

褒名は、ヒトの形も保てず、尻尾《しっぽ》と耳が出た状態だ。ヒトの時は黒髪だけれども、いまは雪よりも真っ白の毛並みで、それもどこかくすんで艶《つや》がない。

すぐ隣の布団には、生まれたばかりの四つ子がすよすよとよく眠っていた。

「今日は元気？　お顔の色が悪いよ。おなかは？　おとうさん呼んでこようか？」

「今日は元気。お父さんはいいから、すずにここにいて欲しいな」

「うん！」

「それで、すずはなにを持ってるんだ？」

「あのね……大事なもの。お友達にもらったの。すずのお守りなの」

褒名の隣に寝転んで、きゅっと懐に抱きしめる。

「それ紙だろ？　懐紙かな？　大事なものをぎゅってしてると破けちゃうな。……すず、隣の部屋の裁縫箱を持ってきてくれるか？」

「取っ手のついたやつ？　小さいほう？　大きいほう？」

「小さいほう。一人で持てる？」

「持てるよ！」

すずは起き上がるなり隣の部屋へ走り……かけて、褒名と弟たちの為《ため》にそうっと歩いた。

すずの両手では余るから、畳に風呂敷《ふろしき》を敷いて、その上に裁縫箱を乗せて引っ張ってくる。

「これでしょ？　どうするの？　起きて大丈夫？」

すずは、布団から起きた褒名の背中にウールのショールをかけてあげた。

「ありがとう。大丈夫だよ。……ほら、お膝《ひざ》においで」

褒名は、すずを布団にあげて膝に座らせると、立派な裁縫箱を開いた。

西洋の宝石箱みたいに蝶番《ちょうつがい》で開くそれは、一番上の段に針山やチャコペン、糸切鋏《いときりばさみ》といった細々とした物が、バネで持ち上げた二段目に裁ち鋏といった大きな物が入っている。

小引き出しもいくつかあって、そのひとつに色とりどりの端切れが収めてあった。

「どれがいい？」

「あかいの！」

「模様は？　薔薇《ばら》、蜻蛉《とんぼ》、金魚、手毬《てまり》……ほら、鈴もあるよ、赤の綸子《りんず》に金色の鈴の刺繍《ししゅう》。

真珠色に鈴はお前の産着の端切れだから、こっちのほうがいいかな？」

「赤に鈴にする。……銀色は？　銀色はある？」

「銀色かぁ……」

褒名はすこし考えて五段目の引き出しを開くと、銀の煌《きら》めく絹紐《きぬひも》を取り出した。

「わぁ、きれぇ」

「銀色の竜神さまの鱗《うろこ》を砕いて、星屑《ほしくず》と一緒に紡いで縒《よ》るとできる糸だよ。……昔、何度かすずも遊んでもらったことある竜神さまの贈り物なんだけど、覚えてるかな？」

「覚えてる、きれいな神様。……こんな大事なの使っていいの？」

「もちろん。……あ、でも……んー……赤は火で、鈴は金で、銀竜は水で……って、五行とか考えるとややこしくなるから、そこは見なかったことにしよう。御槌さんはそういうの験担ぎしてうるさいほうだから、……内緒な？」

「うん。内緒。おとうさん、そういうのうるさいから。……すずもね、最初はね、おとうさんにお守り入れる袋が欲しいですってお願いしようと思ったんだけどね？」

「御槌さん、裁縫下手だからなぁ」

褒名はくすりと笑って、針に朱金色の糸を通し、赤い綸子の端処理をして、お守り袋の形に整える。ちく、ちく、ちく。針を運ぶ手元を、すずがじっと集中した様子で、小さな口をぽかんとまん丸に開いて覗きこむ。

「銀の紐は細くても丈夫だけど、首にかけるんなら三本を縒って使おうか。すず、この三本を組めるかな？　おじいちゃんに教えてもらった組み紐のやり方、覚えてる？」

「覚えてるよ！　見ててね！」

「じゃあ、すずのを見ながら、お母さんはお守りの続きを縫うな」

　褒名は、組み紐の支点を作ると、裁縫箱の端に固定して、すずに任せる。そうしてすずが組み終わる頃にあわせてお守り袋の体裁を整え、開いた口にすずの組み紐を通した。

「ほら、すず、左手でお守りのここ持って、右手で針を持って」

「どうするの？」

「最後の一針は自分で入れてみな？」

「おててはなさないでね。はり、いたいの」

「大丈夫、すずの手の上から一緒にするから」

　ぷすりと細い針を綸子に通し、しゅるりと短くなった糸を引く。

「びびった布を指先で扱《しご》いて、糸をならして、返し針をして、最後の縫い目のところに隠し針を入れたら、表に結び目がこなくなるだろ？　そうそう。自分で結んでみな？」

「こう？」

「うん、上手。……でも、もう一回だけ、ゆるまないようにお母さんが結んでいい？」

「うん、結んで」

　褒名に針とお守り袋を預けて、最後にきれいな玉結びを作ってもらう。

　ぴったりちょうどの長さで終了した糸をぷつんとすれば、お守り袋の完成だ。

うらおもてで縫ったお守り袋をひっくり返すと、きれいな綸子の面が表に出る。

「おもてかえせた！　ここ？　ここにお守り入れていい？」

「いいよ」

「わぁ、ぴったり……おかあさんすごぉい……」

ちいちゃく短冊折にしたお守りが、ちょうど収まった。

普通のお守りよりも二回りくらい小さくて、すずの手にもぴったりだ。

「そしたら、すずの組んだ紐で、お口のところをきゅっと絞れば……」

「わぁ、袋のお口が閉じちゃったぁ……すごぉい」

「こんな裁縫でこれだけ褒めてもらえたらお母さん嬉しいな」

「おかぁさん、鈴、……すずの鈴もここにつけて」

「はいはい」

すずの右手につけていた鈴も銀の紐に通し、信太の家に伝わる吉祥の形に結んで、すずの首に下げてやる。この銀色の竜神は子供に優しい神さまだから、どれだけ長い紐にしても、首に下げてどれだけ暴れても、けっして子供の首を絞めない。

「んふふ、みっついっしょ」

首に下げたお守りに、すずは、ふくふくのほっぺで頬ずりした。

「三つ？」

「そう、三つ一緒なの」

「……なにが三つなんだろう？　それとも、誰《だれ》と誰と誰で三つ……かな？」

「あのね、えっとね、すずとね、ねーねちゃんとね、あとね、し……わんわん」

「し……、わんわん。……最後は犬？」

「ん、犬なの！　わんわん！　ぺろぺろ上手なわんわんなの！　かわいいの！」

すずは内緒の約束を思い出し、慌てて、自分のおくちをぎゅっと結ぶ。

「じゃあ、お守りからお母さんの知らない匂《にお》いがするのも、そのわんわんかな？」

「うん、そう！　これね、おともだちにもらったの、大事なの」

「どんなお友達？」

「……病気なの。おなかにね、まっくろの病気があって……おかぁさんと同じで、赤ちゃんみたいなんだけどね、おかぁさんと同じじゃないの。ちっとも赤ちゃんじゃないの」

「子供を産む前のお母さんのおなかみたいになってる？」

「たぶん、なるよ。これから。……なるけどね、お友達のこと食べちゃう」

「……それは、こわい……病気だな。……そのお友達はお医者さんに診てもらってる？もし、まだならうちへ連れておいで？」

「だいじょうぶ。ねーねちゃんが……あっ！」

また喋《しゃべ》っちゃいそうになっちゃった……。

「そのわんわんはネイエのにーにのお友達なのかな？」

「ちがうもん。内緒だもん」

「……分かった。でも、お友達と危ないことしないようにな？」

「おかぁさん、怒ってる？」

「怒ってないよ。ただ、心配なだけ。もし、助けて欲しい時とか、困ったことがあったら、お母さんかお父さん、一番上の兄さま、ネイエのにーに、おじいちゃんおばあちゃん、おたけさん、誰でもいいから相談するんだよ」

「はい」

「よし、じゃあ、お母さん、ちょっとお父さんにご用があるから呼んできてもらえる？」

「うん！　すぐ呼んでくる！」

ぎゅっと褒名に抱きついて、弟の頭をひとつずつ撫でてから、すずは部屋を出た。

「すず、急いでどうした？」

廊下を曲がったひとつ目の角で、褒名に茶を持ってきた御槌とちょうど行き当たった。

「おかぁさんがおとうさん呼んできてって！」

「具合が悪いのか？」

「ううん。ご用があるんだって」

「分かった、すぐに行こう。……その前に、すず、おいで」

御槌は、すずの目線までしゃがみこむと、ぐしゃりと髪を掻《か》き混ぜ、……ほんの一瞬だけ逡巡《しゅんじゅん》した後、茶道具一式が乗ったお盆を廊下に置き、すずを抱き上げた。

すずは、御槌の頭にぎゅうと抱きついて、すりすり頰ずりする。

「すず、最近、誰かに会ったか？」

「ねーねちゃん！」

「ネイエに毛繕いしてもらったか？」

「んーん〜、……あ、してもらった！　おかしももらった！」

「なにか持っているか？」

「うん！　おまもり！　いま、おかあさんに作ってもらったの！」

「お守りの中身は？」

「わんわん！」

「わ……」

「いぬ！　かわいいの！　すず、ねーねちゃんのとこに遊びに行ってきまぁす！」

すずは御槌の腕から飛び下りて、毛玉が転がるみたいに走っていった。

「……ネイエの、ところ？」

ネイエが滞在しているのは、この黒屋敷だ。それ以外のどこへ行く？

確か……信太山に一軒、ネイエは隠れ家を持っていたはずだが……。

「すず、山向こうへは行くな、大神が出る」

御槌は、「はい、わかりましたぁ！」と答えながら元気に走るすずの後ろ姿を見送り、己の息子の挙動不審な態度に小首を傾《かし》げつつも茶道具一式を持ち直すと、その足で褒名の部屋に入った。

「御槌さん……いま、すずが……」

「すずのお守りの中身を確かめたか？」

「小さく折りたたんだ紙でした。なにが書いてあるかはちょっと分かりませんでしたが、かすかにネイエさんの匂いがしました。……でも、血腥《ちなまぐさ》かったような気もするんです。俺、いまは鼻が利かないので誰の血かまでは……」

「産後は鼻も弱るからな……」

「でも、たぶん……あまりよくないものだと思います」

「そんな顔をするな。弱っている時に、余計な心労を抱えこむのはよくない」

産後の、弱って鼻の利かない褒名でも気づくほどのにおい。

褒名が、その正体に気づかなくてよかった。

あれは、大神のにおいだ。すずに混じって、大神のにおいがした。自分の子供に、大神のにおいがついていた。それも、大神の唾液《だえき》と血だ。忘れようもない、嗅《か》ぎ慣れたにおい。

……あの、血色の大神のものだ。我が子が、大神に唾《つば》つけられている。

「お前たちのことは俺が守る」

「頼りにしています。……それから、ネイエさんのことも……」

「用心しよう。お前は気にせず、よく休め」

「俺が動けないせいで、御槌さんばっかり……」

「お前を動けなくしたのは俺だからな」

その胎に種をつけ、俺の子を産ませたのは、俺だ。

「またそんな得意げな顔して……」

「お前にはつらいことばかりだろうが、俺には良いこと尽くめだ」

「なに言ってんですか。天下の黒御槌の子供が産めるんですよ？　つらいことなんかなんにもありませんね」

褒名は、夫狐の長い黒髪に指先を絡め、引き寄せる。

大好きな人の仔を生み増やすことに、なんのつらさがあるだろうか。

この力強く立派で逞《たくま》しいオスに種をつけてもらって、メスとして扱ってもらえて、妻として、想い人として、大事に大事にしてもらえるのだ。

「こんなに幸せなことありません」

「本当に？」

「本当に。……あ、でも、ちょっと胸が張ってきたので揉《も》んでもらえると嬉しいですね」

「いくらでも」

「やらしくない触り方にしてくださいね」

「白狐、尻尾が出ているぞ」

「黒狐、手つきがいやらしいぞ」

「そうして笑うお前の唇は？」

「さっきからずっとあなたが恋しいです」

鼻先をすり寄せて、唇を重ねて、黒と白の尻尾がくるんと絡まった。

＊

世間では、そろそろ正月気分が抜けてくる頃合いだ。

シノオは年末年始も関係なく、いつも通りの日常を送った。ネイエに至っては、万年、正月と盆を交互に満喫しているようなもので、こちらもいつもと変わりない。てっきりネイエは黒屋敷で正月を過ごすものだと思っていたから、シノオのもとにいる時間のほうが長くて驚いたし、器用なネイエは御槌に怪しまれないよう信太村と隠れ家を行き来した。

「最近は仔狐たちも大きくなってさ……、上の子が下の子の面倒を見るから、俺はもうそんなにすることもないんだよな」

すこしさみしそうに笑って、ほとんどずっとシノオにかかりっきりだった。

お蔭《かげ》で、ネイエが不在の間に出ていくというシノオの計画は頓挫《とんざ》して、ずるずるとまだここにいる。

正月用にと、ネイエがお屠蘇《とそ》やお節なんかを用意したが、シノオは「なぜ狐と祝わねばならんのだ」と、ネイエの親切を受けることもできず、かといって無下にすることもできず、「君はとりあえず一度は反抗しないと気が済まないんだな」とネイエに笑われた。

ただ、笑われても、「馬鹿にしているのか」とは言い返さなくなった。

シノオは、自分が口を開けば不遜《ふそん》であることを自覚しているし、「君の憎まれ口は、ずっと同じくらいだよ」と言われてしまえば、子供と同列に扱われたことで肩すかしを食らってしまい、食ってかかることもなくなった。手玉に取られているようで癪《しゃく》に障ったが、不思議と悪い気持ちにはならなかった。

「馴《な》れでしょ、馴れ。前はご飯も食べてくれなかったのに、いまとなっては俺の作ったものでも文句言わずに一緒に食べてくれるし、後片付けもしてくれてるじゃん」

「それ、は……世話になっているからだ」

狩りもまともにできない自分が生きていられるのは、ネイエのお蔭だ。

養われている身で文句を言うべきではない。

「絆《ほだ》されてるでしょ？　ここにずっといたくなるでしょ？」

「貴様と一緒になるくらいなら、外の温泉に浸《つ》かっている猿と番《つが》う」

返す言葉はいつもこんな調子だ。

なのに、シノオがそうして憎まれ口を返すたびにネイエがはにかむから、その顔を見ていると、「こいつのこういう顔は子供みたいに可愛《かわい》い」と、頬がゆるんでしまう。

たぶん、そんな自分をネイエにも見透かされていて、ふとした瞬間に距離を詰められていることを実感する。それは落ち着かないのに、悪い気はしない。

狐とはけっして相容《あいい》れない。

自分のその立ち位置は変わっていないと思っていたけれど、そうでもないらしい。

けれども、焦る。

この胎が日増しに存在感を増していくことが、シノオを現実に引き戻す。

なのに、シノオはネイエのことが気がかりで、出ていけない。

ネイエをまともな群れで生活できるようにしてやらないといけない。大神と過ごすほうが楽だから……と逃げてばかりではなく、きちんとした群れに送り出してやらないといけない。そういうことの大切さを自覚させてやらないといけない。失ってからでは取り返しがつかないのだと分からせてやりたい。

それが、寝食を共にした仲間にしてやれる当然のことで、シノオにできる唯一の恩返しだ……と、そこまで考えて、シノオは、自分がネイエを仲間だと認識している事実に困惑する。それは間違いだと分かっているのに、その間違いさえ納得ずくの自分がいるのだ。

「最近、俺の着物がないと思ったら君か……」

半開きの襖《ふすま》に凭《もた》れかかり、ネイエは苦笑した。

布団と衣類に埋《うず》もれた巣穴から、もそっ、とシノオが顔を出す。

雪が積もって底冷えの日が続くせいか、シノオは、日がな一日、巣穴に籠《こも》り、滅多に外へ出てこない。本人も気づいていないだけで、具合が思わしくないのだろう。

「巣穴の居心地はどう？　ところで、一枚でいいから、着物を返してくれるとありがたいんだけど、どうだろう？　……俺はここ二日ばかり着たきり雀《すずめ》なんだ」

「……狐のくせに、随分と図体《ずうたい》の大きな雀だな」

「ついでに、今日は天気がいいから布団を干させてくれ。湿気てるのが気になるんだ」

「ぅー……」

布団ごと巣穴から引きずり出されて、シノオが唸《うな》る。

力いっぱい抵抗すると、襖から半分出たところでネイエが「もー……せめて君が手首にぐるぐる巻いて遊んでる腰紐だけでも返して」と布団ごとシノオを抱きしめた。

「ほら、いい子だから。……見てよ、俺、いま、前が全開なんだよ？　下着丸出しでうろうろされたらいやだろ？　……うわ、君、こんなものまで……これ、俺の下帯じゃないか。こっちは肌着に靴下、ないと思ってたズボン下、半纏《はんてん》に羽織まで……」

「頭上でぎゃあぎゃあ喚《わめ》くな、心の狭い狐め」

「もー……行李《こうり》のなかひっくり返してぜんぶ持ってったの？」

巣穴の材料は、もはや布団だけではなく下着を含むネイエの衣類すべてだ。

他人の臭《にお》いがついた衣服なんていやだろうに、どうやらシノオはネイエのにおいを気に入ってくれた様子で、巣穴につめつめして、たくさん抱えこんでいた。

「あーもう……足、ほら、足どこ？　これ？」

「ふとんめくるな」

「はいはい。寒い寒いだね。……あ、見つけた。足首にこんがらがってるの……これ、俺のパンツじゃんか。……しっかし、足首締まっててえっろいな、君……真っ白だし……」

「撫でるな」

「太腿《ふともも》にもごっついの挟んでるな？　俺の外套《がいとう》か？　外套だな？　これ、表はモスリン地だけど、裏は絹地ですべすべしてるから、あったかくてきもちいいんだろ？」

「ちがう……ほかに端切れがなかったからだ」

「……これも使う？」

ネイエが手拭《てぬぐ》いをちらつかせると、布団の隙間《すきま》からすごい速さで腕が伸びきて、あっという間に巣穴に引きこんだ。手拭いをくちゃっと丸めて顔を埋め、ふんふんすんすん。シノオはひとしきり鼻を働かせると、それが気に入ったのか、ころころごろごろ頬ずりして自分のにおいと混ぜ、それをそのまま首の下に敷いて目を細め、きゅうと喉《のど》を鳴らした。

「君はヒトの姿をとっていても、大神に近いな。まるで人狼《じんろう》みたいだ」

「大神がヒトに擬態するのと、人狼とは違う」

「違うんだ？」

「人狼はヒトで日々を過ごし、満月の夜もしくは月の時間にだけ狼になる。大神はそもそもが狼で、いつでもヒトに擬態することができるが、ヒトの姿は苦手だ」

「人狼とは交わらないの？　そしたら君たち大神も増えるかもしれないのに」

「人狼はヒトで生まれる確率のほうが高い。なにより、あれは人外や化け物の類《たぐい》であって、我々、神と名を冠する者とは異なる」

「そうは言うけど、選んでられないだろ？　君ら大神っていま何匹くらい残ってるのさ」

「……俺を入れて十七、いや……十八匹」

「…………」

ネイエが予想していた以上に、少なかった。

数十年前までは百の単位で数えるくらいはいたと思うが、もう、そんなにも少ないのだ。

この子たちは、もうそんなところまできていたのだ。

「……一時期、ヒトの流感がひどかった年があっただろう？」

「あぁ、あったね。数十年前だ」

ヒトとほとんど滅多に交わらない大神にとって、ヒトの風邪《かぜ》は猛毒だ。もしかしたら、すずが一日二日寝込む程度の風邪であっても、彼らは重篤な症状に陥るだろう。

「あの時、年寄りと子供の大半が死んだ」

そこから徐々に数が減っていって、子供を産める個体が足りなくなって、なのに流感はその年の一年だけでは収まらず、毎年のように猛威を奮って、増える数より減る数のほうが多くなって、最終的に十八匹になった。

「そのなかで、子供を産める個体は何匹いるの」

「……いっぴき」

「…………」

シノオだけだ。

それはつまり、シノオに産ませないと大神は滅ぶということだ。

「……洗濯するよ、そっちの着物」

暗くなりがちな話題を避けるように、ネイエは着物を摑《つか》んだ。

すると、シノオの耳と尻尾がぺしょ……と、へしゃげる。

これはきっと、身の回りを自分の味方で固めておきたいのだ。仲間の匂いのするもので安心したいのだ。ずっと自分の周りに仲間や味方がいない生活だったから、不安なのだ。

心細げに眉《まゆ》を顰《ひそ》め、唇を嚙みしめて、ちょっとした物音でも警戒するのがシノオだ。

いまも、すらりと長い二本足を曲げて布団と外套を挟み、きゅっと内腿を閉じている。その内腿に自分の尻尾も挟んで、大きな目と耳で警戒して、こわいことを「こわい」とも言えずに、なんとかして自分で自分を守ろうとしている。

自分のなかの不安を殺そうとしている。

そのわりに、このメスは隙が多い。いまも、寝乱れたネイエの寝間着を羽織っているだけで、袖を通していないから、寝間着が尻《しり》までめくれあがり、あけっぴろげで、尻尾の付け根がひくんと動くのも丸分かり。目尻に涙を滲《にじ》ませて、くぁああ、と大きな欠伸《あくび》をして、またネイエの服のにおいを嗅いで、内腿と尻尾をすり合わせ、自分の居場所に落ち着く。いまのシノオにとっては、ネイエのにおいだけが安心材料なのだ。

ネイエがぼんやりそれを眺めていると、シノオは、油断したネイエの手から腰紐を奪い返し、手拭いと一緒に懐に抱えこんで、きゅうきゅう目を細めた。

「あぁ、寝惚《ねぼ》けてるのか」

これは、寝惚けているのだ。寒くて、眠くて、おつむの働きが落ちているのだ。

「ふぁあ……ぅ」

ネイエが顎下《あごした》を撫でくすぐると、赤ん坊みたいな声で鳴いた。よっぽど眠いのか、動くのが面倒なのか、撫でられるのが気持ちいいのかして、抵抗しない。

ぴすぴす鼻を鳴らし、尻尾と耳の付け根をとろんとさせて、うっとりしている。

わしゃわしゃしたい。可愛くって撫で回したい。

でも、勢いをつけて撫でくり回すと、この微睡《まどろみ》を邪魔してしまうような気がして、ネイエは、静かにシノオの傍《そば》で膝をつき、毛の流れに沿ってそろりそろりと撫でつけた。

「毛並み、良くなったね」

ネイエが褒めると、シノオの尻尾が内腿からするりと抜けて、ぽふっ、と布団を叩《たた》く。

出会った頃は散々な状態だったけれど、いまは、色褪《いろあ》せた朱色や白銀の混じった毛並みに、血の赤が増えた。まだすこしガサついた感触があって、大神惣領の全盛期だった頃には遠く及ばないけれど、それでも、色艶は格段に良くなった。

「……長いこと、一緒にいるね」

「………………」

シノオは左目だけを見開いて、ネイエを見た。

好きで一緒にいるんじゃない。シノオはそう言いかけたが、なんだか口を開くのも億劫《おっくう》で、ネイエが撫でるその手を止められるのもいやで、黙って目を閉じた。

閉じた瞼《まぶた》に残ったのは、ちょっとさみしそうな顔をしているネイエだ。

別れを惜しむような表情で、まるで、この関係は長く続かない、シノオがどこかへ行ってしまう、ネイエを見捨てて……と、そう思っているような様子だった。

シノオは、それが癪に障った。群れへ返す前にネイエを独りにするわけがないのに、そんな薄情者だと思われていることに、ひどく腹が立った。

「…………ぅー……」

はぐ、とネイエの指を噛み、はぐはぐと手指を手繰り寄せ、着物の袖口まで噛む。

「シノオ？　どうしたの？　……まさか君、この着物まで奪うつもりか？」

「ぁぐ」

着物ごとネイエを巣穴に引っ張りこんだ。

ヒトの歯で引っ張ってもたいした力にはならないが、ネイエはそれに引きずられるようにずるずると体勢を崩して、シノオの両腕のなかにすっぽり収まった。

「……しのちゃん？」

「……うるさい……黙って続けろ」

ネイエの手を摑んで、自分の頭に乗せる。

撫でろ。その為にお前を抱きかかえてやってるんだ。

「……うん」

「……くるしい。ぎゅうぎゅうするな」

抱き寄せるのではなく、撫でろ。

「やだ、しのちゃんから誘ってくれたんだし」

「………知らん、ひっつくな」

あぁクソ、狐くさい。…………でも、悔しいかな、暖かい。

抱き寄せられて、密着して、それで思い出す。ネイエの毛並みはいつもぴかぴかで、体はちゃんとがっちりしっかりしていて、抱かれるととても寝心地がいいことを……。

「……しっぽ」

「尻尾が欲しいの？」

「ん……欲しくない」

「はいはい、天邪鬼《あまのじゃく》」

尻尾をシノオの脚にかぶせると、シノオはぶるりと身震いして、ふにゃりと蕩《とろ》ける。

狐の冬毛を舐《な》めるなよ、とネイエは内心ほくそ笑んだ。

「ほら、ほっぺこっち。首のとこも……」

ネイエよりもずっと冷たい部分を指先でくすぐり、手の平で温める。

「余計なこと、する、な……ぁー……ぅ、ふぁああ……」

「おっきな欠伸。……寝ていいよ。ずっとしててあげるから」

「……ぁー……」

ネイエに毛繕いされて、とろとろ。狐の尻尾にもふもふされて、うっとり。ネイエのきれいな指で尻尾の付け根をうりうりされて、でも、時々は我に返って、「だめだ、抵抗しないと……でもあったかい、きもちいい、どうしよう、尻尾で抵抗してみようかな……」

と、尻尾をふにゃんと波打たせ、結局、たいした抵抗もできずにぐずぐずの腰砕け。

「……おくちあけて」

「あー……」

「いっぱい食べて、元気になって」

シノオが馬鹿みたいに大きな口を開けるから、ネイエはそれをぱくんと咥《くわ》えて力を与える。だが、そうしてどれだけネイエが命を分け与えても、シノオの胎だけは救えない。

それに、最初の頃に比べて、いくぶんか下腹が張っているような感じもする。

もうすこし体力をつけさせて、体が回復したなら、早めに処理してやったほうがいい。

たぶん、もう、シノオ一人では処理できないだろう。ぐずぐずといつまでもこれを胎に抱えているのは、胎のそれに情があるからだ。そして、産むにしても、産まないにしても、どちらにせよ、これが胎から出てくる時には、シノオは死ぬだろう。

ネイエにこんなことまで許すのも、たぶん、この胎に生命力を持っていかれて、思考するほうに余力を割けないのだ。胎のこれがシノオを食い破って出てくるまで、この健気《けなげ》な胎で育てるつもりなのだ。……そうして、死ぬつもりなのだ。

この大神は気高く、誇り高く、けっして他人を頼らず、他者に不安や弱みを見せたら死ぬと思っているような生き物だから、自分が死ぬ時も、一人で死ぬのだ。

「……ネイエ」

「ん、ごめん」

毛繕いの手が止まると、シノオが唸る。

シノオは毛繕いが好きだ。いつもは自分一人でやっていたことを仲間のネイエにしてもらえて嬉しいのだ。喉を鳴らして、きゅぅう、くぅくぅ、可愛く鳴く。気持ち良さの限界を超えると、自分でもどうしようもないくらい、そんな声が出るのだろう。

ちょっと低めの獣じみた鳴き声だけれども、愛《いと》しいと思う。

きっとシノオの群れのオスたちは、シノオがこんなに可愛く鳴くことを知らない。シノオを可愛がったことがないから知らないのだ。知っていたらシノオを手放すはずがない。

シノオが、これまで報われない奉仕ばかりの人生だったことを思うと、シノオを抱きしめる腕にも力が入って、そんなことにもシノオが困り顔ではにかむから、「あぁ、この子はきっと一度も抱きしめてもらったことがないのだ」と切なくなる。

どれだけ肌を齧《かじ》って、耳の付け根や産毛の生え際を舐めて、かぷかぷと頬肉を甘噛みして、首筋を交互にすり寄せて、においづけし合っても足りない。シノオがふにゃふにゃと口端をゆるめるからネイエもそれにつれられてゆるむけれど、もっと与えたいと思う。

いままであちこちにバラ撒《ま》いてきたネイエの情をぜんぶこの大神に注いだなら、この大神はいやがりつつも喜んでくれるだろうか……と、試してみたくなる。

「邪魔をするぞ」

物音ひとつ立てずに、黒ずくめの男が、二人の巣に足を踏み入れた。

この隠れ家から聞こえるはずのない男の声に、ネイエとシノオが同時に息を呑《の》む。

ネイエは咄嗟《とっさ》にシノオの頭を懐に抱えて隠すと、自分一人で巣穴から顔を出した。

「御槌じゃん……なんでここに……いるの」

「その前に、その、乱れた頭髪と着物をなんとかしろ」

こんもりと盛り上がった巣穴。ひっくり返した行李。あちこちにちらかった衣服。

どんなメスとなにをしていたのかは知らんが、せめて腰帯くらい締めろ。

「いや、あの……これは……」

「随分なものを連れこんでいるようだが、気にするな。……時間はある」

御槌はすべて承知の上だと言わんばかりに、ネイエの庇《かば》う存在へ冷たい視線を向けた。

＊

黒屋敷の表門をくぐることが許されるのは、黒屋敷と縁続きの者か、黒屋敷に住まう一族に歓迎された者か、黒屋敷に敵意のない者だけだ。

シノオは、歓迎されていない。それでもなぜか、ネイエに伴われたシノオは、黒屋敷の表門をくぐることができた。二人の前を歩く御槌も、「裏へ回れ」とは言わなかった。

狭い村だ。明日には噂《うわさ》になっているだろう。

大晦日に市場で若い衆と揉めたネイエのツレが、黒屋敷の門をくぐった。

それだけで済めばいいが、「獣じみた赤毛だった」と誰かが囁《ささや》けば、「もしやそれは……」と勘の良い者なら察するかもしれない。

そんな心配をよそに、シノオは洋風の応接間に通された。

畳に絨毯《じゅうたん》を敷いた部屋で、調度品は舶来物だ。黒屋敷の名に相応《ふさわ》しく、中央に据え置かれた黒檀《こくたん》の洋テーブルは重厚で、ひどく存在感がある。天井から吊《つ》り下げられた洋ランプは眠たくなるような風合いで、それに照らされた壁際の飾り棚も黒く、威圧感があった。

たぶん、この部屋の印象は、そのまま御槌がシノオに与える威圧感だ。

それでも、シノオとネイエの前には茶が出されたし、二人の対面に腰かけた御槌は声を荒らげるでもなく、シノオの命を奪《と》るでもなく、淡々とした様子だった。

それは、ネイエの所業に怒り狂うというよりは、「なぜこんな愚かしいことをした?」という呆《あき》れと、シノオと縁を切らせようとする思案の見てとれる表情だった。

御槌の隣に嫁の姿がないところを見ると、未《いま》だ臥せっているのだろう。

不思議なものだ。すこし前のシノオなら、嫁の力が弱っているいまこそ、信太村に攻め入る絶好の機会と捉《とら》え、喜び勇んで狐どもを血祭りに上げていただろう。

それがどうしたことか、御槌の嫁はすずの母、そしてネイエの親友の嫁、そう関連づいてしまうと、「では、全員が悲しまないように一度にぜんぶ殺してやろう」とは思えないのだ。

……かといって、かつて信太村を襲っていたことを悪いとも思えないのだ。

「まかみの原の大神惣領シノオ」

「信太村、信太一族信太狐が惣領御槌」

「君らは変なところで生真面目《きまじめ》だな」

互いに名乗り合う二人に、ネイエが茶を飲みながら軽口を叩いた。

「シノオと、この金銀狐は関係がない」

隣に座るネイエの言葉を無視して、シノオは、ネイエとの関係を否定した。

まぁ、あの状況を見られた後で、こんな言葉に説得力はないのだが、要は対面だけ保ち、二人は無関係なのだと言い張ればいい。

これは良い機会だ。ネイエを正しい群れに返す、絶好の機会だ。

「大神惣領殿、貴殿、この俺に一矢報いて一族の巣に返り咲くことを考えているか？」

「信太の惣領殿がその懐のうちに易々《やすやす》と俺を招き入れたのは、そういうことか」

御槌は、シノオが大神惣領の座を追われたことを知っているらしい。

「ネイエが話したのではない。……近頃、まかみの原や信太山を徘徊《はいかい》する大神の群れの頭領が見知らぬ顔にすげ変わっていたのでな」

「それでも、大神は狐を狩るぞ」

本当にそうしたいか否かではなく、大神惣領としてそうするのが義務だ。

そうして一族を守ってきたのだから、これからもそうして守らなくてはならない。

ただ、新しい大神惣領では、御槌に敵《かな》わない。

絶対に、いまのアイツでは敵わない。

新しい大神惣領と御槌を戦わせてはいけない。まだ年若い大神惣領は、経験も乏しいし、神格も御槌より低く、圧倒的な力量差、神格の差がある。もし、御槌とやり合うようなら、そうなる前に、相討ってでも、シノオが御槌を殺さなくてはならない。

そうすれば、シノオが死んでも、新しい大神惣領は生き残る。

次の代は、遺せる。

「骨の髄まで、大神だな」

御槌は、嘆息するでもなく、嘲《あざけ》るでもなく、感心した。

シノオを突き動かす、大神惣領としての凝り固まった思考や信念に……。

ちらりとネイエを見やると「だめだよ、この子、頑固だから」と、苦笑していた。その事実は、ネイエにとって悲しいことなのだろう。眉を顰めた笑い顔は、ただの一度たりとも御槌には見せたことがなく、滅多とない親友の表情に、御槌は内心で驚いた。

「まかみの原の赤大神は代替わりした。されども、このシノオ、狐とつるむつもりもない。

ましてや、貴殿が当代大神惣領と争う心積もりならば、いまこの場でその喉笛に食らいつく所存」

「胎に仔を抱えた状態で、よくもまぁそんなことを言えたものだな」

胎の子を思いやりもしないで、無謀なことをするな。

「……っ、この胎には、なにも、いない……」

「ネイエ、この大神殿は、よもや自分の胎具合も分からんのか？」

「いや、そんなことは……」

御槌の問いかけに、ネイエが言葉尻を濁す。

「ネイエ、貴様……いつから……」

「なんとなくだけど……、最初からかなぁ」

「……貴様、ひと言もそんなこと言わなかっただろうが……」

「そりゃ、君が隠したがってるから……」

「あぁ、クソっ」

馬鹿馬鹿しい。最初から、この金銀狐にも気づかれていたのだ。哀れまれていたのだ。馬鹿にされていたのだ。情けをかけられていたのだ。ボテ腹を抱えた大神など手にかけるほどの価値もないと思われていたのだ。……だから、助けられたのだ。

ひどい侮辱だ。身重のメスを労《いた》わるような、そんな情で囲われていたとは……。

「しのちゃん……？」

「触るな」

テーブルの下で手を繋ごうとするネイエのそれを拒む。

「ネイエ、別れろ。それは、どこの誰とも知れんオスの種を身ごもったメスだ。ましてや大神なぞ話にならん」

「まったくその通りだな」

シノオは、それについては御槌に同意した。

これは良い機会なのだ。それこそ、本当に、今日が、その日なのだ。

離れるべき良い機会だ。これを逃すと、あとは後ろ髪を引かれるばかりだ。

「信太のおさ殿、誤解のないように言っておくが、このシノオ、別れる云々《うんぬん》以前に、このはぐれ稲荷《いなり》と添うたつもりはない。そして、今日限り、二度と会うこともない」

「追手はかけないでやる。先の短いその体で可能な限り走り続け、そこで始末をつけろ」

シノオが席を立つと御槌も席を立ち、両者、真正面から睨《にら》み合う。

こういう落としどころで話の決着をつけよう、と二人はそれで合意する。

「ごめん、それ俺の子なんだ」

二人の間で決着がついた瞬間、ネイエが口を挟んだ。

「き、さま……なにを、馬鹿なことを……っ！」

「……手が早いとは思っていたが、まさか本当に大神惣領にまで手を出したのか」

御槌は呆れ半分、苦々しい感情半分で、眉間《みけん》の皺《しわ》を深くする。

「シノオは、俺が孕《はら》ませた」

だから、俺の子。シノオの胎のややこは、俺の種。だから、俺が責任をとる。

「そっ……んなわけないだろうが！」

「うん、でも、俺は、君の面倒を見るって決めたからさ、君の胎の子も俺の子にする」

「貴様はどこまで俺を虚仮《こけ》にするつもりだ⁉　哀れみも情けもいらん！　狐の分際で、でかいツラをするな！　狐に庇われるほど大神惣領は落ちぶれてはいない！」

「あぁもう、うるさいなぁ……シノオ、ちょっと黙ってな」

「うるさい！　命令するな！」

「黙ってろ」

「ふざけるな！　気味の悪い気遣いをされるくらいなら、いまここで腹を掻《か》っ捌《さば》いて死んだほうがマシだ！」

「シノオ、黙れ」

俺より下の生き物は黙っていろ。俺とお前の二人の群れなら、俺が頭領で、お前は群れで守られる弱者だ。俺のほうが強いのだから、お前は口を閉ざして俺の命令に従え。

「……っ」

銀の瞳《ひとみ》で睨み据えられ、シノオは不覚にも腰が引ける。

立ち向かって、爪《つめ》を立て、牙《きば》を剝《む》きたいのに、ぐぅ、と喉の奥で唸るだけに終わる。

そうして唸る声さえも反抗的だと叱るように、「シノオ」とネイエが低く名を呼ぶから、全身から血の気が引いて、声も出せなくなった。

テーブルに手をついて立つのもやっとで、膝から崩れそうになる。ネイエの気迫から逃れたい一心で、部屋の隅や押入れの奥に隠れたいと思う。きれいなネイエが、情のない瞳で、強いオスの風情で、冷たい横顔で、まるで、シノオは自分の意のままに服従させることのできる道具だと言わんばかりに、その雰囲気だけで支配してくる。

「……御槌」

シノオがすっかり黙ってから、ネイエは御槌に向き直った。

「なんだ」

「お前との縁を考えると、シノオを庇ったりしちゃいけないことは分かってる。……けど、それでも、見捨ててはおけない」

「それはつまり、これと心中する覚悟ということか」

「死ぬつもりはないが、一蓮托生《いちれんたくしょう》になるつもりだ」

「それで、どうする?」

「この上は、けじめとして信太の里には二度と足を踏み入れないつもりだ」

「長年、家族同然の付き合いをしてきた黒屋敷と決別してでもそれを選ぶということか」

「そうなるね」

ネイエは、こともなげに頷《うなず》いた。

「…………」

シノオは、やっぱり、こういう時に言葉が出なかった。

その代わりに、頭のなかで、いろんな感情をぐるぐると巡らせた。

馬鹿だ、この狐は……。そんなことを言っては、正しい群れへ戻る機会が失われてしまう。一時の気の迷いや義侠心《ぎきょう》、憐憫《れんびん》の情に流されて、愚かな選択をする必要はない。

ひと月にも満たない関係で、なぜ、そんなにも簡単に、これまで積み重ねてきたものを捨てられるのだ。大切なものを、なぜ、そんなにも惜しまないのだ。

大事なものを捨ててでも選ぶほどの価値なぞ、シノオにはないのだ。

「大神惣領殿は、お前とどうこうなるつもりはなさそうだが？」

「シノオの意志は関係ない。俺がシノオを選んだ。シノオは俺の傍に置く」

「うちの若い衆とやりあうくらいだ。本気だろうな」

「……？」

なんのことか分からず、シノオが御槌に視線を向けた。

「昨年の晦日に、うちの若いのがお前たちに絡んだだろう」

「あぁ……あの無礼な狐どもか」

「彼らが大神惣領殿へお礼参りを企《たくら》んだらしいのだが、ネイエに返り討ちにされたそうだ。……それを俺に言いつけにきたのがうちの若い衆だが、……彼らに非があるのは明白だ。とんだ不調法をお見せした」

「貴様、それでも信太惣領か。若い連中をもっとしっかり躾《しつ》け……」

そこまで言いかけて、シノオは、群れを追い出された自分の言えた義理ではないと思い直し、……そして、ネイエに叱られるのがこわくて、黙った。

「なるほど、大神惣領殿は、ネイエのこととなると饒舌《じょうぜつ》になるらしい」

ネイエに叱られてしゅんとしたと思ったら、そのネイエのこととなった途端に血気逸《はや》る。きれいな顔や瞳で叱られることを覚悟で、びくびくしながらネイエを睨んだ。

「うるさい。……ネイエ、貴様も勝手なことをするな。俺の不始末は俺が片をつける」

シノオが売り買いしたケンカの始末を、なぜ、ネイエが勝手に処理するのだ。

「君は俺を守ってくれた。俺も君を守る。群れってそういうもんだろ？」

「…………貴様と群れるつもりはない」

「それはもう聞き飽いた。大体にして、君は俺の庇護《ひご》下でしか生きられないんだ。口先ばかりの反抗も可愛いけれど、この状況で駄々を捏《こ》ねるなら、力ずくで従わせるぞ」

ネイエは上から目線でシノオの言葉をぴしゃりと撥《は》ねつける。

「つまりだ、大神惣領殿……このネイエという男は、これまで誰になにを謗《そし》られようとも素知らぬフリをしていたし、どれほど絡まれようと自ら好んで戦うことはしなかったが、貴君を守る為になら戦うということだ」

シノオを守る為になら、信太狐と争うということだ。

それだけ、シノオに本気だということだ。

自分の為ではなく、シノオの為に怒りを見せるということだ。

「大神惣領殿、そのあたりをよく考えるといい」

「断る！」

御槌の言葉に拒否を示し、シノオは部屋を出た。

「シノオ、外の廊下で待ってな」

シノオの背に、ネイエが命じる。

シノオは返事をせずにガラス障子をぴしゃりと閉じたが、磨《す》り硝子《ガラス》の向こうには、そのシノオがきちんと待っている姿があった。

「よく躾けたものだな」

大神の服従を目の当たりにして、御槌がいたく感心する。

「シノオはね、いままでの人生ずっと命令するばっかりで、自分より強い存在に命令されたことがなかったんだ。だから、そういうのに弱いんだよ。力関係をはっきりさせて、誰かに従うことの喜びっていうのかな、自分が決定する立場にならないで済むと楽だってことを学習させると、わりと簡単。いまはその躾《しつけ》の最中」

ひと通りの反抗はするけれども、従うことの喜びも知ってしまったから、強くは抵抗しないし、できない。自分より強い存在に抗《あらが》って、負けて、支配されることの心地良さを知ってしまったから、なし崩しになる。それに慣れてくると、あぁいうのはぐずぐずになる。

「爪も牙も取り上げるつもりか」

「ちょっとくらいは残しておいてあげるよ。そのほうが可愛いから」

「災難だな、あの大神殿も」

敵ながら、同情を禁じ得ない。

ネイエという男は、親友である分にはえらく頼りになる男だが、好いた惚《ほ》れた腫《は》れたの関係の相手にはひどいのだ。

扱いが。

それはそれは、とてもとても……ひどいのだ。

ネイエは、恋だの愛だので遊んできた。何十、何百の、人の間をうろうろとしてきた。だが、どの男も女も泣かせることはなく、上手に渡り歩いてきた。

かつて、御槌は、「あなたは独善的で支配的で、他者の意見を聞かないところがある」と自分の嫁に指摘されたことがあるが、ネイエも、どちらかといえばそうなのだ。

支配的で、独善的で、自分勝手。そして、絶対に自分の決めたことは押し通す。そうして今日まで一人で生きてきた男が、たった一人と決めて、寄り添うていくと決めた。

「……あの大神のなにがそんなによかったのか……」

「さぁ、そんなの俺も分かんないよ。……ただ、まぁ、一生かけて守るなら、あぁいう跳ねっ返りがいいな、って思っただけだよ」

従わせるのも、支配するのも、押し倒すのも、組み敷くのも、甘やかすのも、可愛がるのも、世話を焼くのも、庇護下に置くのも、じゃれるのも、あぁいうのがいい。

好きも嫌いも、恋も愛も、ない。ただ、アレがいい。

アレに、ネイエのことをいっぱい考えて欲しい。あの子に、幸せにして欲しい。

情の深いあの子なら、きっとネイエを大事にしてくれる。

ネイエは、そんなあの子を自分の物にしたい。

「……えらくご執心のようだ」

「それに免じて、シノオのことは見逃してくれ」

「……すずも、えらく大神殿に懐いているようだ」

シノオは、御槌の息子であるすずに良くしてくれたのだろう。

御槌もまた、そういう大神の一面を知ってしまった。

それになによりネイエの本気を見てしまった。

　だが、相手は長年争ってきた大神だ。御槌にとってもっとも大切な褒名を傷つけられたこともある。村に被害が及んだことは数え切れない。殺された同胞も大勢いる。けっしてその存在を許せるものではないし、易々と受け入れられるものでもない。

「大神殿の存在は見なかったことにする。ネイエ、お前が責任を持って、これから先に生じるであろう大神と信太狐の争いにお前の嫁を介入させるな。そして、……二度と信太村に近づくな。それが信太の惣領として、最大限の譲歩だ」

「ありがたい申し出だ」

　ネイエの意に添うてくれた、充分な落としどころだ。

「……俺も歳《とし》をとったものだ」

「嫁さんもらって丸くなったよな」

「ひと昔前なら、この場であの大神に雷を落として息の根を止めているところだ」

「いまはしないでね。……ただでさえ死にそうなんだから」

「大神殿の胎のあれか」

「そう、あれ。……お前はほんとなんでもお見通しだな」

　御槌が、ネイエとシノオを応接間に通してくれたのは、胎に仔がいたからだ。

　裏まで遠回りさせるのではなく、距離の短い表門へ案内し、それをくぐらせて、あくまでも黒屋敷の客分として扱い、身重に必要な配慮を与えてくれた。

ただただ、ネイエのツレというだけで、親友としての礼儀を払ってくれた。

だって、御槌は、シノオのことを「大神」とは言うけれど「狼」と侮蔑《ぶべつ》はしないのだ。大神惣領殿、と敬意を払って呼んでくれるのだ。どれほどいがみ合う仲であっても、互いへの尊敬の念は忘れていないのだ。御槌は、本当に、度量の広い男だ。シノオもそれに気づいていたからこそ、おとなしく、この話し合いの席に着いたに違いない。

「妊婦に座敷で正座はつらいだろう」

「……ありがと」

「いや……だが、あれは仔か呪《しゅ》か、どちらだ？」

「俺にもはっきり分からないんだよ。……でも、すずが、真っ黒の病気って言ったんだ」

「ならば、呪《まじな》いの類だろう」

大人の狐よりも、仔狐のほうが勘が良い。こういうことは、子供特有の第六感が当たる。そして、それが正しく当たっているならば、近い将来、シノオはその胎を食い破られて死ぬだろう。そうして、食い破って生まれてきた呪いは、大神でもなんでもない。魂も、脳も、心臓も、何もない。ただ、シノオを殺す為だけに胎から生まれて、死ぬ。

「見事な大神だな」

あんなものを胎に抱えていては、息をするのもやっとだろう。

「もうすこしシノオの体力が戻ったら、俺が潰《つぶ》すよ」

「早めにそうしてやれ」

あまり大きくなりすぎると、下ろせなくなる。

「……ごめんな、迷惑かけて」

「お前の女の後始末をするのは、これが初めてではない」

「まぁ、そりゃそうか」

「土州《どしゅう》までくだる余力があるなら、そこへ行け。呪いでも、記憶でも、ヒトでも、次元でも、矢鱈滅多羅《やたらめったら》となんでも喰《く》らう雑食の凶神がいる。胎のそれも喰ろうてくれるだろう。必要なら一筆書く」

「……お前は、ほんと……」

「世話を焼くのは、これで最後だ」

「そうだな、うん……これで、今日で、最後だ。……なぁ、最後ついでに、ひとつ頼んでいいか？」

「お前はねだるのが上手だな」

御槌は、ネイエのいつも通りの調子に、口端を持ち上げて微笑《ほほえ》んだ。

「皆によろしく伝えてくれ。……褒名ちゃんにも、すずにも……ほかの仔らにも……チビらの元服した姿が見れないのは心残りだけど……あぁ、そうだ、あと、お前の親父《おやじ》殿とお袋殿と、おたけさんと……」

そこまで言って、ネイエは、あぁ、俺はわりとたくさんの人と関係を持っていて、その関係を断ち切ることが惜しいと思っていて、胸や言葉が詰まるほど悲しいと思っていて、心残りがたくさんあるのだな……と、いまさらながらに思い知った。

けれども、不思議なもので、「この縁を断ち切れないから、やっぱりシノオとの関係は切ります」という考えもないことに気づいて、「なんだ、俺はけっこうかなりシノオのことを本気で好きなんじゃないか……」と、これもまたいまさらながらに自覚した。

いままで、誰かとの関係を深く考えて生きてこなかった罰だと思った。

それでもシノオを手に入れられるのだから、これはきっと他者との関係を深く考えて生きることにしたご褒美なのだと思えて、なんともいえずやっぱり不思議な気持ちだった。

*

シノオは、背後にネイエの圧を感じながら、廊下に立ち尽くしていた。

狐に従わされた。狐に従属した。大神惣領が、狐ごときに降《くだ》ってしまった。

ネイエから距離さえとれば、そんな自分に苛立《いらだ》ちもするし、負けん気を取り戻して反抗的にもなれる。けれども、あの場、あの雰囲気、あの眼に呑まれると、もう無理だ。

部屋の外で待っていろと命じられた。けれども、それに唯々諾々と従う自分が許せなくて、廊下を五歩も六歩も歩いて、そこでやはり、ネイエのあの恐ろしいほどに美しい容貌《ようぼう》で、「君は待てもできないのか」と嘆息されて、失望されることを想像すると、それはどんな折檻《せっかん》よりも恐ろしくて、七歩目を踏み出せず、長い廊下の半ばで立ち尽くす。

シノオが立つのは、裏庭に面した廊下だ。

黒塗りの廊下、黒瓦《くろがわら》の屋根、黒漆喰《くろしっくい》の壁、黒松と黒玉砂利の庭、真っ黒の屋敷だ。

そこに真っ白の雪が降り積もり、真昼の陽光にきらきらと輝いている。

中庭の池には薄氷が張っていて、そこに面した露台に、白い狐がいた。

ヒトの姿をした、白狐だ。

長い白髪、三角の尖《とが》り耳、真っ白の足指の先を露台から垂らし、膝に乗せた猫かなにかを撫でている。白い着物を着ているせいか、死人のように見えた。そのうえ、御槌の瞳に似た黒の羽織を肩にかけているので、まるで鯨幕《くじらまく》そのもの。えらく物騒な様相だ。

あれは、白褒名。御槌の嫁だ。

随分と顔色が悪く、肩のあたりが痩せている。以前、褒名を見た時はヒトの姿で行動していて、黒目黒髪で、耳も尻尾も隠せていたし、もっと健康的だったように思えるが、いまは覇気がない。これなら、弱ったシノオでも縊《くび》り殺すのも容易《たやす》いほど、弱々しい。

その、褒名の膝で、すずが丸まっていた。

黒猫だと思ったのは、すずだ。

「なぁ、すず、池の鯉《こい》って冬の間はどうなってるんだろうな。氷に穴を開けたら、わかさぎみたいに釣れるかな？」

「…………おかあさん、またそんな突拍子もないことを……」

「もうちょっと元気になったら、上のにいちゃんたちもつれて釣りに行こうな？」

「おにいちゃんはいま反抗期だから無理だよ……おとうさんにまかせなよぅ」

「おかあさん強いよ？」

「知ってるよぅ……うちで一番強いのはおかあさんだもん……あ、おしのちゃぁん……」

黒い廊下と同化しそうなほど黒い毛玉が、シノオに気づくなり情けない声を上げる。

すずは、褒名に「こっちへ来てもらって」と耳打ちされると、膝から転がるようにシノオの足もとまで駆け寄り、子供特有の強引さで褒名のもとまで手を引いた。

「こんにちは。……すみません、こんな格好で」

褒名はシノオに会釈すると、羽織の前を手繰り寄せる。

「……お前、仔を産んだところか」

シノオは、褒名の旋毛《つむじ》を見下ろすように立った。

「はい。……ひと月ほど前に四つ子を生みました」

「必死だな」

絶えず、栄えさせる為に、狐も随分な頑張りようだ。

「愛しいオスに求められて、愛しいオスの子孫《こまご》を産み増やすことは俺の喜びなので」

死に物狂いで増やしています。絶えて、滅びてしまわないように。

「…………」

シノオには、喜びなどなかった。

子孫《しそん》を絶やさぬことは使命であり、責任であって、番う相手は種さえ強ければよく、愛しさなどで相手を慕ったことはなかった。ましてや、求めることや求められることへの喜びなどは想像するという考えさえ持ったことがなくて、気づいたら、胎に、……いた。

「あなたのところはどうか知りませんが、俺は、俺のオスが喜んでくれて、子供や家族に囲まれて、それで笑ってくれて、俺や子供たちを愛してくれることが幸せなんです」

「幸せボケで死ね」

「あぁ、皮肉や説教は通じるんですね」

褒名は、からからと笑った。

この狐、見た目は穏やかで非抗戦的だが、なかなかに喧嘩《けんか》っ早いようだ。

メスとしての役割を御槌に求められ、それに応じてはいても、心根はオスなのだ。

この狐は、己の縄張りを、城を、領地を、家族を、愛する者を守るオスだ。

産後の肥立ちも悪い白狐が、この寒さをこらえてでも、シノオにひとつ釘《くぎ》を刺す為だけに、ここで待ち構えていた。

御槌とは異なる思考で、御槌とは異なるやり方で、大神惣領のシノオを牽制《けんせい》した。……この褒名の愛しい夫と子が棲《す》み暮らす黒屋敷と信太村を土足で踏み荒らすならば、……この褒名の幸せを壊すならば、お前を殺すぞ、と。

御槌やネイエのように見た目で威圧してこない分、こちらのほうが底知れぬ。勝ち気な狐眼は伏せがちで、争うつもりなど毛頭なさそうだが、シノオを潰す心積もりがある。

それを理解すると、二人の間の空気がぴんと張りつめ、冬の凍《い》てついた寒さよりももっと冷たいものが漂った。

じりじりと沈黙が続く。……一触即発とは、このことかもしれない。

「……すず」

シノオが嘆息した。

ただならぬ雰囲気を醸し出す静寂のなかで、しくしく、めそめそ、きゅうきゅう……すずが、幽霊のようにうらめしげに泣いていた。褒名の膝で団子になって、シノオに尻を向けて、でも、尻尾はシノオの足首に巻きつけて放さないまま、めそめそ、べそべそ。

「おっ、ぉぉ……ぉ、ぇえう、ぇっ、ぅ」

泣きながらえずいている。

これでは、一触即発しようにも膝から力が抜けてしまう。

「おぉぉ、ぉぁ……ぇえっぉえ……ぇ……ええ～……」

「分からん」

「おおかみの絵、ごめんなさい……って言ってるんですよ」

　褒名が苦笑気味に教えた。

「……あぁ」

　燃やさなかったのだ。

　シノオとの約束を破ってしまって申し訳ないと、顔も合わせられないのだ。

「……合わせる顔がないからと言って、尻を見せられてもな」

　背中からお尻までまるっと丸い団子がしくしくめそめそ。ちいさなおてて顔を覆って、「ごめんなさい、ごめんなさい」と、おいおい泣いている。

　褒名は親の表情で、「ほら、シノオさんにお尻見せてないで……お顔を見せてごめんなさいって言うんだろ？」と、すずに謝る機会を取り持ってやる。

「狐からの謝罪は受け取らん。……貴様は、大神に自分の子の頭を下げさせるつもりか」

「そりゃ勿論《もちろん》。謝るべき時はごめんなさいと言わせますし、頭を下げる時は一緒になって下げます。そして、許すかどうか、謝罪を受け入れるかどうかは相手の一存に委《ゆだ》ねます」

「今回に限っては不要だ。子供に隠し事をさせた大人が悪い」

「ありがとうございます」

「大神に礼まで言うのか。変わった狐だな」

「ひとつ言っていいですか？」

「なんだ？」

「シノオさんて、大神だとか狐だとか、こだわりますよね」

「…………」

なんとも、返事に詰まった。

返事に詰まっていると、続けざまに「プライドが高い人って、ほんとそれに対する依存度も高いですよね。それだけを頼りに生きてきたからですかね？　立場とか身分とか生き様とかにすごいこだわるし、なんでもかんでも生きるか死ぬかで考えて極端だし、中庸ってのがないんですかね？　だから馬鹿みたいに何百年も争うしかないんですよ。口があるんだから喋ればいいのに……あぁ、こんなこと言ったら、話し合いでどうにもならないから戦争してんだ、って言い返されそうですけど、俺からしてみたら、もっと脳味噌《のうみそ》使って生きろよ、って感じです。そりゃ、俺だって狐を産み増やすことは大事だと思ってますけど、まぁ、極論を言うと、御槌さんに孕ませてもらうのが嬉しいから生んでるってだけの話で、将来のことは将来の奴らに考えさせりゃいいんですよ。大体にして、シノオさんもシノオさんです。あなたも言葉が足りない。惣領って役職に就く人は、喋ったら威厳がなくなるとでも思ってるんですかね？　喋ったくらいでなくなる威厳なら、最初から威厳も人格も人望もへったくれもあったもんじゃないですよ」と一気にまくし立てられた。

シノオが呆然《ぼうぜん》としていると、すずが「時々、おとうさんもいっぱい言われて呆然としてる」と小声で言った。

褒名はまだ言い足りないのか、褒名の言ったことの半分もシノオが理解していないと思ったのか、「なんでアンタたちは鎬《しのぎ》を削りあうことばかり考えるんですか。なんで、……いまこの場では争わないが、永遠に交わることもない、それが落としどころだ……みたいにかっこつけるんですか」と付け足した。

「いまさら歩み寄れないと思っているかもしれないですけど、今日、最初の一歩を踏み出すことはできるでしょ？」

「……すず」

「なぁに、おしのちゃん」

「お前の母親は……なんというか、革新的だな」

「すずのおかあさん、村で一番の現代っ子なの」

都会で生まれ育ったから、村の悪しき慣習とか、悪しき伝統とか、悪しき弊害とか、そういうの、まったく気にしないの。

すずのおかあさん、かっこいいの。

「シノオさん、俺の話ちゃんと聞いてます？」

「あ、いや……」

「じゃあ、聞いてください。俺たち信太狐は、過去のことを忘れはしないし、大神一族と信太一族が揉めた事実もなかったことにはできません。もちろん、俺も、あなた方にされたことを忘れたことはないし、あなたもそうでしょう」

「あぁ」

「けれども、今回のことで、俺たちはネイエさんに裏切られたとも考えません。強いて言うなら、なぜネイエさんはあなたを選んだんだろう……と不思議に思うだけです」

「それで？　その不思議を解明する為にも、これからすこしずつ仲良くやっていきましょう？　と、そういうことを言いたいのか？」

「その通りです」

「まず、貴様ら黒屋敷どもはひとつ勘違いをしている。貴様らは、俺とネイエを娶《めあわ》せようとしているが、俺にそのつもりはない」

あの狐と、添うつもりはない。

「その胎はどうするつもりです。……ねぇ、シノオさん、胎に仔を抱える者同士だからこそ分かることもあります。もし、行き場がないなら……」

「白狐、大神を見くびるなよ。このままここに俺が居座れば、明日の朝には貴様のガキどもが血まみれの毛玉になっているだろう」

「……あなたは、ほんと……なんで、そんな……」

「貴様らにも守るものがあるように、俺にも守るものはある」

新しい大神惣領。

まかみの原に残してきた群れ。

ネイエ。

「ネイエはこれからも信太に出入りさせてやれ。あの男は、二度とこのシノオとは関《かか》わりを持たぬ狐だ」

「あなたは？　戻る群れもないのにどうするんです」

「死ぬまで一人で生きるくらいなら、どうとでもなる」

そうして、一人で生きて、一人で死ぬまで大神の味方をする。

新しい大神惣領が、己と同じ目に遭わぬように、同じ道を辿《たど》らぬように。

それが、大神惣領として生まれたシノオの責任だ。

ネイエとは、一生、道を交えず、重ねぬことが、シノオの責任だ。

「……おしのちゃん、おかあさん……ケンカしないでぇ……」

すずは険悪な二人の仲を取り持とうと「なかよしさんになって」と一所懸命、仲裁する。

二人を交互に見やるすずから、りんと鈴の音がして、首から下げた赤いお守りが覗く。

シノオは、すずの首にあるそれを炎で燃やした。

「ぎゃぅ！」

びっくりしたすずは狐の姿になって尻餅《しりもち》をつく。

褒名が咄嗟にすずを背後へ庇い、応戦の構えを見せる。

その間に、シノオは背を向けた。

「大神！　こんな時だけ中途半端にするな！」

シノオの背に、褒名が声を張った。

すずが火傷《やけど》をしないような燃やし方をするな。大神と狐は間交《あいまじ》わらぬと宣《のたま》うなら、すずごと燃やせ。それさえできぬ中途半端な優しさを持ち合わせておいて、逃げるな。

自分に嘘《うそ》をつくな。

なぜ、あなたは自分の幸せの為に生きないんだ。

ネイエの為に身を引くほど、情愛深いのに……。

＊

ネイエに庇われたこと、身重で戦闘能力もない手負いだと御槌に見逃されたこと、まるで自分が弱い者みたいに扱われたこと、ネイエの嫁として扱われたこと、勝手に「シノオを娶《めと》る」と決めたネイエのこと……ありとあらゆることに、シノオは憤っていた。

そして、そんなふうにネイエに守られたあの一瞬、ぱたぱたと尻尾が出そうになった自分にも苛立っていたし、ネイエに服従した自分がひどくうらめしくもあった。

シノオは、ネイエと知り合って、自分という生き物が怒りや苛立ちでしか感情を表現できないのだと思い知らされた。なにかを決断する時は、いつも、怒りや憎しみが原動力で、シノオはそれしか知らない生き物で、情や愛で生きたことがないと責められている気がして、情や愛を見せつけられている気がして、悔しかった。

だって、そんなものでは生きていけなかったし、そんなもので生きているあの信太の夫婦やネイエがひどく恐ろしくて、気味が悪くて、胡散臭《うさんくさ》くて、こわかったのだ。

シノオは、ネイエを黒屋敷に置いて信太村を出た。

かといって、隠れ家に戻るつもりもなく、信太山の奥深くまで一気に走った。

最後に見たすずの泣き顔が脳裏から離れない。部屋を出る間際に見た、ネイエのきれいな顔がいつまでも頭のど真ん中に居座り、幅を利かせる。

いまさら、そんなことで心が痛む己の弱さを嗤《わら》った。

そんなことで自分は傷つくことができるのだと、人間臭い自分を嗤った。

シノオは、およそ愛情とは縁遠い場所で生まれ育ち、生きてきた。

母親だった大神は、シノオを産んだその時に死んで、仲間内で喰われた。父親は、飢えのあまり、生まれたばかりのシノオを生きたまま喰おうとして、逆にシノオに喰い殺された。だからシノオは、必然的に、生まれたその瞬間に父親から大神惣領の座を引き継いだ。

シノオが、一番強かった。

胎に子袋のある大神はシノオ一匹で、けれども、メス扱いされることはいやで、「このシノオよりも強ければ番ってやる」と、力で統率を保った。

力で圧倒しているうちは、表向き、群れの大神たちはシノオに従った。時々はシノオの命令に背いて信太に戦をふっかけ、その後始末にも追われたが、制裁を加えればおとなしくなった。それに、彼らと仲の良い時期もあったと思う。ただ、常に恐怖はつきまとっていた。いつ惣領の座を追い落とされるか、いつ喰い殺されるか、内心では怯《おび》えていた。それも結局、信太狐との争いに破れたシノオが大怪我《おおけが》を負うと、あっという間に下克上だ。

岩牢《いわろう》に囲われて、女扱い。

それだけなら、耐えられた。いずれ自分は、子孫を遺す為に、複数を相手に番う必要があって、できる限り多くを産む必要があったから、群れでそういう扱いを受ける日がくるだろうことは、心のどこかで覚悟していた。

ただ、その扱いがまともでなかったのは事実だ。股関節《こかんせつ》を外され、足を潰され、血の滲んで肉のめくれあがった穴を種壺《たねつぼ》にされる日々は、楽しいものではない。

苛立ちや怒り、飢えと焦り。そんなものしか知らなかった人生に汚辱まで追加された。

そのせいか、余計に、ネイエに与えられたすべてがなまぬるくて、気味が悪くて、胡散臭くて、幸せとはなんて居心地の悪いものなのだと、また、怒った。怒ることで、恐れを追い払おうとして、抗って、拒んで、怖がっていることをひた隠しにした。

あれは、腹が破れるほど大神に犯されるのとはまた違う恐怖だ。

その恐怖に勝つ為にシノオは怒ったし、苛立ったし、それによって己を奮い立たせた。

その恐怖に慣れるほどの長い時間をネイエと過ごすつもりはなかったし、その恐怖が、実は幸せというものなのだと理解するつもりもなかったし、それに溺《おぼ》れるほど甘ったるい人生を謳歌《おうか》するなどという弱さは反吐《へど》が出た。

これは、ネイエと一緒にいることを選べばいいという話ではない。

シノオは、自分の始末を他人につけてもらうほど落ちぶれてはいない。

そうでも思わないと、瞬く間に、あの金銀狐に囚《とら》われて、支配されて、自分が自分でなくなってしまう。

ひどくなまぬるく、あまったるい世界で、骨抜きにされてしまう。

「はっ……っ、……っ、げ、ぇ……」

急に前足が出なくなり、その場に吐いた。目の前の木の幹に手をつき、そこへ寄りかかるなり、また、吐く。胃液でもなんでもない、赤黒い血の塊が土塊《つちくれ》に落ちた。

ネイエから最後に力をもらったのが半日ほど前。ほんのすこし走っただけで、もうこれだ。いかに自分がネイエの力に支えられ、ネイエの哀れみで生き永らえていたのかがよく分かる。

「……っ、は……」

まだ、まかみの原の入り口にも来ていない……。

シノオはかすれる視界で前方を見やり、絶望する。もう走ることはおろか、歩くこともままならず、両足を引きずった。ただ息苦しいだけではこんなふうにならないほど苦しくて、心臓が肋骨《あばらぼね》の内側で弾《はじ》けて潰れそうだった。

つらくて、死にそうだった。

どんな時でも死は覚悟していたし、大神が十八匹まで減った時点で滅びることも受け入れていたが、いまになって、初めて、自分の生き様に未練があることを知った。

「……ぁ、け……しの……」

一度は逃げた。けれど、どうせ死ぬのだ。……ネイエとは、添えぬのだ。

ならば、その前に、せめてあの子の傍に戻ってやらなくてはいけない。

せめて、それくらいはしてやらないと……今度はアレが一人になってしまう。

……あぁ、俺はなんで逃げたんだろう？

そうだ、あの子との間に仔を作りたくないからだ。血が濃くなりすぎると滅びが早まるからだ。あの子がシノオを独り占めしようとするから、それで、逃げたのだ。

群れのうちで輪姦《まわ》されるだけなら、シノオはいくらでも耐えられた。

でも、アレはだめだ。アレと番うのだけはだめだ。あの子も、シノオのその考えを察したのだろう。だから、シノオを孕ませた。シノオがあの子から逃げられないように……。

「……見つけた」

茂みで物音がした。シノオが反応するより先に、狼がシノオに飛びかかる。

四つ脚がすらりと長く、艶やかな毛並みの若々しい狼だ。

シノオにのしかかった血色の大神は、ぐるる……と喉を鳴らす。

「……早いな、アケシノ」

シノオは、狼の鼻先を見据えて、その首筋の毛皮を撫でた。

「あれだけ何度も血を吐けば、すぐに見つけられる」

シノオに辿り着くまでに、赤黒い血の塊を三ヶ所も見つけた。

今日まで、どこをどれだけ探してもまったく見つけられなかったのに、急にシノオのにおいが濃くなった。あれでは、「見つけてくれ」と、言っているようなものだ。

「いままでどこにいた」

「極楽浄土」

ネイエに囲われて、隠されて、ひどくなまぬるくて居心地の良い場所で、お前といた時とはまた違う種類の恐怖に浸っていたよ。

「迎えにきた、シノオ」

新しい大神惣領はそれを嗤い飛ばし、シノオの喉仏に喰らいついた。

＊

信太村は、盾と矛の力と呼ばれるもので守られている。盾は結界であり、防御の力。矛は結界を守り戦う、攻撃の力。それは代々、信太の惣領夫婦が司るものとされている。

シノオから大神惣領の座を奪ったアケシノが、信太山の奥に現れた。

ということは、信太の領地に張られている結界が弱まっているということだ。

いま、信太の領地に結界を張るのは褒名の仕事だ。つまりは、盾の力が弱まっている。

褒名は、床上げして間もない時期だ。その上、半分がヒトらしいから、純粋な神狐である御槌の仔を生むには負担が多い。そして、胎の仔に力を注いだ分だけ、生命力を持っていかれて、信太村を守る結界の力が弱る。

そういう時は、ネイエがシノオにしたように、御槌が褒名に力を与えて、命を補い、盾の力を補助する。だが、アケシノやネイエのように力の強い者であれば、御槌の目を掻いくぐる者がいてもおかしくない。

褒名は恵まれている。まともな夫がいて、子供たちに恵まれて、孕めば諸手《もろて》を挙げて喜ばれて、産めばこれでもかと持て囃《はや》されて、家族は安泰、家庭は円満。たとえ敵の侵入を許したとしても、責められることはない。

シノオはそれを羨《うらや》ましがるつもりはない。だが、「羨ましいと思っていない」と思い込もうとする自分もいる。自分を不幸のどん底だと思ったことは一度もなかったが、いま現在、幸せに暮らす者たちを見て、ひどく惨めな気持ちになったのは確かだ。

信太山を越えて、まかみの原を走った先にある大きな岩山。ここは、ヒトの入ってこれる場所ではなかったのに、数十年も前にヒトの手が入って、岩山の大半は削り取られ、餌場《えさば》もなくなり、ものの一時間も走れば国道が通る場所になった。

「…………」

また減ったな……と思った。

ほんのひと月足らず群れを離れていた間に、群れは四匹も減っていた。

「二匹は正月に死んだ。一匹は獣を深追いして、怪我をして、雪に埋もれてそのままだ。それを見つけたもう一匹は、兄弟を見捨てておけずに凍死した」

岩山の奥にシノオを放り投げ、アケシノが言った。

「クノとクシの二匹か」

「そうだ。シノノハとシノノイは竹藪《たけやぶ》あたりで金眼に銀毛の狐に殺された」

「…………」

ネイエだ。竹藪を抜けたその先に隠れ家があるから、においを辿ってきたシノノハとシノノイを殺したのだろう。

「十八匹もいたのに、もう、十四匹だ」

「……アケシノ、……っん、っぅ、……っ」

ヒトの形をとったアケシノが、シノオの唇を奪う。がぶりと噛みつかれ、唇に牙を立てられ、血が滲むそこを舐められ、頬ずりをされて、また、噛みつかれる。

「……臭い」

アケシノはそう言うなり、自分の腕の肉を噛みちぎった。

どぼりと溢《あふ》れる血液を指先にまで滴らせ、その血で、シノオの頬を汚す。

汚して、濡《ぬ》らして、血を塗りこみ、シノオの唇を赤く引き彩り、顎先から首筋、鎖骨へとくだり、アケシノが食らいついた歯形の残る項《うなじ》へと手の平を回して、べったりと血をなすりつけると、その指で耳朶《じだ》をくすぐり、耳の奥まで血で染めて、また頬へ戻る。

アケシノの血は、シノオの赤毛と同じ色をしている。

「シノオ、お前、狐臭い」

「……あっ、ぐ」

噛みしめた歯列を割られ、舌の根を指で押さえられ、喉奥まで血を流しこまれる。

「胎のなかも、くさい」

「っぁ、ぇし……の……、っ」

アケシノに言葉をかけたくて、こくんと血を飲み干す。

同じ大神の血なのに、ひどく不味《まず》く感じた。

「俺の種は元気にしているか？　大きく育っているか？　胎のなかでよそのオスの種が混じっているようだが……シノオ、お前、誰に股《また》を開いた？」

「……っ、……やめろ、しの……アケシノっ」

「非力になったものだな」

アケシノが嗤う。

シノオに、逆らう力がないことを分かっているのだ。

「お前の胎からは、シノノハとシノノイを殺した金銀狐のにおいがする。……あいつらの毛皮に残っていたのと同じにおいか……いや、あれよりも、もっと、濃いな」

嫌いなにおい。大嫌いなにおいだ。

「……アケ、アケシノ……腹を、噛むな……っ、いい子だから、っ、な……？」

「金銀狐を殺して、胎の子の栄養にしてやる」

「やめろ。そんなことをしなくても俺はお前の傍にいてやる」

「それで、その胎の子に喰い殺されて、先に楽になって逃げるつもりか？」

「…………」

「逃がさない。絶対に。俺の傍に置く。一生、ずっと、だ。俺だけに囲われて、俺だけに侍《はべ》って、俺だけに傅《かしず》け。群れは俺が守るから、シノオはただずっと俺の傍にいればいい」

その為に、一生、俺から離れられないようにする。

その為に、孕ませたのだ。産めば死ぬが、産まなければ永遠に胎が重いまま生きることのできる、このアケシノの種で。俺の傍にいれば、生きていられるように……。

呪《まじな》いをかけた。

「あの金銀狐ごときにシノオはもったいない」

「ネイエには手を出すな。信太村にもだ。俺たちは十四匹しか残っていないんだぞ」

アケシノは、ネイエを殺すつもりだ。

結界の弱まった信太村に攻め入るつもりだ。

「シノオは俺の考えをなんでもすぐに分かってくれるから好きだ」

シノオは賢い。そして、アケシノには、賢いシノオから学んだことがたくさんある。

シノオ以外の大神どもは、雑魚《ざこ》の狐にちょっかいをかけて、田畑を荒らす程度のことしかできなかったが、シノオだけは最初から大将首を狙《ねら》っていた。賢いシノオだけが、大将首さえ手に入れてしまえばその戦が勝利になると知っていた。

「さぁ、黒屋敷を血色に塗り替えてやろう。オス臭いにおいをまとわりつかせて平然としているシノオのそのにおいの元凶を取り除こう」

「……アケシノ」

「なんだ?」

きゅうと甘え声で鳴いて、シノオの腹に頬ずりする。

「おいで」

シノオはアケシノの頭を抱き寄せた。耳の後ろをくすぐってやり、耳の先をはぐっと噛んでは舐めて、あぐあぐ。毛繕いしてやる。そうするとアケシノは目を細め、シノオの膝の上で前脚をそろえて、お行儀よく毛並みを整えてもらっている。

「……アケシノ、……俺も、一度くらいはお前への責任を果たそうと思う」

シノオは血の滲む唇を指先で拭うと、己の腕に、火盗除、と書いた。

「しの、お？」

「すまんな。誰かが他人のものを盗めば、この泥棒除《よ》けが働くんだ」

「……たにんの、もの……」

「あぁ」

悲しいことに、俺はもう他人の物なんだ。

そして、他人の物を盗む泥棒を追い払う時は、大神の血で火盗除と書けばいい。

次の瞬間、アケシノの全身を炎が包んだ。

熱くはないし、火傷もしないが、アケシノをほんの一瞬だけ怯《ひる》ませるには充分だ。

アケシノが身を引いた一瞬に、シノオは四つ脚の狼に変わると、アケシノの頭を踏みつけ、その大きな図体を飛び越え、岩牢を出た。

「逃がすな！」

背後で、アケシノの咆哮《ほうこう》が轟《とどろ》く。

シノオは、切り立った岩山を飛び跳ね、一気に駆け下りた。

ものの数秒もしないうちに、追手がかかる。

この群れは、小さな群れだ。ずっと一緒に長く暮らしていた群れだ。

シノオは十四匹それぞれの特性を理解している。

シノオは、足場の悪い岩から松の木に飛び移り、着地したその脚で次の岩場へ飛ぶ。

年若く気の短い狼たちは、細い松の枝が雪と彼らの自重で折れることまでは想像できない。迂回《うかい》してシノオを追いかけてきた年嵩《としかさ》の狼は二手に分かれ、左右からシノオを挟みこもうとするが、左翼はシノオよりも脚が遅く、右翼はシノオに匹敵するが、身が重い。

両翼の追尾を撒くと、シノオは、前脚の一本を着くのがやっとの崖《がけ》を駆け下り、体勢を崩した追撃手を一匹ずつ仕留めながら、走る。

「腐っても、大神惣領か……」

群れでも序列の高い大神が、シノオの足もとで気を失う。

残りは、「これが実力の差か、これが、我々の下で股を開いて種汁まみれになっていたあのメスの本性か……」と圧倒的な実力の差を見せつけられ、後退《あとず》さる。

シノオは、彼らを殺さず、気を失わせるか、すぐに戦線復帰できない程度に加減をした。

「このシノオ一匹仕留められんでは、金銀狐、黒御槌の足もとなどには到底及ばんぞ」

シノオはかつての仲間にそう言い捨て、走った。

走って、走って、まかみの原を突っ切って、信太山近くまで戻ると、吠《ほ》えた。

ひどく冷たい胎に力をこめて、めいっぱい吠えた。

信太村にも届くくらい吠えて、大神が近づいていることを報《しら》せた。

自分でも、なぜ、そんなことをしたのかは分からない。

かつて、必死になって守った仲間に手傷を負わせてまで狐を守ろうなんてこと、思ってもみなかった。

けれども、ここでこうしてシノオが時間を稼げば、戦う術《すべ》を持たない狐は逃げられるし、アケシノが信太村へ攻め入るまでの間に、御槌が迎え撃つ準備くらいはできるだろう。

できることなら、両者を戦わせないことが最善だ。

シノオは、口端から血泡を吹きながらも、信太山を駆けた。

狐がいたら追い払わなくてはならない。狼になったシノオの姿を見たなら一目散に逃げ出すだろうから、それで構わない。

そして、すずがここへ来ていないことを祈った。

すずは一人で行動することが多いし、大神の水飲み場まで行くこともあると言っていた。

それに、すずのことだ。もしかしたらシノオを追いかけてくるかもしれない。

すずは、そういうところがあるのだ。

弱っている者や、傍に誰かがついていたほうがいい者を見極めて、寄り添えるのだ。

いい子なのだ。

シノオでは、到底、あぁいうふうには育てられない。

「……っは」

木立に頬を切り裂かれても、口端だけは笑っていた。

ネイエのことは考えなかった。ネイエなら、自分のことは自分でなんとかできる。

アレは、本来なら群れのてっぺんに座れるオスだ。アレの心配はいらない。

アレは、シノオごときに面倒を見られて、守られるような易い男ではない。

「……すず！」

りん、と鈴の音が聞こえた気がした。血で馬鹿になった鼻はあまり働かない。シノオは立ち止まり、大神の眼と耳で音のありかを探る。

「おしのちゃぁあん……っ！」

案の定、シノオを追いかけてきたすずが草叢《くさむら》から顔を出した。

「このっ……馬鹿が！」

「おぉ、ぉぉお、おしのちゃ……きず、だらけ……」

血まみれのシノオに、すずがおろおろしながらぺちょぺちょ傷口を舐める。

岩山を駆け下りた時に抉《えぐ》れた太腿、毛皮の奥にまで届く噛み傷、崩れた岩が当たって割れた額、揉み合って剝《は》がれた爪、爪で裂かれた脇腹《わきばら》からは真っ赤な肉。

褪せた血色の毛皮は黒く染まり、泥土や埃《ほこり》、砂に汚れた尻尾は茶色く固まっていた。

長年、シノオが住み暮らした馴染《なじ》みの岩山といえども、大神同士であんな大立ち回りをして無傷でいられるはずもない。

「すず、丸まれ！」

シノオは丸まった仔狐の襟首を嚙むと、親猫が子猫を運ぶように口に咥え、また走った。

「ねね、ちゃっ……、ねー、ゃんっ、くるっ、さがしてっ……おと、さ……、も！」

跳ぶように走るシノオの跳躍のたび、すずは語尾を跳ねさせて叫ぶ。

「黙ってろ！」

「うしろ！　しの、ちゃっ！　うしろ！」

二人の背後に、アケシノが迫っていた
「すず！　走って親父殿に報せろ！　強襲だ！」

眼前に滝壺を見下ろす川べりまで辿り着くと、シノオは、すずを放り投げた。

すずは「ひゃあぁ」と情けない悲鳴を上げながらも、川向こうにくるりと着地する。

「おしのちゃん！」

「……っ！」

すずの叫びと同時にアケシノが飛びかかってきた。肩口に噛みつかれたシノオは身を捩《よじ》って距離をとり、揉み合って、砂利の多い河川敷を転がる。

ぎゃうぎゃうと威嚇《いかく》して怒鳴り合う声も、滝壺へ落ちる水音に掻き消される。水飛沫《みずしぶき》がもうもうと立ちこめ、霧となり、毛皮もぐっしょりと濡れて、シノオの傷口からはじわじわと血が流れ続けた。

「すず！　行け！」

行かなきゃ、俺がそっちへ行ってお前を焼いて殺して喰うぞ！

その場から動こうとしないすずのいる対岸を、シノオは血色の炎で火の海にした。真っ黒の尻尾が消し炭になるすんでのところまで襲って、襲って、襲って、すずが全速力で走り出して、ずっとずっと先まで走って姿が見えなくなるまで、その背を炎で追い立てた。

すずは仔狐だが、足の太くてしっかりした仔だから、早く走るだろう。

「……シノオは、いつからそんなに狐に肩入れするようになった？」

「アレには行火《あんか》の恩がある」

「……？」

「こちらの話だ」

アケシノの腹を蹴《け》り上げ、凍てつく川へ投げ入れた。

川面《かわも》へ顔を出すアケシノを追って飛びこみ、潮流に流されるまま川底に体を打ちつけ、岩場に頭をぶつけながら、揉み合う。流れの速い渦に巻きこまれ、水嵩の増した深い場所でがぶがぶと溺れそうになりながら、四つ脚でもがく。もがいて、喘《あえ》いで、シノオにのしかかるアケシノの重さを感じたまま、二匹は同時に滝壺へ落ちた。

先に水面に顔を出したのはシノオだ。アケシノはまだ川で泳いだことがない。泳ぐ練習も、凍りついた湖面での対処法も、凍った滝の底から這《は》い上がる方法も知らない。

シノオはヒトの姿になると、自分の体重の三倍はあるアケシノの首根っこを掴んで、川岸まで引きずり上げた。

「……っは、っ、はっ……」

かじかんだ両手でアケシノの口吻《こうふん》に手を突っこみ、顎を開いて水を吐かせる。

降り積もった雪の上に座りこみ、アケシノを膝に抱き上げた。

「……あ、けしの……っ、しっかりしろっ、アケシノ！」

「っ……ぐ、っ」

「……ぶじ、か……」

怪我はないか、痛むところはないか。

確かめるように抱きしめて、暖を与えてやる。

「お前、俺の下敷きになったたな……？」

滝壺へ落ちる時、俺を抱えて、落下の衝撃をすべてその薄い背に引き受けたな？

湖面に背中をしたたか打ちつけて、滝底で背を刻まれて、岩肌に頭をぶつけて、お前よりも立派な体格をした俺を庇ったな？

「ふざけるな！」

アケシノはがばりと起き上がると、その場で水気を振るった。

「あぁ、元気そうだな」

なんともないなら、それでいい。大声で怒鳴るアケシノに安心して、シノオは肩で息をついた。途端に、全身から力が抜けた。もう立つだけの余力もなく、怒鳴り散らすアケシノの声もどこか遠くに聞こえる。

「こんな時まで、大神惣領ヅラか！」

「そう生まれついたんだ」

これればかりは、どうしようもない。俺は生まれついての大神惣領だから、……俺はお前のことも大事だから、守って、生かしてやりたいんだ。

「なら、そこで信太狐が滅ぶのを見ていろ。終わったら迎えにきてやる」

「行くな、アケシノ。……お前じゃ敵わない……っ、ぐ」

力押しで、アケシノに弾き飛ばされる。

背後の岩に頭を打ちつける寸前で、シノオは、懐かしい巣穴の感触を背中に感じた。

シノオの頭に、程好い弾力と、ふかふかとしたお日様のにおい。

「君、俺のことを狐なのに着たきり雀だとか狸寝入《たぬき》りだとか散々っぱら言ってくれたくせに、君だって大神のくせに濡れ鼠《ねずみ》じゃないか」

「……ネイエ」

「遅くなってごめん」

すずが教えてくれたんだ。

ネイエはそう言うなり、こぉん、と高く鳴いた。

途端、雨雲が重く空にかかり、曇天の奥で遠雷が轟き、信太の森に黒い雷が落ちる。

あれは、御槌の雷だ。シノオもこの身にアレを受けたことがあるから分かる。

「あいっかわらず……派手なんだよなぁ」

ネイエは苦笑して、「御槌はすずを背中に乗っけて、信太村へ近づく大神たちのお掃除してるよ」とシノオの頬を撫でた。

安心していい。君が心を鬼にして、必死になって逃がして守ったすずは無事だ。

「……っと」

肩から力の抜けるシノオを、その腕に抱き留める。

シノオはネイエの腕のなかで崩れ落ちそうになるのを必死にこらえていた。真っ白の雪にへたりこんだその足もとは、白雪をどす黒く染め、血液の温かさで雪も融け、もう、どこからどれだけ血を流しているのか、ネイエにもシノオにも判別がつかない。

「金銀狐、それは俺のものだ。返せ」

アケシノは、ざっ、ざっ、と後ろ脚で雪を掻き、飛びかかる足場を作る。

「シノオは俺の嫁だ。返さない」

ネイエが答えるなり、アケシノが飛びかかった。

狼のアケシノが上半身を起こすと、ネイエとシノオを覆い隠すほどの巨軀《きょく》になる。

対して、ネイエは耳と尻尾こそ出しているがヒトの形のままで、どこか余裕を残した様子だ。シノオを横抱きにして守りつつ、アケシノの攻撃から悠々と身を躱《かわ》す。

「ちょっとここにいて」

岩陰にシノオを隠し、ネイエは、シノオからアケシノを引き離した。

シノオは、かすむ視野で二匹を探すが、動きが速くて追いつけない。

ばちゃん！　と激しく水飛沫が跳ねて、滝壺のほうへ顔を巡らせる。ネイエがアケシノを滝壺の深くへ沈めていた。泡ぶくが小さくなるまで水責めにすると、わざと浮き上がらせて陸へ逃がし、その首根っこを摑んで木の幹に強く投げつける。

経験値の差で、圧倒的にネイエのほうが有利だ。それどころか、ネイエは手心を加えている。アケシノのほうは必死になってネイエに喰らいついているが、これはもう年の功というやつだろう。手も足も出ていない。

アケシノはまだ生まれて間もない、年若い大神だ。対して、ネイエは千歳を超える狐。

化かし合いじゃ、アケシノは負ける。力任せの勝負でも、大人の狐に子供の狼は敵わない。見た目がどれほど立派な狼であっても、これは、普通の獣の戦ではないのだ。神格や神位に左右される部分が多いのだ。

この勝負は、ネイエに軍配が上がるだろう。

シノオは、守られることが惨めだった。なのに、実際に守られる側の立場になってみて、初めて、こういう幸せもあるのだと知った。自分が戦って、守る側ではなくて、一方的に全力で守られる側になるという幸せ。絶対に負けないオスが傍にいて、自分は何もかもすべてをネイエに委ねて、見守っているだけでいいという幸せ。

自分が戦えなくても、ネイエが戦って、一緒になって傷ついてくれて、助けてくれて、守ってくれて、絶対的に強い存在に守ってもらえるという絶対的な安心感。

子供の時に、こういう絶対的に強いオスと出会いたかった。親のいない巣穴で、独りぼつんと留守番している時に、傍にこういうオスが一匹いてくれたなら、すごく安心できただろう。守られていると思えただろう。心が、救われただろう……。

なのに、悲しいかな、それでもシノオはシノオなのだ。

アケシノが傷つくのを、見ていられないのだ。

「……アケシノ！」

ネイエの手がアケシノを縊り殺そうとしたその瞬間、シノオは二人の間に割って入った。

「しのちゃん……？」

「…………すまん、ネイエ……」

アケシノの頭を胸のうちに庇い、きつく抱きしめる。

ネイエの目を直視できず、斜め下を見て、「ゆるしてくれ……」と唇を噛みしめる。

「……しのちゃん、……っ、なんで……？」

「この子を殺さないでくれ」

俺の大事なアケシノを、殺さないでくれ。

「ほら見ろ、狐……、シノオはこのアケシノを選んだ」

アケシノは得意げに鼻を鳴らすと、ヒトの姿になってシノオの腰を抱く。

「お前には訊《き》いてない」

ネイエは、アケシノの傷ついた体を踏みつけた。

「……ネイエっ……！」

「君が、俺じゃなくてそいつを選ぶ理由は？」

そいつは、好いた子に呪いをかけて、一生ずっと孕ませるようなオスだぞ。

「分かってる……でも、……それでも、この子には、俺がいてやらないと……」

「だから、俺を選ばない？」

「……そうだ」

「一度くらい俺の目を見て言えよ。命乞《いのちご》いするにしてもやり方ってもんがあるだろ？」

「無理だ……ネイエ……っ、頼むから、っ……大神を、この子を……、殺すなっ」

「狐！　シノオをいじめるな……狐の分際で……っ！」

シノオとアケシノは、互いを庇いあうように抱きあう。

「……あぁもう……君たち親子は、ほんと似た者同士だな」

「……な、んで……それを……」

ネイエの言葉に、シノオとアケシノがほぼ同時に息を呑んだ。

「だって、君たちは匂いがそっくりだ。……シノオのほうがちょっとメス臭いし、白檀《びゃくだん》みたいな匂いがするけどね。基本的に、同じ血のにおいだ」

「俺がシノオの息子だと分かって、それで手加減していたのか？」

シノオそっくりの唸り方で、アケシノが唸る。

「そりゃ、明らかに力量差があるって分かってるのに手加減もしないで、将来の嫁さんの息子を殺しちゃだめでしょ？　義理とはいえ、俺は君のお父さん」

「狐め……気色の悪いことを言うな」

「ま、そう言わずにさ……。お父さんと認めてくれたら、今日は見逃してあげるけど？」

「……シノオは俺の傍に置かないと死ぬぞ」

「君が、シノオにそういう呪いを孕ませたからだろう？」

「シノオの胎はもう種がつかない。流れてばかりだ。もう使えない。大神のメスとしての役目は終いだ。そうなれば、あとは仲間内で喰われるだけだ。……それならばいっそ、これからは俺に呪われ続けるほうが幸せだ」

「……あぁ、そうか、君は……」

シノオのことが大好きなのだ。

シノオが大神の群れで生き残るには、再び大神惣領の座に就くか、新しい大神惣領であるアケシノの女になるか、生まれるかもしれない子供を胎に抱えていなければならない。

アケシノに飼われて、呪われて、股から血を流してでも、アケシノの為だけに生きていれば、シノオは群れに喰い殺されずに済むのだ。

アケシノは、シノオが嫌いなのではなく、大好きなのだ。

自分の母親を愛しているのだ。

母親を自分のものにしたくて、大好きが過ぎて、守りたくて、傍に置きたくて、ほかのオスに触らせたくなくて、でも、惣領の立場としては、唯一のメスを占有できない。

貴重な一匹きりのメスは、群れの中で平等に使い回さなくてはならないから……。

そして、シノオも、アケシノを大事にしているからこそ、群れから逃げた。

もし、本当にアケシノとの間に子供が産まれたら、血が濃くなる。

ただでさえ大神は近親姦の繰り返しで、子供がほとんど生まれなくなっている。

この上、シノオとアケシノの間で子を成してしまって、それが最後の子供になったなら、将来、アケシノは、自分の子と子作りをすることになる。

たぶん、そうなったら、もう子供は生まれない。シノオも、何十、何百、何千、何万回と犯されて、それでようやく元気に生まれたのはアケシノ一匹だけなのだ。

「狐というのは、他者の心を覗く趣味でもあるのか？」

「君が分かりやすいだけだよ、アケシノ君」

「……そこまで分かっていて、貴様、俺から母を奪うつもりか？」

「奪う。君のお母さんは俺と幸せになるほうがいい。……それに、大神同士で種がつかないからといって、狐が相手なら話は変わってくるかもしれないだろ？　俺の種はめちゃくちゃ強いからね」

「よく言う」

ネイエが口端で笑うと、アケシノも笑った。

「……？　お、い……貴様ら……なにを呑気《のんき》に……」

シノオは二人の顔を交互に見やって、どういうことか説明しろと目で訴える。ネイエとアケシノ、二人のオスの間で勝手に話がまとまってしまって、理解が追いつかない。

「我が母は、ご覧の通りかなり恋愛情緒が足りていない」

「知ってるよ」

「なら、話は早いな……」

「悪いようにはしない」

ネイエが、一歩前に足を踏み出す。

「ネイエ、やめろ……アケシノを殺すな。……こんなのでも、俺の産んだ仔だ。俺が責任をとる。殺さないでやってくれ。この仔は大人に見えるけれど、まだ生まれてほんの一年足らずなんだ……」

シノオは、アケシノをきつく抱きしめた。

シノオは大神惣領だ。だが、アケシノの親だ。生まれてから一度も乳をやったこともなく、撫でて、抱きしめて、毛繕いをして、水浴びの仕方を教えてやったこともなく、寒い冬の日に懐で温めてやったこともない、そんな薄情な親だけれども、だからこそ……。

「アケシノ、お前も余計な矜持《きょうじ》など捨てろ。命乞いをしろ。無様で構わない。生き残るほうを選べ。俺は、お前にこんなところで死んで欲しくない」

群れのおさであることの責任や重要性を理解しろ。数が少ないのなら、もう増える見込みがないのなら、せめて、いまいるお前たちが幸せに生きられる方法を探せ。俺が至らない惣領であり、親であったことは詫《わ》びる。過去に固執した結果、お前に不幸を背負わせてすまない。だが、もう狐を襲って腹を満たすのではなく、生き延びる道を模索すべきだ。

俺がやってきたことと同じことを繰り返しても、お前も俺と同じ目に遭うだけだ。

「……っふ」

「ふっ、はは……しのちゃんてさ……ほんと……生真面目っていうか、なんていうか、裏の意味とかまったく理解しないで四角四面に会話を受け取るよね」

シノオの説教を聞き終えるなり、アケシノとネイエが肩を揺らすほど大笑いした。

「……アケシノ？　ネイエ？」

「シノオ、その狐に守ってもらうといい」

「……アケシノ？　おい、あけ、アケシノ……」

アケシノはシノオの腕を振りほどき、鼻先でシノオの背を押した。

ネイエが、前に傾ぐシノオの腕を引っ張り、その懐に抱きこむ。

「メスを争って負けたなら、負けたほうのオスは引くしかない」

アケシノが子供っぽい仕種《しぐさ》で唇を尖らせた。

「胎はこちらで責任を持つ」

ネイエは、冷えたシノオの体に尻尾を巻きつけ、温める。

「俺より強い貴様なら、なんとでもできるだろうな」

「アケシノ、なんなんだ……これは、どういうことだ……」

「あなたが、俺を仔として大事にしてくれているのは分かっている。……なんといっても、俺に犯されていたくせに、それでも、俺の頭を撫でるような男だからな、母上は」

だから余計に、分かってしまった。

シノオにはネイエのにおいがべったりとついていた。ネイエにも、シノオのにおいがべったりとついていた。二人から、二人のにおいの混じったにおいがした。

二人とも、互いのにおいが混じるくらいべったりとくっついて暮らしていたのだ。

最初から、負けは決まっていたのだ。

「……だから、なんだと言うんだ」

「だからさ、アケシノ君は悟ったんだよ。俺としのちゃんがイイ仲だってこと。それで、俺がしのちゃんに相応しいオスかどうか試すつもりで挑んできたんだよ」

「さっきから何度もアケシノ君などと呼ぶな、狐。……あぁ、そうだ、母上」

「なんだ？　アケシノ？　どうした？」

「毛繕いして」

目の前にいるおっきな狐にいじめられて、ぼさぼさになった。アケシノは、ぽん！　と狼の姿に化けて、ネイエの腕に抱かれたシノオに、すり、と頬を寄せる。

「おいで」

シノオは、ぺろりとアケシノの頬の傷を舐め、頭のてっぺんから耳と耳の間を通り、耳の後ろまで舌を這わせた。両手で腹の毛を撫で梳《す》かし、目のふちに降りた雪を唇で溶かし、冷たく湿った鼻先も唇に含んで温め、色褪せた血色の尻尾で前脚の雪を払ってやる。

腹にのしかかるアケシノをぎゅっと受け止めて、お尻の付け根をぐりぐり、うりうり。尻尾の先まできれいに整えてやると、アケシノは甘えたの赤ん坊みたいにシノオの胸に口吻を押しつけて、乳を弄《いじ》る。ふんふん、すりすり。これみよがしにシノオの乳を服の上から吸う。おかあさん、おっきいきつね、こわかったよぅ……と、めそめそしてみせる。

「ちょ、っと待った……アケシノ君、君、それ絶対にわざとだろ？　わざと俺に見せつけてるだろ⁉」

「なにを言うか、仔が母に甘えているだけだ」

「そうだぞ、ネイエ。穿《うが》った物の見方をするな。可愛い我が子が初めて甘えてくれてるんだ。……っ、ン、ぁ……っふ、……こら、あけ、くすぐった、ぃ……っふ、ぁ」

「おしのちゃん⁉　それは子供に甘えられた時に出す声じゃないよ⁉」

「母上、また会いたい」

「いつでも会いに来い」

「その時は、また毛繕いしてくれるか？」

「もっとたくさんしてやる。尻尾の先から頭のてっぺんまできれいに舐めてやる」

「うん」

きゅん、と鳴いてシノオの唇を吸うと、アケシノは名残惜し気に離れた。離れ際に、ふん、とネイエを鼻で笑い飛ばし、ネイエがなにか言う前にそっぽを向いて、踵《きびす》を返す。

「……しのちゃん」

「なんだ」

「俺にもあれぐらい優しくしてよ」

「ごめんだな」

やきもちやきのネイエの尻尾を腰回りに感じながら、シノオは声を上げて笑った。

生まれて初めて、笑った。

＊

御槌は、一匹たりとも大神を殺さず、信太村から追い払うだけに留《とど》めてくれた。

すこし前のシノオなら、「手心を加えられた」と憤っていたところだが、いまのシノオは、「仲間を殺されずに済んでありがたい」と、ただひたすら御槌に感謝した。

十四匹の大神は、未だ健在だ。いまも、まかみの原を越えた岩山で棲み暮らしている。

この先どうなるかは分からない。おそらく、シノオの同世代と、それより上の世代は滅ぶだろう。まだすこし先の話だが、それで十匹が死ぬことになる。次の世代には二匹残っていて、彼らはアケシノを育てた。アケシノを大事にしているし、シノオにも従順だった。

その二匹とアケシノは生き残るだろう。三匹くらいなら餌場もなんとかなる。

残る一匹は、シノオだ。

仲間から縁を切られたシノオは、行く場がない。それを知ってだろう。信太村の危機を報せ、すずを守り助けたということで、「信太村へ来いとは言えぬが、別宅くらいは用意しよう」と御槌が申し出てくれた。これからネイエの嫁になる男ということで、信太村の住民には秘密裏に、それでいて、身辺が落ち着くまでは……という善意の申し出だった。

当然、シノオは断った。さすがに、かつては喰うや殺すやの骨肉の争いをしていた相手に、衣食住のすべてを世話になるほど厚顔無恥ではない。

ネイエは、「えぇ〜いいじゃん、お世話になっとこうよ」と言ったが、命を見逃してもらうだけでもシノオにとってはありがたいのだ。これ以上は甘えられない。

それに、シノオはまだネイエと添うつもりはなかった。

「じゃあ、とりあえずあの隠れ家に戻る？」

「ねーねちゃん……、弱ってるおしのちゃんをあんな寒いとこで越冬させるの？」

「ネイエ、……お前、胎の大きな大神をあのあばら屋で寝起きさせるつもりか」

「ネイエさん、それはないですよ。ちゃんとしたとこに家を構えてください」

信太の夫婦とその息子に頭ごなしに説教されたネイエは、その翌日には家を買ってきた。

「ここならまかみの原も近いからアケシノ君にも会えるし、信太の森の奥だから人も来ないし、とりあえずここで養生してさ、落ち着いたらどこかに定住先を作ろうよ。もちろん、ずっとここにいてもいいし、そこは君の好きにするといい」

ネイエはそう言ってくれたが、すずが「遠くに行っちゃやだ」と毎日ぴぃぴぃ鳴くので、出ていく機会を計りかねて、シノオは困っている。

それに、時々、本当に時々だけれどもアケシノがやってきて、「けづくろい」と甘えてくれる。やっと母親に甘えられるようになったアケシノを遠ざけることもできない。

今後、大神一族を説得して新たな道を歩ませる為にも、この場所はありがたかった。

当分は、このあたりにいることになるだろう。

新居に移った日、すずが「これからずっとここで暮らすんだよね？」と言った。

自由にあちこちを放浪していたネイエがひとつところに定住する。それも、狐に混じってではなく、大神であるシノオと。これまでの自由を捨てて、群れを作って、責任を負う立場になって、群れのてっぺんに立って、仲間を守る存在になる。大神であるシノオと。

シノオは、そんなこと望んでいない。

ネイエが信太狐と縁を切ると言ってくれたことのありがたみや、思いやりや、優しさというもののすごさを尊敬している。シノオは、自分が群れから離れられない性質だから、余計に強くそう思う。だが、大神と群れを作らせる為にシノオが存在するのでは意味がない。こんなにも他人を思いやることのできるネイエだからこそ、シノオの傍にいるのではなく、信太狐に混じって生きるべきなのだ。

シノオは、考えることの苦手な頭で精一杯考えて、伝えることの下手な唇を精一杯奮い立たせて、その気持ちをネイエに伝えた。

「ちゃんと正しい群れに返れ」

「……君、まだそんなこと考えてたのか……。……ったく、新居に移ってからずっと黙りこくってると思ったら、まだそんな馬鹿げたことを考えていたとはなぁ」

ミカンの皮を剝きながら、ネイエは、畳に正座するシノオを呆れ気味に見やった。

「お前の居場所は、こんなところではない」

「勝手に俺の所属を決めないでくれるか？」

「……っ、ネイエ……？」

さっきまで穏やかだったのに、ネイエは鋭い目つきでシノオを見据えてくる。

「君は、本当に人の話を聞かないよな。……大体にしてさ、今回のことだって君が一人で突っ走るからだろ？　俺、黒屋敷で、部屋の前で待ってろって命じたはずだよな？」

その言いつけを破って、勝手に大神の領地へ戻って、俺から離れて、挙句の果てに死にかけて、やっとぜんぶ終わったと思ったら、またそんな馬鹿なことを言い出す。

「あの時、大神に喰われるつもりだった？　アケシノ君と心中するつもりだった？」

そうして、自分一人で勝手に始末をつけるつもりだった？

「いたい……、っ、ね、ェ……」

「次、勝手をしてみろ、檻《おり》に詰めて囲うぞ」

「いたいっ！　ネイエ！」

力任せにネイエの横っ面を殴った。それでもネイエが引かずにいるから、シノオは、それでようやくネイエがずっと怒っていたのだと、いまさらながら気づいた。

ぞっとした。殴られた痛みなど感じていないのか、それよりも怒りが勝るのか、ネイエは無感情の眼差《まなざ》しでまっすぐシノオを見据えている。けっして目を逸《そ》らさず、シノオが逃げる気力さえ失うような圧倒的な気迫で詰め寄り、そして、抱きしめる。

抱きしめたまま、畳に横たわり、組み敷いた。

「おとなしいな？」

「力で敵わんのは、理解している」

「それで？」

「貴様は俺の人生に必要ない」

「俺にはいるんだ」

「俺はいらない。貴様も、よそのオスの種を抱えたメスなぞ背負《しょ》いこむ必要はない。それは、貴様が群れへ戻る時の足枷《あしかせ》になる」

「俺の将来を考えてくれるのは嬉しい」

「……ちがう。だから、なんで貴様はそうしてなんでもかんでも前向きに捉えるんだ」

「だって、君は俺のことが大好きだから。だから、俺の将来を考えてくれるんだろ？」

君は俺のことが好き。君は俺のきれいな顔も好きだし、俺のにおいも大好きだし、俺の物臭《ものぐさ》なところもきっと好きだし、俺がこうして君を追っかけてくるのも本当は好きなんだ。

「君は、絶対に俺のことが好きだ」

「もし、そうだとして、……ではあなたの世話になります、と俺が言うとでも？」

シノオには、矜持がある。自分の胎がほかの男の種で膨らんでいることを理解している。それをネイエに育てさせるつもりはない。責任を負ってもらうつもりもない。

よそのオスに股を開いてきたのだ。

いまさら、幸せになどなれるものか。

大神と添うた狐など、きっと、幸せになれない。

シノオは、罪悪感に苛《さいな》まれながら生きるつもりはない。このままネイエと暮らしていても、一生ネイエを裏切ったような後ろめたさがつきまとう。胎に子がいることを申し訳なく思う。もし、ここに仔がいなければ、大神惣領でなければ……と、そんな無為なことを考えてしまう。こんな体ではネイエと床を共にできないと、罪悪感を覚えてしまう。

ネイエと一緒にいればいるほど、不安や悲しみ、切なさなんてものを強く感じてしまって、生きた心地がしない。シノオは、好きとか、愛してるとか、そういう感情で生きてきたことがない。目の前にいるネイエを見つめているだけで、どうしようもなく涙が溢れて、想いが止まらなくなるような、そんな一生は、死ぬよりいやだ。

結局、シノオは自分のことばかりなのだ。シノオでは、なにひとつとしてネイエに残してやれるものがなくて、与えられるものがなくて、苦しいばかりなのだ。

そう、苦しいのだ。

幸せにしてやれないから。愛しい人と番って幸せに生きる方法なんて、知らないから。

破滅が目に見えているのに、そこへネイエを引きずりこむほどシノオは愚かではない。

「俺は、いまさら信太に混じるつもりはないよ」

「ネイエ、頼むから……」

「頼むからって懇願するくらいなら、俺の為を想って、俺と番って、俺に甘えて、俺に助けられて、俺に守られて、それと同じだけか、それ以上を俺に与えて」

「俺は、そういうことはできない……絶対に、誰かに甘えたりなんか、できない」

「俺は、誰も彼も不特定多数に甘えろなんて言ってない。君は、俺だけに甘えて、俺だけに守られて、俺だけに愛されて、俺とだけ番っていればいいって言ってるんだ」

かつては、大神惣領としての振る舞いを求められて、そうあるべきだとシノオ自身も己にその責務を課していたかもしれない。

でも、いまは違う。いまは、君が勝手にそう思いこんでるだけだ。

いまは、誰も君にそんなこと求めていない。

「あんまりぐちゃぐちゃ駄々を捏ねてると、力で制圧するぞ。……それとも、そうしないと君は満足な服従もできないのか？　そうまでされないと、俺に頼る勇気も出せないのか？　なら、いくらでも力で分からせてやる。……でも、俺にそれをさせないでくれ」

「……だからっ、…………なんで、っ……俺、なんだ……」

お前ならもっと他にちゃんとしたのを選べるだろうが。

いままでも、たくさんのメスやオスを選《よ》り好んできたのに、なんで、いま、俺なんだ。

考えなしに物を言うな。あとで後悔するのはお前なんだぞ。

「しょうがないだろ。いままで考えなしにのらりくらりと生きてきたんだから」

そうやって生きてきた俺だけど、あの時、御槌と話し会った時、咄嗟に「俺の子だ。御槌たちとは縁を切る覚悟だ」と言ってしまうくらいには、君のことを想ってるんだ。

あの時、そうやって素直に声に出た言葉が、俺の本心なんだ。

なにもかもを適当に生きてきたけれど、俺は、あの時、初めて、自分の気持ちをちゃんと理解して、理解したと同時に声に出してしまっていたんだ。

「自分でも、なんでそんなこと言ったのかは分かんないけど、少なくとも、俺は、君と離れることはできない」

君は離れられるか？　俺は離したくないから、離さない。ただそれだけ。

好きだの、愛だの、そういうのは正直よく分からない。

身を固めるとか、添うとか、娶るとか、そんなことは単なる後付け。

ただ、君を離したくない。誰かのものにしたくない。君を独りにしたくない。

そして、俺はもう独りに戻りたくない。

その為に、傍にいて欲しいのは、君だけ。

「明日、俺の目の前から君がいなくなることを考えると、悲しくなるんだ」

君はどうだ？

俺は、俺が幸せになる為に君が欲しい。

「……………俺、は……そんなふうに明日を考えたことがない」

幸せになる為に生きたことなんて、ない。

「じゃあ、考えてくれ。すぐに決めろとは言わないけど、そういう可能性……、つまりは、俺と一緒になる未来もあるってことを、念頭に置いておいてほしい」

「…………」

「君、ほんと生真面目な性格だな」

ネイエが笑った。

ネイエがそう言った途端に、その可能性について真剣に考え始めたシノオを微笑ましく思った。俺とのことを真剣に考えてくれるくらいには俺のことを好きなのに、なにをまだ迷っているんだろう、この大神殿は……と、そう思うと、笑みがこぼれた。

ネイエは、シノオのそういうところが大好きだ。

「でも、俺は……これを、どうにもできない」

胎のこれは呪《まじな》いだ。呪いだけれども、アケシノとの間にできた呪《のろ》いだ。シノオにとっては子供のようなものだ。アケシノが自分を守ろうとして胎につけてくれた種だ。

自分の息子と交わってできた仔だ。ネイエに、その重みを背負わせたくない。

「それさ、子供で生まれてこないんだろ?」

「……そうだ」

親と子では血が濃すぎて、この仔は大神の形をとって生まれてくることができない。

ただただシノオの胎に居座って、シノオの精気を奪い続ける。

かつてはアケシノがシノオを犯して栄養を与えていたように、これからはずっとネイエに与え続けてもらわなくては、シノオは生きていけない。

「じゃあ、産もう」

「……は?」

「だからさ、それを本当の赤ちゃんにしちゃおう。まぁ言ってみれば、中途半端に魂だけはあるけど、此岸《しがん》と運命と縁が繋がってなくて、心と命と体が作れない状況だと思うんだ。だから、俺と子作りして、足りない分は俺の種で補ってあげるからさ、産もうよ」

「……お前、なにを言ってるのか自覚してるのか」

「アケシノ君より俺の種のほうが強いからできるよ。君の腹具合もあるから、何年かかるか分かんないけど……まぁ、気長に子作りしようよ。アケシノ君も、たぶんそれが分かってるから、俺に君を譲ってくれたんだと思うし」

「だが、そんなことは……」

「できるよ。俺、金狐と銀狐の双子の間に生まれた仔だもん」

双子の兄と弟で番った結果、生まれたのがネイエだ。

金狐は太陽で、銀狐は月陰。二匹そろって一人前で、ネイエは両親の両方を受け継いだ。

「俺は、どちらかに転化できるんだよ」

呪いを祝いに。不幸せを幸せに。悲しみを喜びに。時には、難産を安産に。

呪いが陰だとしたら、祝いは陽。

あまりにも眩《まぶ》しすぎる日には陰りを、温かすぎる日には涼やかな風を。

仲違《なかたが》いをした夫婦には橋渡しをして、すれ違いの日々を取り戻させるように。

陰と陽の両方ともが均衡をとれるように、保つ。

「君の胎のそれを祝い事にすることくらい、造作もないね。……な、お願いだからさ、ちょっとだけ融通きかせて考えてみて？　これからは俺と君の二人で一緒に生きる道がある。それが三人になっても四人になってもいいじゃん。一人でいるよりは、ずっといい」

「……おまえは、ずるい」

こういう時だけ、強引に「俺と一緒にいろ」と命じるのではなく、シノオを悩ませて、困らせて、シノオが行き詰まった時に、手を差し伸べて、救う。

「…………しのちゃん？」

「……おれ、は……他人に甘える自分が許せない。……こうして、こんなふうに、お前に、他人に、弱音を吐いていることさえ、ゆるせない……」

なけなしの矜持が傷つく。

それだけを支えに生きてきたのだ。それを失って、それを捨てて、身ひとつで誰かに嫁ぐなんていう無防備なこと、できない。そうして他人に甘えようとする自分がどうしても許せない。いまさら、狐となんて交われない。そんな生き方、知らない。

「俺は、怒ってたり、憎んでばかりで、ちゃんと、まともじゃないんだ……」

俺は、誰かを好きになる為に、誰かを幸せにする為に、生きたことがないんだ。

そういうことの為に、なにかを決断したことがないんだ。

恥ずかしいくらい、怒り任せの醜い感情しか知らないんだ。

「君は、情や愛でちゃんと物事を決めている。怒りや憎しみだけじゃない。生まれた時からいままでずっと悪い感情ばっかり押しつけられてきたから、そう思ってるだけだ。君が持ってる君の優しさを、君が知らないだけだ」

「そんなの知ったら、壊れる……そんなの知らないから、いままでやってこれた……」

「壊れても、俺が守る」

「それじゃあ、俺はもらってばっかりで……お前になにもしてやれない」

「君が俺に向けてくれる想いは、愛だ。俺はそれだけもらえればいい」

「俺は、お前の群れを大きくしてやれないし、こんな胎だし、財産もないし……」

「なんにも持たなくていいから、身ひとつで俺のとこにきなよ」

「………」

「俺じゃ支えにならない？　頼りにならない？　俺はそんなに君のなかで小さな存在？」

「ちがう、そんなことは……ない……」

「確かに、俺、いままでふらふらして、楽に生きて、責任感とはかけ離れた世界で生きてきたし、誰かの人生を背負ったりしようなんて思わなかった。……だから、ほんと、頼りなく見えるかもしれないけど、ご覧の通り、多少は戦えるし、君や子供を守るくらいはできるし、食い扶持《ぶち》だって稼ぐから……」

「……？」

「だから、分かんないかな……」

「………」

「君と新しい群れを作りたいって言ってるんだけど」

「………」

「子供が生まれたら俺がお父さんになるよ」

俺は、君と離れたくないんだ。

ぜんぶの狐を好きになってくれとは言わない。俺のことだけ好きになって。

はぐれ稲荷のネイエのことだけ愛していれば、君は、一生、俺の群れで幸せだ。

「俺、君のことすごく尊敬してるんだ」

君と出会って、初めて、自分の人生をちゃんと考えたいと思ったんだ。

ちょっと前までは、真面目に人生を考えないで、昼行燈《ひるあんどん》して、ただただのんびり無為に時間を過ごして、享楽的で、短絡的に生きてきた。

だから、地に足を着けて、ちゃんと前を見て、将来を見据えて、家族を作って、自分の責任を果たしている親友を見ていると、ただひたすらに眩しかった。けれども、それは自分にはできないことだし、自分には向いていないことだと言い聞かせて、逃げていた。

でも、いまが、生まれ変わる最初で最後の機会だと思う。

新しい自分として生きることのできる絶好の機会だと思う。

「君がいないと、俺、変われない」

「……ネイエ」

そこでようやく、シノオは、俯いていた顔を上げた。

ずっと、ネイエの胸元の着物の柄だけを見つめていた視線を、ネイエへ向けた。

「俺さぁ……憧《あこが》れてたんだ」

ほんとはね。ネイエは照れくさそうに頬を掻き、はにかんだ。

御槌と褒名とその子供たち。あんな家族に憧れていた。

「…………あんなにバカスカ産んではやれないが……」

一人か二人くらいなら、産んでやれると思う。シノオは、そう答えていた。

だって、この男は、たぶんシノオがいないと、とてもさみしいから。

きれいな顔を歪《ゆが》ませて、シノオに拒絶されることに怯えているから。

格好をつけた口説き文句をいくつも並べ立てたくせに、その表情はとても不安そうで、
シノオに振られたらどうしよう……と、鈴をとられた時のすずよりも、もっと、ずっと、
心細げで、いまにも泣き出しそうな顔をしていたから。

この狐は、俺が傍にいて守ってやらないと……と、そう思った。

＊

「これはまた見事な巣穴で……」

新居に作られた新しい巣穴を前に、ネイエはすっかり感心した。

この巣穴は、ネイエと子作りする為にシノオが作った巣穴だ。

「覚悟は決めた、来い」

「男前だなぁ……」

ネイエは、真っ裸でふんぞり返るシノオの足もとへ這い寄る。

「とっとと入れて出せ」

「しのちゃんさぁ、布団の上で初夜とかそういうのにこだわんないほう？」

「なんだそれは？」

「あ、そういう……」

シノオは限りなく大神だ。

ヒトとしてのまぐわい方には馴れていない。交わる前に風呂へ入るだとか、布団のほうがいいだとか、そういう考えがなくて、巣穴で子作りをするのが当然だと思っている。

「まぁ、俺も風呂には入ってないほうが好きだけど」

「っ、ふ」

ぺろりと頬を舐められ、シノオが笑う。

「こっちは？」

焼け爛《ただ》れた皮膚に舌を這わせ、乳首を齧る。小さくて可愛い。一度もアケシノに吸わせたことがないと言っていたけれど、ほんの数日前、アケシノが訪ねてきた時、ネイエの不在をいいことにアケシノがこの乳首を吸っていた。

「……ネイエ、きつく吸うな」

「なんれ……？」

「腫れて痛くなる。この間、アケシノにも吸われて色が変わった……っ、ねい、え……」

「よその男の話をするな」

「……俺の子供だぞ」

「子供に開発されてんじゃないよ」

「アレは甘えているだ、けっ……ネイエ、なにを……」

「なにって……尻をほぐすんだけど？」

「なんの為に？」

「痛くないように。……あー、いいから、俺のやりたいようにやらせてくれないか？」

　ネイエは、シノオの胎に唇を落とす。

　シノオは、この行為の意味をちゃんと分かっていない。今日という日まで、この体を可愛がってもらうこともなく、ただただブチこまれて、腹に種をまき散らされて、欲のはけ口にされてきた。それが当然で、それが繁殖の為の交尾だと思っている。

　だから、雰囲気を大事にするという感覚もないし、平気で「入れて擦《こす》って出して終わりだから五分で終わるか？」などと訊いてくるし、ともすれば「寝てるうちに済ませろ」と言い出したし、ネイエのすることすべてを不思議そうに見ている。

体はすっかりオスに馴れているが、心はまるきり処女だ。

そういうのは、いい。すごく、いい。真っ白だから、いくらでもネイエの色に染まる。

「ネイエ、しつこい……なんで、そんなとこ、舐める……」

ひちゃり。にちゃり。尻の穴を舐めるネイエに、シノオは身を捩る。

そこをそんなふうにされると、気持ちが悪い。

金の髪を鷲摑《わしづか》み、なんで早く交尾しないんだ、と股を開く。

「はしたない」

「っ！」

ぱちんと太腿を叩かれ、シノオは尻尾を出した。

「尻尾でケツを隠さない」

シノオの体をひっくり返して四つん這いにさせると、尻尾を摑んで背中側へ持ち上げる。

そうすると、よく締まった尻の肉が、ひくんと震える。さすがは大神。弱った大神ではあったが、あの岩山を上り下りしていた筋力はそうそうのことでは落ちないらしい。

尻の付け根から太腿まではすらりと長く、裏腿の筋はしなやかに伸びて、膝裏までの骨と肉の、直線に近い流線がひどくいやらしい。ぱつんと張りつめた脹脛《ふくらはぎ》から、きゅっと締まった足首までは大理石の芸術品みたいで、四つん這いにさせても腰の位置が高い。

ネイエは、普通のメスを相手にすると身長差があって、こうして交尾をする時に不便を感じていたけれど、シノオだとちょうどだ。体の半分を覆う火傷の痕《あと》さえ、ネイエの欲を掻き立てる。俺はそんな趣味があったかな？　とネイエ自身も驚くほど、シノオの体のどこに触れても、どこが視界に入っても、醜く焼け爛れた皮膚さえもご馳走《ちそう》に見えた。

「……はら、っ……減ってるの、か……？」

ネイエの外套に顔を埋めていたシノオは、背後を仰ぎ見る。

「あ、ごめん」

夢中になって、尻を齧ってしまった。

「いい、好きにしろ」

はっ、はっ、と獣じみた息遣いで、シノオは続きを促す。

上半身を捩《ね》じってネイエを見やる姿は、脇腹の火傷が引き攣《つ》れ、ひどくなまめかしい。

シノオの無垢《むく》なところは、こういうところだ。火傷痕を「醜いから見るな」と言ったり、忌み嫌ったりする者も多いなかで、シノオはそれを恥じらいはしない。

戦って得た傷を恥じていない。シノオは格好いい。男前だ。

ネイエは、シノオのそういうところが好きだ。

「好きだ」

「は、っ……？」

すこし大きな声でシノオが驚き、びくんと体を引き攣らせた。

「あぁ、ちゃんと言ってなかったっけ？」

「きさま、こんな、ときに……」

「あっはは、君、首まで真っ赤になるんだな」

「笑いながら、尻に、指を入れるな……っ」

「だって、入り口ふにゃふにゃになったから」

「っぅ、ぐ」

「尻尾。……うん、いい子」

尻尾と言うだけで、ちゃんと自分の意志で背中側へ尻尾を丸める。

シノオは、群れのオスに従順だ。ネイエにだけは、従順だ。ちゃんと、自分を守ってくれるオスの存在を本能では認めていて、それに従う喜びも体で学んでいる。

「ネイエ、それ、やめろ……」

「それってどれ？」

「そのっ、尻をいじくりながら、背中を噛んだり、舐めたり、く、っ、ちびるで……」

「これ？」

「っ……ん」

唇で背骨をねろりと辿られると、尾てい骨のあたりがじんと切なくなる。

そこばっかり可愛がられると、膝に力が入らなくなって、かくんと落ちる。

「君は、中より表面のほうが感じるんだな」

「いちいち感心するな……っ、とっとと入れろっ」

「なんでそんなに焦るの？　早く欲しいの？」

「違う！　ぅ、あっ……」

声が裏返った瞬間、シノオは、はぐっと目の前の着物を噛んだ。

「君、気持ちいいことを全然知らないんだな。……だから、こわいから、早く終わって欲しいんだ。……この臆病《おくびょう》者め」

「ち、がう……っ、ぅ、うぅ……ぐ」

「はいはい。……大神の穴って、こういう感じなんだね。初めて触った。子袋を持ってる大神は濡れやすいって言うけど、別に、子宮と腸で別々の器官になってるわけじゃないし、指じゃ届かないけど奥は穴ひとつだし、前立腺もちゃんとある」

「い、たいっ！　殺すぞ！　貴様！」

「ちょっと気持ち良くなるところ触っただけじゃん。唸らないで。それに、これは痛いんじゃなくて気持ちいいんだって、……君は、なんでもちょっと違うことすると騒ぐな」

ほら見なよ、君の陰茎だってちゃんと先走りを垂らして喜んでるじゃないか。

「オスだから勃《た》つに決まってるだろうがっ！」

「……あんまり勃ってないみたいだけど……」

「うるさいっ、最近使ってないから忘れただけだっ……、だっ、から……やめっ、ろ……そこ、それ、しなくてもいいだろっ」

「うるさいなぁもう……ちょっと黙って喘いでろ」

「っ、あ……ふ、ぅ、っふ……っ、ぅうう」

シノオは慌てて巣穴に突っ伏して、声を殺す。

甘ったるい声を聞かせると死ぬとでも思っているのか、顔を真っ赤にして耐えている。

「まぁいいよ、好きにしてな。これから、俺の指と舌で君のやらしいとこを開くから、そこでオスに気持ち良くしてもらうことでも考えながら味わって」

「んっ、ん……っン、ん……ぅ」

くぽ、くぷ。音を立てて指を抜き差しされ、シノオは喉の奥で息を詰める。

ぬるりと奥まで入ってきて、指の付け根が会陰《えいん》に押し当たる。そのままの状態でゆっくり手の平が返されて、腹の中から尾てい骨側を擦られる。もどかしいほどのやわらかな動きは、尾てい骨から尻尾に響いて、小便が漏れそうなほど気持ちいい。

「……んっ、ン、ふぁ……ぁあぅ、……う、ぐぅう」

「無理してかっこよく唸らなくていいから。君が尻尾の付け根弱いの知ってるし」

「ケツの中から、触るな。……ションベン漏れる、尻尾、抜けそうになる」

「尻尾じゃなくて、腰が抜けるんだよ。君は下半身がだらしないから」

「んっ、うう……ぅうぅっ」

指がすこし抜かれて、様子を見るように襞《ひだ》を撫でてから、また、たくさん入ってくる。

やわらかい爪の腹で、かりかりと内壁を掻きながら抜けていって、爪を寝かせて浅く入ってきて、とんっ、と一カ所を叩かれる。

ばたっ、と脚が跳ねた。

次からは、狙いすましたように、そこばかり責められる。尻の中から陰茎の根元を刺激されて、じわりと前がゆるみ、びくびくと竿まで震えて、跳ねる。

くちゃくちゃと入り口を捏ね回しながら牛の乳を搾るみたいに陰茎を扱かれると、くちゅ、くぷ、と後ろが開いて、閉じて、いやらしくうねるのがシノオ自身にも分かる。

ネイエは括約筋のふちを撫でて、皺のひとつひとつを伸ばす。浅いところにある、あの足腰が跳ねる場所を避けて通っていくから、シノオが細く肩で息をすると、油断した頃に、ぐりゅ、と抉られて、「ひ、んっ」とすごく情けない声を上げさせられる。

「っ、ぅー……っ、ぅ、ぅう」

いつくる、どうくる、またあそこを弄られる、さっきと同じことをされる、今度は変な声を出してたまるか……と身構えていると、指を増やされる。

もういやだ、この男。シノオの覚悟と全然違うことをするから、予想外のところで、「ひっ、ぁ……っあ」などというシノオ自身も聞いたことのない声ばっかり出してしまう。

「君、俺の顔をきれいだなんだと褒めるわりに、俺の顔に対する扱いが雑だな？」

「ぅ、るひゃ、ぃ……ばか、……っ、ばか……」

尻尾でべしべしネイエの顔面を殴る。

二本の指の側面で、ふわりと膨らんだそこを挟まれて、抓《つま》まれて、前後にこしこし擦られる。腰が浮いて逃げそうになると、大きな手の平で尾てい骨を押さえつけられて、腰を落とされる。そこを触られるとやっぱりぞわぞわして、尻尾も腰もくたりと落ちる。

腰が落ちれば、巣穴に敷き詰めた衣服に陰茎が擦れる。外套のボタンか何かが鈴口に引っかかって下腹に力がこもる。下腹がきゅっと締まると尻の中の指も食い締めてしまい、余計に強く刺激が走る。短く息を呑み、びゅくっ、と前からひと吹きだけして、下敷きにした外套と股間《こかん》の間にねたりと糸を引く。

「なか、ぐずぐずだ」

「っふ、ぅ……ぅう、っん、ぅ」

「形が崩れてる」

不特定多数に乱暴されてきた穴は、気持ち良くなることを学習していないわりに、無駄に使いこまれていて、変な癖ばかりついている。

「ほら、押し返してばっかりじゃなくて、俺の指に気持ちいいとこが当たるように下腹を下ろして」

「っ、ぅぅ」

「そう。これから君が気持ち良くなるのはここ。俺が君の中に入ったら、まず、ここに当てる。俺がちゃんと可愛がってあげるけど、下腹を落として締めると自分でも気持ち良くなれるから、覚えておいて損はないよ」

「っん……ふ……っ、ふ……」

「そう、上手。上手にできるようになればなるほど、気持ち良くなれる。……ほら、開いてきた。押し返すんじゃなくて、肉が開くようになったら、今度は入り口を締めてみて」

「……ぃ、ぐっ、むり、わか……なっ」

「違う、それは押し出してるんだ。君、不器用だな……。尻の穴を締めろって言ってんの。いきむんじゃなくて、尻の筋肉を内側に寄せるんだ。外に力を逃がそうとするな」

「……っ、ぁ」

びくっ、と震えた。

「わ、急に上手になった。……どうしたの？」

「あけひの……うんだ時と、違うほう、した……」

アケシノを産んだ時はめいっぱいいきんだ。

でも、いまは産む為にいきむのではなく、奥へ引きこむ動作で尻の筋肉を使った。

「これ、……っ、れ、ぃい、か……？」

「経産婦、いやらしい……」

子供を産んだことのあるメスっていうのは、こんなにいやらしい尻の使い方ができるのか……。さっきまでとは打って変わって、尻肉の入り口でネイエの指をきゅうきゅうと呑みこみ、中の肉でふわりと奥へ招き入れる。

「はっ、ぅ……ぅ、うん、ン、んぅ」

「コツを摑んだら上達が早い。……うわ、指すごい引きこまれる」

穴に入れてるのは指なのに、すごく気持ちいい。これと同じ感触を自分の陰茎で味わえるのだと思うと、喉が鳴る。滑りも良くなって、指の通りもいい。抜き差しも難なくできる。弄れば弄るほど開いて、会陰にまで腸液が滴り、ネイエの指もふやけてくる。

シノオは、猫がのびをするみたいに尻だけを高く持ち上げたかと思うと、ぶるりと内腿を震わせて、ぺたんと巣穴に沈んだ。耳はぴんと三角に尖っているのに、ぺしょんと迎え耳になってネイエのほうを向いている。尻尾も尻の右側にとろんと蕩けて骨抜きだ。

可哀想《かわいそう》な陰茎は固く勃起できないのか、いつまでもずっとゆるい固さを保ったままで、とろとろと蜜を零し続けている。相変わらず声は聞かせてくれないが、締まった腰がうねって、のたうち、脇腹を引き攣らせて前へ伸びて、逃げて、ネイエに連れ戻される。

「……はい、ごろーん」

膝から崩れてぐずぐずになったシノオの腰を摑み、表返す。

「……ぁ」

「ふにゃふにゃだ」

涙と鼻水とよだれでぐしょぐしょ。シノオが突っ伏していた襟巻は、しっとり、べっしょり、濡れそぼっている。勃起《ぼっき》も射精もしていないと思っていた陰茎の真下にあった外套は、小便でも漏らしたかと疑うほど、大きな水溜《みずた》まりになっていた。

「っん、ぅ……ぅう」

シノオはぐしょぐしょの襟巻を引き寄せ、口元を覆い隠し、すん、と鼻を鳴らす。

「君、その襟巻がえらくお気に入りだな」

「……これ、いちばん、ネイエと同じにおいする」

ネイエの首のあたりと同じにおいがする。

「そりゃ、俺が首に巻いてた襟巻だからな」

「も、終わったか……？」

「まだ、これから」

ネイエはすっかり固くなった己の一物をシノオの内腿になすりつけた。

「……っ！」

シノオは反射的にネイエの右頰を殴った。

「いっ、たい……、なに……急に……？　君、いま本気で殴っただろ？」

「……っ、ふっ……ふー……っ」

尻尾も耳も逆立て、牙を剝き、唸る。目の前で、ネイエが眼をぱちくりしている。シノオも、なんでそうしたのか分からない。分からないけど、触られたくないと思った。

「あれ、は……もう、いやだ……っ」

「あれ？」

「うしろ、つかわれるのは、いやだ……っ」

もう女扱いされたくない。孕むまで犯されるのはいやだ。

ゆるくなったと嗤われて、二本を同時に咥えさせられて、種壺にされて、便所にされて、血が流れても休ませてもらえず、オスの間で道具のように受け渡しされて、眠らせてもらえなくて、痛くて、寒くて、気絶してやっと眠れて、犯される痛みで目が醒《さ》めて……。

「い、やだ……ぜったいに、いやっ、いやだ……っなか、入ってきたら……っ、死ぬ」

痛みや苦しみで死ぬんじゃない。あれは、シノオを唯一支えてきた誇りが殺される。

この行為は、屈辱であり、恐怖であり、痛みであり、繁殖の為の行為であり、愛のある行為ではない。だから、また、同じ目に遭ったら、死んでしまう。

「……君は、君を犯した十把一絡《じっぱひとから》げと俺を同等に扱って、俺のことを拒むのか？」

「それは、……それ、ちがう……けども、やることは同じだ……」

「やることは一緒だけど、君、この俺に抱かれるのことのなにがこわいんだ？」

俺は、君の群れの頭領だぞ。

俺は、君の所属する群れのてっぺんだぞ。

俺は、俺の群れに所属する君を守るオスだぞ。

「君は頭領のメスになるんだ。……分かる？　これは喜び事だ。哀しみ事じゃない。君はこの群れのオスの女になるんだから、それを誇りに思って俺に股を開くといい」

「…………」

「ほら、自分で決めろ」

股を開くか、閉じるか。

「貴様、こんなことで……俺を屈服させたと思い上がるなよ」

「減らず口叩きながらも股を開く君のこと好きだよ」

唇を重ね、なんだかんだでネイエを受け入れるその体に陰茎を埋め、肌を寄せる。

たっぷりと可愛がって綻《ほころ》んだ穴は、抵抗なくネイエを受け入れた。

「いきなり入れるな！　馬鹿狐！」

「えぇ～……こんなぬるって呑みこんでおきながら……なんでそんなこと言うの……」

「息ができんで死ぬだろうが！」

俺の胎は狐を知らないのだ、こんな中太りしてカリの図太い一物をいきなりぶちこむな。

「俺、交尾しててこんなに罵《ののし》られたの初めてだよ……」

「……ばっ、か……なか、どこまで入れるつもりだ……」

ずるずる、ずるずる、どこまでも入っていく。

アケシノが生まれて一年。アケシノが交尾をできるようになってからはアケシノの相手しかしてこなかった。アケシノはまだ子供だ。成獣のそれとは違う。久しぶりの相手が自分よりも体格の立派な狐では、壊れる。

「……ね、ぃえ……っンぅ、う」

「なんだろこの感じ……既視感がある」

「……？」

「あ、人妻抱いた時の穴だ」

「貴様、っ……という奴は！」

「そうそう、子持ちのメス穴がちょうどこんな感じだったんだよね。産道が絶妙でさ、いい塩梅《あんばい》なんだ」

「まだ言うか！」

「すっごい具合がいいんだけど……経産婦だし、ちょっとゆるめかな？」

「……っ」

「でも、君のが一番きもちいい」

「よそのメスと比較するとは、いい度胸だな」

「君だって俺とアケシノ君のこと比較しただろ？」

この状況で、よそで抱いた女の話を持ち出すネイエも、アケシノに抱かれた時のことを思い出すシノオも、どっちもどっち。恋愛の仕方が雑だ。

「まぁ、そういうところがガバガバな者同士のほうが、うまいことやってけるのかもね」

「ん、ぅ」

雁首《かりくび》が、さっき教えられた場所を引っ搔いた。

きゅっと身を縮こまらせ、ネイエにしがみつく。しがみついて、腕の置き場に困って、そっと放そうとすると「なんで？　くっついててよ」とネイエが頬ずりしてくるので、「お前がねだるからしてやるんだ」という建前で、ネイエの首に腕を回す。

自分でも面倒臭い男だと思うが、「かわいい」とネイエが言うから、それに甘える。甘えて、くんと鳴いて、ネイエの耳の後ろに鼻先を寄せる。いいにおい。オス臭くて、あまったるくて、おひさまみたいな、夜の風みたいな、いいにおい。

いつまでもずっとそれを嗅いでいると、シノオの浅い息遣いも穏やかになる。

そうしたら、ネイエが動く。シノオは上手にオスの相手をすることなんてできないから、ぬるり、ぬちりと陰茎が抜けていく時に、ネイエの背を搔き抱くだけだ。

汗の滴るこめかみをぺろりと舐めて、金の髪をまさぐって、くちゃくちゃにして、時々、ネイエが動きを止めるから、そういう時に、ここぞとばかりに項を逆撫でして、顔の上から下までべろりと舐めて、はぐはぐ噛んで、胸のうちに抱きこんで、よしよしする。

「君のそれは、無意識か……」

「な、んだ?」

「その、舐めたり齧ったりしながら俺のケツに脚を巻きつけて、穴を押しつけてくるの」

シノオを気持ち良くする為に、ネイエは先に射精するのだけは必死になって辛抱しているのに、そんなふうにがっつり脚と腕で抱きこまれて、奥へ奥へ入ってこいと誘惑されたら、あっという間に暴発してしまう。

「……? 知らん。出したいなら出せ」

「尻尾を使わないで……」

尻尾でぎゅうぎゅう尻を押さないで……ほんとに、止まらなくなる。

「たくさん濃いのを出すオスが好きだ」

「……っ、君、実は腰使うの……すごくうまいな……?」

「ん、ぁ?」

「やっぱ山で生活してる獣は……ケツの筋肉強い……」

こんなの味わったら、ほかのメスなんか絶対に抱けない。抱けたとしても、この締めつけを知ってしまったら、よその穴では物足りなくて射精できなくなるかもしれない。

あぁ、……でも、それでいいのか。

もうほかに番う相手はいないのだから。

一生、この大神だけを愛して、抱いていればいいのだ。

「んっ……ふ、はっ、ははっ」

シノオが肩を震わせて笑った。

「……笑わないでよ……君が笑うと、腰とちんちんに響くんだから……」

一生この大神を抱けるのだと理解したら、たったそれだけの事実を実感してしまったら、ネイエは、たったそれだけのことで射精してしまった。

こんな無様、童貞を卒業した時にもしなかったのに……。

「っふ、くっ……っ、ろくな女を抱いてこなかったようだな……っ」

「だから、声を殺して笑っても響くんだって……もうやだ、自分の息子なのに全然言うこと聞かない……またデカくなってるし……」

「えらいえらい。たくさん出せたな」

はぐはぐ、はむはむ。ネイエの喉仏を齧って褒める。

「……こんなんじゃ金銀狐の名が廃る」

いざ、大神惣領殿に目に物見せてくれよう。

君の群れのオスの本領、とくとご覧《ろう》じろ。

仕切り直しだと、ネイエはシノオにがぷりと嚙みついた。

＊

ゆるゆる、だらだらと、いつまでも交尾が続く。

出してすぐ終わりじゃないんだな……。シノオはそう思った。

もしかしたら、シノオがこれまでしてきた行為と明確に区別をつけたくて、ネイエがわざとそうしているのかもしれない。もしそうだったとしても、特になんの感慨も抱かない。なんだ、こんなものか……と、その程度だ。こういう交尾は気持ちいいものだとネイエに言われたから、さぞや気持ちの良いものなのだろうと期待していたが、そうでもない。

それに、この行為、どちらかというとあまり好きではない。無駄が多いし、意味がない。変な声がたくさん出るし、胸もずっと切ないばっかりで、どろどろに溶けて馬鹿になるだけだ。ネイエとまぐわっていても冷静にそう判断できるくらいだから、たいしたことではない。良い点といえば、ネイエが気持ち良さそうにしていることくらいだろうか。

「にくがほろころんで、やわらかい」

「そんなこと、初めて言われた」

「そりゃぁ、さ……緊張して、警戒して、痛みに耐えるだけの拷問じゃ、やわらかくなるもんもならないでしょ…………あー……とけそう……」

ネイエがそうして喜んで、たくさんたくさん胎に種を撒くから、気持ちの善し悪しはさておき、これからもちょくちょく相手をしてやるか……と、そんな気持ちだった。

女みたいに喘ぐこともなく、甲高い嬌声《きょうせい》で煽《あお》ってやることもない。やわらかくもないし、温かみもない。そんな体でも欲してくれるのならば与えようと思った。

ただ、不思議なことに、体はわりと反応するようで、ネイエが何度目かの射精を終えた頃には、シノオの陰茎から、透明の液体がばしゃばしゃ迸《ほとばし》っていた。

それこそ、小便をまき散らしたみたいに……。ずぷりと串刺《くしざ》しにされて、交尾の格好で奥を突かれるたびに、ばちゃっ、ばしゃっ、と自分の意志とは無関係に溢れて、散るのだ。

シノオは経験豊富だから、ネイエを観察する余裕もあって、体だけが反応して、心はちょっと置き去り気味。自己分析すらできるシノオに対して、ネイエは余裕がない。

耳と尻尾が出ている。ふかふかの、金色だ。

ネイエのほうがずっと年上なのに、あからさまに余裕を失っているのが見てとれて、それがすごく面白くて、でも、笑うよりも、どろりとした微睡に襲われて、なんだかすごく眠くて、でも、交尾の最中に寝るのはさすがに可哀想で、くぁ……と大欠伸をしながらネイエの尻を揉んで、尻尾の付け根を弄り倒して遊んだ。

「しのちゃん……？」

「んー……」

「もうちょっと頑張って」

眠くなるくらい安心して、どろっどろの骨抜き。ふにゃふにゃになって、気持ち良すぎて、小便も精液もおもらしみたいに垂れ流して、いまにも寝落ちしそうだ。

なのに、自分はすっごく冷静でちっとも快感に負けてません、みたいに取り繕っている。

でも、ちっとも取り繕えてなくて、よだれを垂らして、白目を剝きそうになっている。

あまりにも反応が薄いから気持ち良くないのかもしれない……と心配したけど、どんどんシノオの言葉が減ってきて、肩が震えてきたあたりから、そうでもないと分かった。

「……ん、んン」

シノオは返事をするのも億劫で、ネイエの尻尾の一番太いところに手を乗せる。

手の平と水搔きで、細くてやわらかな金色の毛束をするりするりと擦る。ネイエのそれは、シノオの肌よりもひんやりとして、気持ちがいい。その尻尾を指の間できゅっきゅっと擦り合わせると、ネイエの尻尾がぶわりと逆立って、胎のなかの一物も震えた。

「ぁー……」

獣じみた声が、どちらからともなく漏れた。

たっぷり中に出された。

たったいま出したばかりだというのに、すぐさま、ネイエは、ぱぢゅ、ぶぷっ、と、はしたない音を立てながら陰茎を抜き差しして、尻のふちが泡立つほど腰を使い始める。

ぐりぐり、ねちねち。肉襞に種をなすりつけ、腸壁に染みこませる。もうとっくの昔にシノオの産道はネイエの種で海みたいにたぽたぽしているのに、まだまだもっと溺れさせるつもりらしい。

「い、ったい……！」

勢い余ったのか、ネイエが押入れの天板で頭をぶつけた。

「ねーぇ……？」

がっついてるなぁ、と思った。

「押入れせまい！」

言うなり、シノオを巣穴から引っ張り出し、二人の体が半分ほど押入れから出たところで、また、まぐわい始めた。広い空間に出て自由に動けるようになると、抜き差しが激しくなって、ネイエが突くたびにシノオの体が前へ前へ押し出されて、胸筋が畳に擦れる。

「……ねぃ、ぇ……むね、いたい……あつい、やけどする……」

そう訴えると、ネイエはシノオの腰をもっと高く持ち上げる。

首と頭と二本の腕だけで支えた四つん這いは、胸こそ痛まないが、代わりに結合部が深くなる。ごりごりと固く脈打つ裏筋が、前立腺や精嚢《せいのう》、膀胱《ぼうこう》ぜんぶを一度に圧迫する。

あぁ、うん、これは……さっきより気持ちいいかもしれない。

でもまぁ、こんなものだ。

しかし、このネイエというオスは、夜が強い。たったの一度の交尾で本当に孕んでしまいそうだ。腰を摑む二本の前脚も太くて力強いし、尻は固いし、腰を使う為に支える後ろ脚も太腿がぱつんと張って、足首までどっしりとしていて、畳を搔く爪も立派だ。

……？　うん？　前脚に後ろ脚？　爪？　ヒト型でまぐわっていたんじゃなかったか？

なぜ、シノオの項あたりを長い舌がべろりべろりと舐めていて、ハァハァと獣じみた息遣いが耳元にあるのだ？

どうして、尻や背中に触れるのが固い腹筋ではなく、やわらかな毛皮なのだ？

シノオは、指先をほんのすこし持ち上げる。

獣の毛皮に触れた。

「ま、へ……ん、ぇ……ぁ、ぇ」

待て、ネイエ、待て。お前、我を忘れるな。本性になるな。

お前みたいに立派なオス狐を受け入れられるほど、俺の穴は広くない。

そう言ったつもりで、言葉になっていなかった。

引き剝がそうとした腕にも力が入らず、後ろ手に回した爪でネイエの脇の下をかりかり引っ搔くだけに終わる。そんなささやかなシノオの抵抗なんかお構いなしに、腹のなかの一物が際限なく肥え太っていく。

「……っあ、っ……、ゃぅ、えぅ……ぅ」

「まだ半分」

低い声でネイエが唸り、シノオの体を大きな狐の腹の下へ隠す。立派な図体をした獣の下で、ヒトのシノオが犯される。べちゃりと畳に伏せた体の、閉じることのできない股の間に獣が居座って、ずぶりずぶりと尻肉を割る。

シノオの太腿くらいある立派な陰茎には骨が通っていて、鈍器のように固く、陰茎骨はすずの頭くらいある。じゃぷっ、じゅぷ。大量の先走りが、シノオの穴から洪水のように溢れて、はらわたにも逆流して、アケシノを孕んだ時くらい腹が膨れた。

「んぅ、ぅ……ぅう」

こんな時なのに思い出すのは、いきむんじゃなくて、尻を締めて奥へオスを呑みこむ動きだ。それを意識して実行したわけではないのに、ぬち、にち、と奥へ奥へ肉が詰まっていくと、頭上で、ネイエがきゅうきゅう嬉しそうに鳴いて、まだまだもっと大きくするから、シノオの体は勝手に開いて、ネイエの傍若無人をいくらでも受け入れていく。

腹に収めた陰茎一本で下半身を持ち上げられて、膝が浮く。ネイエの右前脚がシノオの胴にぐるりと回される。陰茎が抜けてずり落ちないように、中と外の両方からがっちりと抱えられて、下腹に圧をかけられて、逃がさないように固定される。

「……ふ、ぅ……ぅ、ンんぅ」

ぐりゅ。はらわたの位置が変わる。左の脇腹が陰茎の形にぼこりと膨らんでいる。

結腸を抜けたずっと奥で、オスが射精しながら、ずりずり、ずりずり、誰も入ったことのない場所まで道を作って、すこし動いてはそこを拡《ひろ》げ、びっちり隙間なくシノオの肉と絡みあわせ、また奥へ、すこし馴染ませてはまた奥へ……進む。

「ここに出したら孕む」

「……っひ」

「いいな？」

「ひっ、んっ、ひっ、っ、っぅ」

返事が、できない。

だって、もう、ずっと出てる。ずっと種付けされてる。

「シノオ、きもちよさそう」

「……っ、ひっ、あ」

気持ち良くなんかない。胎んなかに鉄砲水がきたみたいで、頭のてっぺんまでぐらぐら揺れて、子袋が風船みたいに膨れて、膀胱まで圧迫されて、ションベン漏れてるんだぞ。でかい瘤《こぶ》ごと尻にハメるから会陰も切れてるし、はらわたも伸びきって、尻の形が変わって、骨盤まで痺《しび》れて、感覚がないんだぞ。

「きも、ひっ、いぃ、わけ……あるか……ばか、ぁ……」

「メスイキじょうず」

シノオはもう男の子でイけないから、これぞという絶頂感はないかもしれないけれど、こうして女の子にしてあげると、すごく気持ちいい顔したメスになる。

「シノオは孕まされるのが好きだ」

「だ、め……っやめ……っ、も、ぬけ……」

「十日は放さない」

「もれて……る……おまえの、だしたの……」

「漏れてない。びっちり蓋《ふた》してるんだから」

漏れてる感じがするだけだよ。君がメスみたいに感じて、濡らしてるから。

「こっんな……、……こんな、っ、の……胎んなか、あつい」

「だっこしてあげるから、なかにいっぱい溜めこんで」

前脚できゅうとシノオを抱えこみ、畳にぽてんと横になる。シノオのなかに陰茎を納めたまま、後ろ脚でシノオの両足をぎゅっと挟みこみ、羽交い絞めにする。

絶対に、このメスが逃げないように。

「……っ、ね、いぇ……きさま、これ、終わったら……かくご、しろっ」

「なにを覚悟したらいいの？」

「なんか、適当に……っ、かくご、しとけっ」

この状況で、そんなもん思いつくわけないだろ、馬鹿か、貴様。

身動きのとれなくなったシノオは、恥ずかしいような面映《おもは》ゆいような、内側から溢れてくる感情に頬をゆるめ、気持ちいいのがだだ漏れの陰茎をひくりとさせた。

ぽたぽた、ぽたぽた、透明の液体が、ひっきりなしに漏れる。漏れている時は、内腿も小刻みに痙攣《けいれん》して、尻の穴も締まる。後ろが締まると、腰骨が抜けたみたいになった。

メスらしく、メス穴だけで気持ち良くなった。

気持ち良くなると下腹も痙攣して、臍《へそ》の位置がちょっと下がる。それだけでゆるやかな絶頂を何度も迎え、びくびくと中の肉がうねる。うねると、尾てい骨や尻尾の付け根がじんと痺れて、むず痒《がゆ》くて、もっとその感覚を味わいたくて、腰が揺れる。

最初のうちこそ、恐る恐る味わっていたそれに馴れてくると、もっと欲しくて、強く欲しくて、いつまでもずっと欲しくて、長く味わっていたくて、自分で下腹に力をこめて、甘ったるいメスの喜び方に耽って、いつまでもずっと味わっている。

とろりと呆《ほう》けた表情をネイエに見られていることも忘れて、ネイエに見られていると気づいてもやめられなくて、尻に咥えたオスで気持ち良くなることに夢中になる。

「メスくさくて、いいにおい」

シノオから発情したにおいがする。

「ね、イェ……」

シノオは、耳と尻尾をふるりとさせて、ネイエの顎下を噛み、喉元に喰らいつく。

牙を立てたいのに、気持ち良くて、いつまでもふにゃふにゃとした甘噛みを繰り返す。

そうしたら、ネイエも甘噛みを返してくれて、はぐはぐ、はむはむ、噛まれたところがじんと痺れて、切ないくらい気持ちいい。

きもちいい。背中に触れるおひさまみたいなにおいのオスがきもちいい。触られたところ、前脚の肉球が撫でる腹。太腿に絡んでくる尻尾。太くて立派な後ろ脚の温度。

金色のきらきらの毛皮に抱かれて、尻に亀頭球ごと嵌《は》めたまま、長く続く種付けの間ずっと二人で睦《むつ》み合う。

ネイエは銀の瞳も細くシノオを見つめ、頬を舐め、かぷかぷ噛んでは毛繕いをする。

このオス、きもちいい。

すごく、すごく、きもちいい。

大きな体も、立派な脚も、艶やかな毛皮も、ぴんとかっこいい三角耳も、正面から見れば美しいのに精悍《せいかん》な顔立ちになる横顔も、胎にどしんと居座る魔羅も、きもちいい。

このきもちいいオスが、シノオを守る。

シノオの為に戦って、縄張りを作って、群れを形成して、餌場と水場を確保して、住処《すみか》を整えて、シノオの為に生きる。

シノオも、同じことをしてやれる。

それは、幸せだと思った。

【4】


同居を始めて数年、この数年で変わったこともあれば、変わっていないこともある。

つっけんどんでぶっきらぼうなシノオがなにをしても、どんな態度を貫いても、ネイエが、「かわいい」とか「怒ってるのってホルモンバランス崩れてるから？」とか「生理きてる？」とか、きれいな顔してデリカシーのないことをずけずけ言って、シノオを苛立たせる。

口で敵わないシノオが真っ赤になって尻尾を逆立てても、暖簾に腕押し。

飄々としたネイエになぁなぁで取りなされて、なんだかんだで疲れて脱力すると、ご機嫌をとるみたいに、「交尾する？」とシノオの耳を舐めて毛繕いしてくるから、なし崩しになる。

晩秋のその日も、冬ごもりの支度でくだらないじゃれあいをして、シノオが拗《す》ねた。

「しーのちゃん、しの、しーのーお、拗ねないで。こっち向いて。……巣穴におこもりして、しんどいの？　まぁ、胎んなかにまだ抱えたままだしね。……寒いし、交尾する？」

「やめろ、今日はしない」

「なんで？　また苛々してるの？　生理重いの？」

「生理はきてない。大体、お前のせいでホルモンバランスとやらが崩れているんだ」

シノオは巣穴から長い足を出して、力いっぱいネイエを蹴った。

「崩れてるって……ちょっと待って……君、もしかして……もしかしてっ⁉」

「あぁもう……分かりやすい顔をして騒ぐな」

ぱたぱたとうるさく動くネイエの尻尾を邪険に追い払う。

「ほんとに⁉」

「たぶんな」

たぶん、胎に、いる。

アケシノを胎んだ時と同じような感覚があって、ずっと冷たかった下腹が、温かい。

「俺が、父親……」

「ここ数年よそのオスとは寝ていないから、そういうことになるな」

「そういう言い方しないの」

「どうでもいい。……まぁ、暫《しばら》くは迷惑をかける」

「……シノオ、もしかして、……あんまり嬉しくない？　俺はめちゃくちゃ嬉しい……というか実感がなくて、なんかふわふわしてるだけなんだけど……」

「それで構わんだろ。特段、あれこれと気負うことはない」

「アケシノ君もおにいちゃんになるのかぁ……最近は俺が挨拶《あいさつ》したら目線くらいは合わせてくれるようになったし……いいこと尽くめだな」

「お前はアケシノを長男と定義づけるのか」

「そりゃ、君が生む二人目なんだから、アケシノ君は長男だろ？　……シノオ、ほんとに大丈夫？　なんか冷静すぎない？」

「随分と間が空いたが、二人目だ。まぁ、どうこう騒がずとも、放っておけば生まれる」

さぱっと産んでしまえばいい。

「なに言ってんだ君は……。一人目だろうと、二人目だろうと、毎回、不安なものは不安だし、大事にしなきゃならないもんは大事にしなきゃならないんだよ。……あぁ、違うな、ちょっと待って……そうか、シノオ、君、もしかしてこわいんじゃないか？」

「……お前には隠し事ができない気がしてきた」

初めてのお産の時は、血みどろになって、死にそうになって、とてもこわかった。

岩山の巣穴の奥で、冷たいところで、一人で、産んだ。

血色の毛皮がどす黒く染まって、股が裂けて、何度も意識を失いそうになりながら、薄れる意識のなかで、びちゃびちゃと出血する音と一緒に産んだ。

産んだのにアケシノがちっとも泣いてくれなくて、「あぁ、まただめだった……」と、目の前が真っ暗になって、悲しくて、死にたい気持ちになった。

その時、アケシノが弱々しく泣いてくれたと、思う。

その、かすかな鳴き声を聞きながら意識を手放して、次に目を醒ました時には、また、オスに種をつけられていた。

「君が黙ってる時は、大体いつも悪い記憶を思い出してるか、自分一人で問題を抱えようとしてる時だ。もしくは、頭のなかでは色々考えてるけど、交尾が気持ち良すぎて言葉が出てこない時。……あぁいう時の君って、いっぱい色んなことを考えて、ぐちゃぐちゃになってて、集中してないように見えて、体だけ反応するんだよなぁ」

気持ち良くて幸せなことと、気持ち悪くて屈辱的なこと。

ネイエとの行為と、かつての経験。それらに区別をつける為、頭と心と体を切り離す。

あの時の屈辱や恐怖から逃げる為に、心と体を乖離《かいり》させて、別々にする傾向がある。

「お前とまぐわっていると、考え事などする暇はない」

「強がりも君の強さのうちだな」

「それを見透かされても悔しいと思わなくなったのは、貴様といるようになってからだ」

「君が勇気を出して甘えてくれたんだから、俺は一生かけて君を幸せにするよ」

ネイエはシノオを抱き寄せ、唇を重ねた。

シノオの尻尾は、ちゃんとネイエの尻尾に絡んで、くるんと丸まった。

＊

「それでネイエ……お前、シノオ殿との関係をどうするつもりだ」

「どうするって……このまんまだけど？」

「馬鹿を言うな。きちんと籍を入れろ。……祝言を挙げろとまでは言わんが、せめて、お前の両親と、お前が世話になった者たちに結婚の報告くらいはしろ」

「だからこうしてお前たちには報告に来たわけで……でも、親に報告って……墓前に手でも合わせるか？　俺の親、墓とかないけど……」

「けじめをつけろと言っているんだ」

「……御槌さん、たぶんネイエさん分かってないですよ」

隣に座る褒名が、そっと助け船を出した。

「分かっていないのか」

「分かってないですね。いまのその話し方じゃ……、御槌さんにも言葉が足りないところがありましたし……。……ね、ネイエさん？」

「うん、分かってないね」

親友夫婦の言葉に、ネイエも頷く。

「だから、つまり、端的に言うとだな、……お前も父親になるのだから、いつまでもシノオ殿と内縁関係みたいなままでいるのはやめろと言っているんだ」

「内縁関係……やらしい響き……」

「あのですね、ネイエさん、これはあくまで古式ゆかしい御槌さんの考えであって、けっして強制するつもりもないですし、二人の関係を説教するつもりもないんです。現代社会じゃ、籍を入れない夫婦だってありますし……ただ、ね……？　ネイエさんもそれが分かってるから、こうしてうちに挨拶に来てくれたんじゃないですか？」

どちらかというと、シノオは、その古式ゆかしいほうの大神様だ。ちゃんとしたことを好む傾向にあるし、責任あることを望み、己にもそれを課す。だが、シノオが一度もそれをネイエに求めなかったのは、重荷だと感じさせたくないからだ。いままで自由に生きてきた狐に、責任や重圧を必要以上に押しつけないようにと配慮した結果だ。

愛しい愛しい狐が、大神を選んだ人生を後悔しないように。

「まぁ、なんていうか……うん、そうなんだけど……いや、俺もそこまでしっかり考えてなくて、ただ、君ら夫婦に仲人というか証人になってもらおうかな、くらいで……」

「シノオさん、派手なことは嫌いそうですしね」

「だよね」

「でもまぁ、そこは俺たちとじゃなくて、シノオさんと相談してください。……俺の時は、あっという間に結婚から祝言になって……この人たちに周囲をがちがちに固められて、口を挟む暇がなかったですから……。同じような状況になって、シノオさんが混乱して、困って、途方に暮れないようにしてあげてください」

「……褒名、お前……あの、祝言の時……、そんなに戸惑っていたのか」

「いやもうあれはね、御槌さんがうまく取りなしてくれたから助かりましたし、俺はおんぶにだっこできれいな着物を着て座ってるだけでよかったですけど、それが負担になる人もいますからね。……結婚式の時のことは、一生、記憶に残るんですよ」

「怒っているのか」

「怒ってないですよ」

「本当にか」

「本当に、ですよ。……御槌さん、あんまこっちに前のめりにこないで……、圧がすごい。いまは俺たちの結婚式の思い出話より、ネイエさんとシノオさんのことです。……ネイエさん、そういうわけですから、ちゃんと話し合って、二人で決めてください。ネイエさんも御槌さんの親友ってだけのことはあって、時々、独善的で、自分勝手で、群れのオス！……って感じで突っ走るところがありますから」

「……はい」

実感の籠った声で言い聞かされ、ネイエは神妙な面持ちで頷いた。

＊

「遊び人のネイエも、年貢の納め時ねぇ」

部屋の外、縁側に腰かけたおたけが、隣に座るシノオに微笑みかける。

このおたけという妙齢の女性、黒屋敷に出入りする狐だ。褒名をことのほか可愛がり、御槌も一目置く傑物で、ネイエもわりと親しくしているらしい。

相も変わらず律義に黒屋敷の門の外で待っていたシノオを、すずとおたけが見つけて、二人一緒になって強引に縁側まで引っ張ってきたのだ。

「知らん」

シノオはそっぽを向き、足もとで蟻《あり》の隊列を眺めるすずの尻をその爪先《つまさき》で蹴飛ばす。

すずは、「もぉ、おしのちゃんいじわるぅ」と笑って、シノオの脚にしがみつくと、よじよじと長い足を登って、膝の上で団子になり、「あんかどうぞ」とシノオの腹を温める。

うん、今度はちゃんと赤ちゃんだ。とくとく、とくとく、可愛い鼓動が聞こえる。

「御竹狐《おたけきつね》殿」

「はい、なんでしょ？」

「信太狐とネイエの間にある信頼は、長年かけてネイエが培ってきた財産だ。そこに自分も組みこんでもらおうなどとは思っていない。思っていないのに、周りは迎え入れようとする。……俺は、かつての自分の行為を恥じるつもりはないし、反省も後悔もしていない。それに、何年経とうと、貴様らにとっても許せるものではないはずだ」

「うちの若様のお嫁様はね、革新的なのです」

「褒名か？」

「はい。ですから、今回のことも、信太とあなたとネイエちゃんが永く続く為に必要な変化だとお考えです。……と、申しましても、あなたはこれからも遠慮をなさるでしょうし、信太狐と懇意にするつもりもないでしょうから、無理にとは申しません。……でも、あなた、お子が流れやすいのでしょう？　いまはこちらに甘えておきなさいな」

　大事な大事な夫の子を産む為に、養生なさい。

「あ、シノオさん……よかった、まだいてくれた」

「帰る。失礼した」

　おたけとすずの誘いとはいえ、黒屋敷の敷居を再び跨《また》ぐことになった非礼を詫びる。

「そんなのどうでもいいですよ。それよりこれ、使ってください。ネイエさんが、あなたの手足が冷たいって心配してました。あと、当面の着替えもどうぞ。ネイエさんが言うには、あなた、物欲が薄いそうで……生活用品もあんまりそろえてないんでしょ？　新品だから気にしないで使ってください。あ、そうだ、産着とかは自分で縫いますよね？」

「裁縫はできない。その前に、赤ん坊に服を着せるのか？　毛皮があるのに？」

「……大神だ」

「大神ですわねぇ」

褒名とおたけが顔を見合わせる。

「ま、そのへんはネイエさんと相談してください。もし必要なら、産着を縫うのも手伝います。うちの一番下が使ってた揺《ゆ》り籠《かご》や布団もありますし……まぁ、それより先に、当分は栄養をつけて、戌《いぬ》の日にお参りをして……あ、これ、御槌さんからの託《ことづか》りものです。お肉と野菜です。ネイエさんに持たせるんで、栄養いっぱいつけてください」

「施しは……」

「施しじゃなくて親切です。俺、あなたにされたことはいまでも覚えてるって言いましたよね？　……けど、ネイエさんの子供が死ぬかもしれないのはいやなんです」

「……貴様は、心が広いな」

「そうでもないです。……次、もし、あなたが俺の家族に危害を加えたら、全力で殴りますし、戦います」

「あぁ。そのくらいのほうがありがたい」

腹のうちが見えない優しさを与えられるよりは、そのほうがずっといい。

「それから、お節介を言いますけど、シノオさんも言いたいことは言っておいたほうがいいですよ。お産に不安があることも、世話を焼いてもらうたびにちょっとしたことで申し訳ないって思ってしまう感情があることも、こわいことはこわいと言って、当たり散らして、甘えたい時は甘えまくっていいんです。それが群れのオスの妻の特権です。そこで怒るようなオスは見限ってください。それに、なにも言わずに黙ってしまうと、俺みたいに、お産の寸前になってびゃあびゃあ泣いちゃうことになりますから」

「ネイエと一緒で、貴様も他人の心を察するのが得意なのか」

「俺のは単なる経験則。ネイエさんのはあなたに対する愛情です」

あなたのことをずっと想い続けて、あなたのことをたくさん考えて、あなたの感情に寄り添おうとするから、あなたの考えていることや想いに気づくことができるんです。

「……分かった」

「では、困ったことがあれば、いつでもどうぞ。こっちは十七匹も産んでるんですから、ちょっとやそっとのことはなんでもござれです。……といっても、まぁ、俺もお産のたびに死にそうになってるんですけどね。……あ、ほら、ネイエさんが……」

御槌と二人きりでの話し合いが終わったのか、ネイエがひょこりと顔を出した。

顔を出すなりシノオを見つけて、「もしかして一人で帰ろうとした？　やっぱり来るのいやだった？」とシノオの両手を握って、すり、と頬を寄せる。

「……ネイエ」

「はい、ここにいるよ。……なんだろ？」

「お前とのややこだ。産む時は、難しい。傍にいろ」

素直になるっていうのは、難しい。尻尾を絡めて、握った手の指と指を組むのが精一杯。

それから意を決して、ぎゅっと目を閉じて、ほんのちょっと背伸びして、唇と唇を触れ合わせるのがようやく。

なにせ、自分からこれをするのに、今日までかかったのだ。

この心は、なかなか変われない。でも……。

「お前の群れで世話になる」

一生ずっと、世話になる。

だから、よろしく頼む。

＊

我が母に、双子が生まれたらしい。

金の毛皮に赤い目の兄と、銀の毛皮に赤い目の弟だ。二匹とも、耳と尻尾の先がちょっぴり血の色をしている。生まれたての頃はその血色もまだ薄く、桃色をしていて、とっても美味《おい》しそうに見えたらしい。まさか双子で生まれると思っていなかったネイエと母は、

「群れが一気に増えた」と笑っていたそうだ。

　アケシノが覚えている限り、アケシノを産んだ時の母は、ぐったりとして、血の海に沈んだ血色の毛皮をどす黒く染めて、弱い心臓の鼓動と、浅く乱れた息遣いと、次の瞬間には止まってしまいそうな呼吸のなかで、必死になって泣かないアケシノの口に息を吹きこみ、尻をぺちんと叩いて、「たのむから、泣いてくれ」と泣いている姿のままだ。

　その母が、元気な双子を産んだらしい。

　なぜ、アケシノがそれを知っているのかというと、黒い毛玉に教えられたからだ。

　この黒狐、すずといっただろうか……。時々、この水飲み場にやってくる。最初は牙を剝いて追い払っていたが、一度、大雨の日にアケシノが川に落ちたところを助けられた。それ以来、しょうがないので水飲み場に入ることは許してやっている。

　最後に見たのはふた月ほど前だったが、久々に見ると、ずいぶんと背が高くなっていた。

　この狐、手も足も大きいから、たぶん、もっと大きくなるだろう。

「あのね、すずね、来年には元服して、御祥《みよし》ってお名前もらうの」

「ちょっと待て、お前……元服って……」

「すず、来年、十三歳。……あけちゃんは来年で六つだったっけ？」

「七つだ！」

　がう！　と吠える。吠えるけれど、この狐、ちっとも動じない。

その度量の広くて、泰然自若としたところは、父狐によく似ている。表情や仕種、性格は母狐に似ていて、面立ちの優しげな黒狐だが、このまま成長すれば、絶対に、背格好はあの黒御槌そっくりになる。

「すずね、あけちゃんのことすきなの」

「……はっ⁉」

「あけちゃんは、おしのちゃんとおんなじにおいするから、すき」

「おい、……俺の膝で団子になるな……重い……お前、本気で、重い……お前は、自分の理解しているより図体が大きくなっていることを理解しろ……おい、のしかかるな、腹から退け、……尻尾、尻尾に脚を絡めるな、おいっ」

「あのね、すずの初恋はおしのちゃんなの。それでかな？　おしのちゃんに似たあけちゃんのこと、とっても好きなんだけど、どうしてだろうね……？」

「……重い」

「おしのちゃんのこと見てもちんちん痛くなんないんだけど、こうやってあけちゃんのにおいを嗅いでると、どうしよう……すごい……痛い……」

「やめっ、やめろっ……その、っ、顔と体に似合わず凶悪なそれをしまえ！　貴様、そんなところまで父親に似たのか⁉」

「あけちゃん、あのね……すずね、すっごい気が長いんだ。ちなみに、どれくらい長いかって言うとね、蟻の行列を毎日夕暮れまで眺めていられるくらい気が長いんだ」

だから、狐と大神、どれだけ長い時間をかけてもいいから、仲良くなろうね。

まだまだお母さんのことが恋しい子供のあけちゃんを、すずが大事にしてあげる。

そうやって、群れを作って、生きよう。君のお母さんがしたように。すずのお父さんとお母さんがしたように。ネイエちゃんが選んだように。

新しい群れを作って、新しい生き方をしよう。

だいじょうぶ、すずが幸せにする。すっごくすっごくしあわせにするよ。

「だからすずとつがって？」

「……ひとまず、お前は、自分のことを名前で呼ぶのをやめろ」

「はぁい！」

「……あぁ、うん……まぁ……その間延びした喋り方も……いや、いい……なんでもない、なんで俺がお前を躾けてやらねばならんのだ」

「ぐだぐだ言って逃げてないで、アケシノは俺との将来を考えて」

「…………は、……っ」

はい、と言いそうになって、アケシノは慌ててその言葉を飲みこむと、「すず、すずって言わなかったよ！　褒めて！」と尻尾を振り回す年上の狐をぺろりと舐めて、「縁談話は毛繕いがうまくなってからだな」と、すずの鼻先をぱくんと噛んだ。

あとがき

こんにちは、鳥舟です。

今作は、ラルーナ文庫様から刊行中の『黒屋敷の若様に、迷狐のお嫁入り』と世界観を同じくする話となります。『黒屋敷〜』のあとがきで、大神惣領は受けだな……と書いたものを実現できました。さて、この美人顔と男前ですが、ネイエはシノオの腰の位置の高さと足の長さが好きで、シノオはネイエの顔面が好きです。二人とも精神面より先に肉体面に惚れて、それを率直に褒めるあたりが似た者同士で動物的で最高だと思います。ちなみに、すずちゃんは『黒屋敷〜』で蟻を見ていた子です。大きくなったものだ。感慨深い。

末尾ではありますが、この作品群をお嫁入りシリーズと素敵に銘打ってくださった担当様、これぞ絵を描かれる方の神髄！　と尊敬せずにはいられない挿画を描いてくださった香坂あきほ先生、いつも仲良くしてくれる友人たち、この本を手にとり読んでくださった方、ありがとうございます。皆様の支えのお蔭で、今日も元気に書けています。

鳥舟あや

ラルーナ文庫

この本を読んでのご意見・ご感想・ファンレターなどお待ちしております。〒111-0036 東京都台東区松が谷1－4－6－303 株式会社シーラボ「ラルーナ文庫編集部」気付でお送りください。

本作品は書き下ろしです。

はぐれ稲荷《いなり》に、大神惣領殿《おおかみそうりょうどの》のお嫁入《よめい》り

2017年12月7日　第1刷発行

著　　者｜鳥舟《とりふね》あや

装丁・DTP｜萩原 七唱

発 行 人｜青 仁警

発 行 所｜株式会社 シーラボ
〒111-0036　東京都台東区松が谷 1-4-6-303
電話　03-5830-3474／FAX　03-5830-3574
http://lalunabunko.com

発　　売｜株式会社 三交社
〒110-0016　東京都台東区台東 4-20-9　大仙柴田ビル２階
電話　03-5826-4424／FAX　03-5826-4425

印刷・製本｜中央精版印刷株式会社

ISBN978-4-87919-005-5